吉本隆明 詩歌の呼び声

岡井隆論集

吉本隆明

論創社

吉本隆明　詩歌の呼び声——岡井隆論集　目次

定型・非定型の現在と未来

定型詩の実験的試み

岡井　吉本さん、本当に久しぶりですね。村上一郎さんと二人で吉本さんを訪ねて以来ですから、十四年ぶりぐらいになりますか。

吉本　ぼくがまだ初音町にいた頃ですか……。ぼくは、岡井さんが書いた『村上一郎著作集』の解説を読んだんですけれども、いつ村上さんを知りました……。

岡井　村上さんが紀伊国屋書店の出版部にいる頃、金子兜太さんとの共著『短詩型文学論』、あれを頼まれましてね。そのきっかけは、当時、角川書店で『短歌』の編集をしていた冨士田元彦君が、大ぜいの人を集めてシンポジウムをやりましたね、吉本さんもお出になって。

吉本　ありました、ありました。

岡井　あのときに、村上さんと私は一緒の組に組み合わされて、初めて会いました。その帰りに少し話していて、そんなことの縁ですね。だから本当に偶然ですが、ひょっとすると、やや近縁的な気持ちがあったのかもしれませんね、それまでの間に。

吉本　ぼくも読んでますけれども、村上さんの歌というのはどうですか、専門的な目から見て。

岡井　決してうまい歌とは言えませんね、まず第一に。それから、村上さんという人を知らない人が読んだら、おそらくあんまり同情をひかないのかもしれないと思うんです。ぼくは、村上さんとわりと親しくしていただいて、思い入れがうんとあるものですから、それを背景にして読みますので、『撃攘』という歌集は、ぼくなりにおもしろいと思うんですけれども、もしぼくが編集したら、もう少し別の形の編集の仕方をしたんじゃないかと思うし、表題のとり方とか、『撃攘』という歌集名そのものも、あまり賛成できないような気がします。

吉本　古いという感じですかね。

岡井　そうですね。昭和戦前の斎藤史さんとか、前川佐美雄さんとか、やや日本浪曼派の息のかかった歌人たちの型を、村上さんは若いころに、ピシッと自分のものになさったものですから、いまから見ますと、やや古風という感じがしますね。しかしそれは本当はわかりませんね。わずか三、四十年の話ですから。これをもっとロング・スパンで見ちゃったら、はたして村上さんの歌が古くてぼくの歌が新しいのか、ぼくの歌が古くて村上さんのが新しいのか、わからないということはあると思います。歌壇の表面的な流行詩的な面から言うと、モードとしてはやや古風。だけど、村上さんでなければならん歌が何首かありますからね。

吉本　ぼくも村上さんの歌というのは、現在の短歌にしては、古風じゃないかというふうに読んだんです。ただ、村上さんがわりに古い時代に、旋頭歌とか何かの試みをやっているでしょう。

そういうことからは、この人は本気で、若いときに歌を作っているんだなと思ったんです。ぼくの記憶では、旋頭歌をやったという人は、当時あんまりいなかったんじゃないでしょうか。それとの関連ですが、岡井さんの『天河庭園集』ですか。この形式的な試み、説明してくださるとありがたいんです。

岡井　ぼくは、そんな厳密な方法ありませんで、かねてから、おそらく詩型というのは、吉本さんがいろいろ分析なさったとおりに、ある歴史的なものがあって、最後の古形式なんていうのは、最終的に導き出された形になりますね。あんな形ですべてが、旋頭歌にしても、仏足石歌にしても、あるいはもっと昔の片歌にしても、吉本さんがしきりに憂えておられる中世の歌謡なんかの、ちょっと変わった形ですね。最後の三つも四つも連ねてみたり、たぶん音楽的な要請なんだろうと思うけれども、バラエティがありますね。定型詩という形で短歌をおさえた場合に、そういったものも入るわけですね。たとえば芥川龍之介は短歌とか俳句だけが定型みたいな顔をしているけれども、日本詩歌の歴史の中でもいろんなものがあるんだ。それを眠らせておかないで、いろいろやっていいんじゃないかと言っていますが、あの人の四行詩の試みには、そういう意図が多少あるんじゃないかと思うんです。

だから、ぼくの場合そういうのにもずいぶん遅れて呼応するわけです。短歌や俳句みたいにいろんな人がやっていれば、人のまねして、また新機軸出すとかいろいろできますけれども、大ぜいの旋頭歌作者というのはいないわけですから、自分だけで自己模倣の試みしかできないかもしれないけれども、しかし、ぼくみたいなバカをやる者が少しでもまた若い人に出てくると、五七五七七が持ってないような、何か特質が出るかもしれないということを、ちらっと考えたり何かして。

詩人のほうでも、佐藤一英さんなんていう人がやっておられますね。戦争中の詩集を何冊か戦後読んだときはとってもおもしろいと思ったんだけど、最近読んでみたら、ちょっと抒情的すぎるかな、あれもやや古風かなという感じがしましてね。だけど、とにかく佐藤さんが目立つぐらい、あんまりやりませんでね。だから本当に、ぼくが『天河庭園集』でやっていることなんていうのは、ごく一部分にすぎないんです。

吉本　短歌は音数律なんだと思うんですが、それと内容とのかかわりは不思議だというのか、わからないなというところがありますね。そこのところをさかのぼって、どういうふうに考えられるかということですね。

結局、いままで形がわかっているものを全部、『古事記』や『日本書紀』の歌謡から取ってしまって、今度韻律的にいろんな排除をしていきまして、のこるのは、今で言えば五音だけですね。五音だけを並べていって、七で止めるとか、七七で止めるとか、七七七で止めるとかいうのはどうしても古い形なんだというふうになります。五音は、三音でも四音でも、ある場合は六音でもいいわけです。もう一つは、いまの音で整理しちゃえば、五七五七五七五七といって、どこで止めてもいいわけです。それで最後に七七とか、七七七とか。それも五音というのは四でも三でもいいんですが、それがどうしても、初めの形式としてのこることじゃないのでしょうか。だから、そうやってみると、韻律というか音数律みたいなことは何なのか、もしかするとわかるんじゃないかという気もするんです。岡井さんがやっておられるわけですね（笑）。そういうことをいろいろ考えているんだなという感じで、この『天河庭園集』を読んだんです。

岡井　そうですか。

吉本　それから『歳月の贈物』は、若い人はどう評価するか知らないけれども、ぼくは、岡井さんたくさん苦労したねぇという感じです（笑）。このほうは、詩の上の苦労ということじゃなくて、生活上ということなんでしょうが、やっぱり苦労したんだねぇという感じで、ぼくはいい感じです。たいへん年輪をくわえたというのか、言い方はいろいろあるでしょうが、成熟したんだなという感じがあって、岡井さんの歌集の中で代表的なものを選べと言われたら、『土地よ、痛みを負え』と『歳月の贈物』の二つになるんじゃないかと思ったんです。

その成熟の度合いが、どっからくるのか、あるいはどっからきたのか。一つは、自分も年とってきましたからわかる気がするんですが、生理的な年齢じゃないかと思うんです。もう一つはそうじゃなくて、何かが成熟させたんだという感じがしたんです。それが何であるかはよく分からないにしてもですね。

岡井　そういうふうに言っていただくと、嬉しくて何も言えないけれども、それはそれとして、さっきの『天河庭園集』でいろいろなことをやっていて、ぼくは実験的意図が絶えず何かありましてね。作品と何かを引き合わせていったときに、何かがわかってくるかもしれないという、くだらないことを考えるわけです。しかし実際は、文学というのはそういうものじゃない、もっと狂っているところがないとだめで、そんな一々、こういうことだからこうなるだろうとか、こういうことで定型の本質がわかってくるだろうとか、そういうことじゃいけないというんですが、しかしそれは素材とか、いろんな自分の歌いたいことを歌うわけですから、その中に、歌う方法として使うときに、何かその結果としてぼくにもさっぱりわからない日本語の定型短詩の本質がぐじゃぐじゃやっているうちに、少しずつでもわかってくるような作業ができるんなら、それはそれでいいじゃないかという気持ちになりますね。

いま一番思いますのは、たとえば『伊勢物語』とか、『土佐日記』でも何でもいいですけれども、あの中に歌がはさまれますね。『源氏』でもそうですけれども。あるいはそれは、記紀歌謡でもみんなそうなんですけれども、あの地の文と歌の部分のかかわり合いというのが、たとえあとから、フィクションで作ったものであろうと何であろうと、われわれ読者として読むときは、実にすんなりと一体感を持って読む場合と、これはちょっとすき間があるんじゃないのなんて言いたくなるようなのと、両方ありますね。

ああいうときは、古文ですと、一応両方とも文語文という形なものですから、いろいろ問題はあるかもしれないけれども、何かそういう短歌とか短詩の中に、余分な説明の部分とか地の部分を無理やり入れますと、歌の順路がこわれたり、実際はもっと韻律的に雄弁にものが言えるところが、意味的になりすぎちゃってうまく歌にならない。歌えない部分を、あるいは前書きなり、前後の物語的な部分で詞書《ことばがき》程度のものである環境を暗示しておいて、あとのほうへ歌を出すということをやる。するとその沈黙している部分を他の部分で補っていくことが案外、またもう一度歌を顕在化させる道にもなるかもしれないと思って、今度の『歳月の贈物』の中でちょっちょっと、詞書みたいなものを入れたりしたんです。

吉本　なるほどね。

生理的年齢への抵抗

岡井　ところで、吉本さんの『戦後詩史論』の噂は、ずいぶん前から大和書房の人に聞いてて、どんなものになるのかと思っていたんです。戦後詩の体験のことは講演なんかなさったり、『現代詩手帖』その他の座談会にずいぶんお出になって発言しておられるものですから、大体あんなことかなと思ったら、今度の「修辞的な現在」ですっかりおどろいちゃって。これはとってもおもしろいですね。

吉本　それはおもしろいかどうかは別として、とにかく苦心はしたんです。いまの詩に対して、どういう目の位置をとったらいいのか、その目の位置がどうしてもとれなくて、何回もぶん投げちゃ、またもとへ戻りみたいなことをして、どうやらこうやらやっと仕上げたという感じです。目の位置をちょっとでも狂わしたら、これは詩を手段にした一種の思想状況論みたいになっちゃうわけだし、もうちょっと目を別のほうにずらしたら、現在の詩の解説みたいになっちゃって、ちょっとみじめだなという感じがあって、そのどちらでもない目の位置はないものだろうかというのが、なかなかわからなかったんですね。

岡井　ちょうど吉本さんのおっしゃるいいところへすわってますね、あれは。

吉本　本当はすごく苦心したんだから、それなりに出来がよくていいはずなんだけれども、それほどじゃないんだ。ただ、目の位置をちょっと狂わしたらだめになっちゃう。その位置は、かろうじて均衡を保てたという程度のことになってしまうんですね。

岡井　しかし、その視点の獲得というのは、いままでなかったんじゃないですか。

吉本　たぶんぼく自身にも、なかったんじゃないかなという気がするんですね。たとえば一時代前の作家を論ずるみたいなことの中では、言葉の問題と、はらんでいる作品の内容、意味みたいなものとを、両方の問題をある視点で調和させることは、やっているような気もしているんですが、現在の問題意識の中では、なかなかそれは難しくてできなくて、それはぼくにとって初めてなんじゃないかなという気がしているんです。それ以上の意味はあまりないように思いますけれどもね。

それから、別に作品自体の評価について、非常に妥当で公正な評価をしているわけでもありませんし、たくさんの詩を読み込んで、その蓄積の上でやっているというほどではないですから、そういう意味では、いろんな抜け落ちとか穴はあるんでしょうけれども、ぼくなりの意図では、目の位置は一つ定まった。同時にそれは、自分では視野は精いっぱいとったつもりだけれども、その視野の外でまた論じなければ、とても論じられないよという作品もあると思うんです。それは触れることができないけれども、それにもし触れるならば、解説的になるか、それとも、自分の一つの目は、一応そこでは休めてしまうよりしようがないだろうな、わざと落としてしまうより仕方がないだろうなという感じがしまして。

岡井　ぼくは門外漢だけれども、歌人の中では詩をかなりよく読んでるほうで、吉本さんがこの本でお選びになった詩は、かなり広いパースペクティブに支えられてる感じがしますけれども。

吉本　そうでもないんじゃないですか。たとえば視野として、かなりの拡がりがあるかもしれないですが、詩を書いている若い人たちは本当はああいうふうに見てもらいたくなくて書いているんじゃないかな、という気がするんです。比喩ですけれども、自分たちの書いている詩は、横から見てもらいたい。横から見なきゃ本当はわからないはずだ。それを縦から見られている。そういう食い違いというのがあるんじゃない？

岡井　それはあるかもしれませんね。でも少し若いところで、たとえば北川透さんとか、三十代では清水昶さんとか、そういう、現代の詩人たちに対する位置づけとか、現代詩状況はどういうふうになっているんだろうかということで、本当に一所懸命考えながら書いておられますね。そういったのが、ちょっと青ざめるんじゃないかという感じがしますね。

吉本　そうなんでしょうかね。

岡井　だから、こういう視点がちょっといままでなかったわけで、吉本さん自身になかったばかりでなく、現代詩全体としてもなかったような感じで、非常に危うい、水際のところで水をたたいておられる感じがしますね。

ただ、そういうことと離れて、やっぱり選ばれている詩がいいですね、あたりまえのことなんだけれども。それでほとんど勝負がきまるところがありまして、すばらしい詩が多いし、典型的という意味でもいいと思う。それから、吉本さんは非常に思想的に割り切ると一般的には思われているけれども、ぼくはかねてから吉本さんはすごい審美家だと思っていたわけで、詩のそういうこまかいところが、非常にきれいに転結されてますね。そういう点でも、書かれたほうの側が、なるほど、ここまで見られちゃしようがないということがあるんじゃないですか。だから、『戦後詩史論』はとてもおもしろくて、いい長編小説読んだようで、終わらないほうがいいという感じでしたね。

吉本　たぶん北川さんなんかもそうだけれども、もっと下の、次の世代の詩人でも、本当は横から見てもらいたい、あるいは縦から見てもらいたいのに横から見たという思いは、もっと強いんじゃないかなという気はするし、ぼくの考えでは、これからあとで出てくるかもしれない詩についても、同じことになっちゃうんじゃないかなという視点、感じ方はあるように思いますね。

詩のことだけじゃなくて、様々な問題について、どうもそんな気がしてしようがないんですね。そこはどこでどういうふうに違っていくかわからないんですが、その異和感というか、視点の違いみたいなものが、ずっとつきまとうんじゃないかなという気がするんです。

そこがわれながらよくわからないところなんですが、どうでしょうかね。つまり簡単に言ってしまうと、年のとり方がぼく自身がわかってないところがあるんですよ。年のとり方というのは何かというと、生理的な年齢にさからって生きるべきものであるし、また、さからって表現すべきものだ。また一方では、青年のときに徹底的にさからうべきであるというのは、ちょっと違って、やはり自然には勝てないものだよなというのがあって、そこのところで、どう生きるのか、あるいはさからうにしても、どこでさからうのが最も見事なさからい方なのか、というところが自分でわからない。

この『歳月の贈物』は、岡井さんが、生理的年齢にさからうさからい方と、さからわないで、これは容認すべきであるという問題とに、一つの解答をしているように思うんです。その解答の仕方が、ぼくはおもしろかったんです。そこのところはどうなんでしょう。岡井さんがお医者さんであるということも含めてあれなんですけれども、どこでどうその問題は均衡が成り立つのか。調和が成り立つのか。あるいは、さからうことが成り立つのか。そのさからい方について、極端なことを言いますと、あまりうまくいった文学者はいないんじゃないか。だからそれは、ある意味でとても重大な問題だという気がしてしようがないんです。

岡井　そう思いますね。これはさからえるものかというと、全く降伏しきっちゃっているところもありまして。つまり全部が自然というかナチュラルで、さからってないのもナチュラルだし、さからってるのもナチュラルで、ひとから見ると何かさからっているように見えるし、さからってないようにも見える。こうなってくると、一体どうなんだということになりますけれどもね。

ただこれは、ぼくらが二十代のころの五十代といまの五十代は、噂によればえらい違うというわけで、事実、ぼくも違うんじゃないかと思いますね。もちろん、漱石が五十で死んだとか、そういう時代とはまたどえらく違うわけですけれども、ぼくらの二十代のころの五十代の人の、人生に対する対し方とか子供に対する対し方とぼくらの場合は違っちゃってきているという感じが一つします。事実、人間の肉体を毎日診ているわけです。その老化状態とかいろいろなものを。それはもう、それこそ老年学の先生方が一所懸命やってると思うんですけれども、ぼくら、解剖なんかしますと、七十とか八十という人を解剖しましても、実に内臓器官の若々しい方がいれば、四十代で解剖してみますと、もう動脈から何からボロボロになってる方もあるわけです。そうすると、どうもある年齢から先、たぶん四十くらいから先、年齢に比例していく部分はあると思うんですが、それ以外のモディファイする諸要素が、いっぱい増えちゃいましてね。遺伝的なものは、もちろんあると思いますけれどもね。

だからああいうのを見ていると、八十でこんなピンシャンしているおばあちゃんいるのかなんて思うと、なんだ俺、まだ五十じゃないかという感じになりますし、四十五で中気を起こして、髪もまっ白で、言ってることも本当にあやふやというものを見ると、俺は、あの年齢は越えたなという感じもするし。だからほんと、エイジングというのはほとんどわかってないんじゃないですか。

吉本　なるほどね。それは平均寿命が延びたからという意味じゃなくて、ちがう要素がたくさん入ってきたということですか。

岡井　そう思いますね。ですから、確かに何人かの人たちが、あの人たちはみごとに年をとったとか、みごとに中年になったとか、中年になりそこなった坊っちゃんだとか、いろんなことを言いますね。あれはおそらく、外的な印象と内部的な一種の老化が、跛行状態に見えるんでしょうね。

事実、しかしその人がそれを意識しているかどうかということになると、生活様式としても、自然にさからうというのはとてもできないことだと思う。ただ、先ほどおっしゃったように、言葉とか表現は、これまた少し違いますから、艶を出そうとか、いろんなことをやるわけですね。でもそれも限界がある。それから、見巧者の人が見ちまえば、そんなのはすぐに見えちゃうんじゃないですか。特にある年齢越えちゃってますからね、無理なことをやっていれば、おかしなことをやっているということになるでしょう。

吉本　なるほどね。

戦後派と若い詩人たち

岡井　だから、吉本さんご存じの、近藤芳美さんの歌なんか見てますと、一貫して戦争反対を唱えておられるんだけれども、何かそこだけが残っちゃいましてね。あとの、奥様との相聞歌はえんえんと続くわけなんだけれども、ぼくは、ほんと言えば早く老年の域に達しておられたのに、歌だけが間違って若やいでいる部分があるんじゃないかという気がするんです。もっと老年という上に腰をどっかと据えちゃったほうが、いいんじゃないかという感じがしないでもないんです。ただ、そのへんはほんとに、自分での判断と他人の判断、違いますからね。

吉本　近藤さんの歌は、全歌集が出て、今年あらためて読んでみて、これは前に読んだときとちょっと違うぞと思えました。韻律に対して中身がひっかかっていくいき方が少ない感じと言ったらいいのか、逆に、内容に対して韻律がひっかかっていくものが少ないといったらいいのか、どちらの言い方がいいかわかりませんが、すべりが良すぎるというか、韻律の印象が単調な気がして仕方なかったんです。

岡井　そういう感じだと思います、ぼくも。ただそれは、かなり生理的なものと関係があるんじゃないかと思うんです。私はそういうふうに思いますけれども、本当に難しいと思いますね。だから、斎藤茂吉とか、折口信夫とか、北原白秋という人たちが作った老年の歌とは違うものが、当然、近藤さんたちのあの世代がお作りになるはずのところを、作りそこねているという感じがまだするんですね。もうあの方も六十五で、茂吉の死んだのが七十ですから、茂吉でいえば最晩年の『つきかげ』だとか、そういうところへ突入する時期です。健康状態という面からいえば非常に健康でいらっしゃるから、全然それは比較にはならないけれども、しかしやはり、違う老年の歌が出てきていいはずなのに、できないという感じがしますね。

吉本　近藤さんの年代は、小説のほうでいえば、第一次戦後派ということになると思うんです。例えば本多秋五と江藤淳の論争がいまあるでしょう。ぼくは何となく両方に異和感を感ずるわけです。戦争が終わって数年の間に、だれもどうしていいかわからないみたいなのがあったし、また政治権力も、どうしていいかわからない。そういう戸惑いがあった。そのときに、天も輝き、地も輝き、何もないよという瞬間が数年の間ありました。そこのところで、江藤さんは「仇花」と言うけれども、ぼくは「仇花」じゃなくて、日本の明治以降だったら、近代では珍しい、全部が混沌として、輝いているみたいな瞬間があって、それは数年で本当は消えちゃったんじゃないかなと思うんです。

それを、近藤さんと言わなくても、第一次戦後派の文学者は、消えちゃったのに、消えないと思いながら、しかし現実の生活の場面は、どんどん普通の状態に入って行く。だけどそのとき、瞬間に輝いたものを、どうやって長続きさせるかみたいなところで、間違ったんじゃないかという気がするんです。そこでうまくそれをつかまえきれないで、いつまでも輝いているというふうに思って、そこのところで作品形成をしていった。つまり数年の間に輝いて出てきたものを、どう引き延ばしていくかということを、間違えちゃったんじゃないかという気が、しないこともないですね。

岡井　なるほど。

吉本　詩の場合でも、それは言えるような気がするんです。詩のほうで第一次戦後派に対応するのは、ぼくもその末席にいた「荒地」派で、彼らもそれの処理法をどっかで間違えたんじゃないかなという気がするんです。ぼく、近藤さんの歌を読みながら、前に読んだときとこれは違うよ、抵抗感がうんと少ないよと、感じたのもやっぱりそういう問題じゃないかなと思うんです。

岡井　ぼくも全くそうだと思いますね。近藤さんだって結局、『埃吹く街』という歌集にある、戦後の一種の蜜月期ですね。そういったものを背景とした作品、あるいは戦中の作品も、とてもいいと思うんですけれども。それが、ある時期を境にして変質したように、われわれからすると見えるんですね。

人間というのは生理的には年とりますし、日本のような社会ですと、一度名をあげますと、大体、永世歌人にしてくれます。そして、某大新聞というようなところでお仕事なされば、それはそれでもう文句なしに、ある社会的地位の中へ入っちゃってますね。そうすると、いろんな形で作品も作らざるを得ないという点も出てきますし、結社などをお持ちになれば、いよいよそういう形になってくるわけですね。

西洋では一年、一年が勝負で、一年だめだったらそいつは忘れられるとか、政治家の生命もそういうふうにとられるんで、かつて大きな仕事をやると、いつかは文化勲章がくるとか、そんなことは西欧じゃないんだという話です。それは眉つばとしても、日本ではもう、そういう形になっちゃっているものですから、生き残ってしまいますね、そういう人は。谷川雁さんみたいに意思でおやめになれば、これは別ですけれども、やめない限りは、いつかは全詩集が編まれたり、全歌集が編まれたり、全集が編まれたりするわけです。

だから本当にそこのところのあれが、何人かの人が、これはおかしいよと言いましても、社会は受け入れて、宮中お歌会の選者であるとか何とかいうような、勲章は、いまは芥川さんのころと違って、文学者いっぱい勲章もらうものですから、どんどん胸に勲章が有形無形なやつがついてますね。そうすると、自分でも錯覚がおきてくるんじゃないですかね。

だからぼくは、戦後のああいう時期に、ああいう仕事があった。これは近藤さんだけじゃないと思うんですけれども、何人かのいい仕事があった。それはそれでとてもいいんで、その個人が、そのあとどう生き延びたとか、大歌人になったとかいうことと関係ないと思うんですけれどもね。それは自分のことも含めて、そう思うんです。

それで、吉本さんの『戦後詩史論』を読むと、どうしても歌人のことを一緒に考えちゃうわけなんだけれども、おもしろいですね。ほとんどシンクロナイズしたような問題が出てきて。

吉本　歌の方でもやっぱりありますか。若い人はどうですか。ぼくは何を若い人というかわからないけれども、自分よりも年齢、下じゃなくても何となく下のような感じで読めるのを若い人と思うんですけれども、傾向としては同じようなことがありますか。

岡井　そうですね。不思議に同じように出てきている。たとえば、福島泰樹君も佐佐木幸綱君もそうだと思いますけれども、吉本さんが例にあげられる、小椋佳とか。

吉本　さだまさしとかですか。

岡井　ああいう感じでも同じだし、フォークソングの人、みんなそうだと思うんだけれども、縁語とか、掛詞とかやったり、本歌取りみたいなことをやったり。だけど、その遊戯がとても楽しくてたまらないというふうに、遊んでいるわけじゃなくて、せっぱ詰まって遊んでいるところがありますね。天下の大道はいままでいろんな人が歩いちゃったから、俺はこんなことやってんだというところも多少あると思うんです。だから、荒川洋治さんとか、平出隆さんとか、正津勉さんとか、その前の清水哲男さんあたりもそうだと思うんですけれども、ああいう人たちの仕事。おそらく、ちらちら横目では見ながら、あるいは一緒にお酒飲んでつき合ったりしながらだと思うんですけれども、同じ言語的な位相のところへ出てきますね。だから、あんたのは学生街のフォークソングだよと、ぼくはいつもいうんだけれども、そういう感じが、七〇年代のちょっと前くらいからでしょうか、出ているわけです。

それからぼくなんかもそう言われるわけだけれども、前衛短歌といわれたような三十年代の仕事ですね。そういったのが、吉本さんなんかごらんになっていると少しあとの世代で、大岡信さんとか、谷川俊太郎さんとか、吉岡実さんとか、「櫂」の同人。あの連中のへんから、一種の同時代感を持っているところがあるんでしょうけれども。たとえば山中智恵子さんという歌人がおりますね。

昔の歌ですけど、彼女に「わが生みて渡れる鳥と思ふまで昼澄みゆきぬ訪いがたきかも」という歌がありまして、「わが生みて渡れる」というところまできますと、何かその作者が出産をして、だれか子供を生んだんじゃないかと思うんですけれども、「渡れる」は鳥ですから、そうすると、渡り鳥を自分が生んだ子供と思う。そんなふうに思うほど、いま空を鳥が渡っている。そういうのを見ていると、昼の空気というか、感じが澄み渡っていた。それで私はある人を訪問したいと思っているんだけれども、訪問しにくいということが、最後に嘆きとして出てくるんです。たとえばこれ、順直に言えば、自分が鳥を見ている。鳥をみていると、その鳥が自分の生んだ子供みたいに見える。そんなふうになるんだけれども、「わが生みて渡れる」なんていうふうになってくると普通のコンテクストで読むとおかしい。

それでいろいろ解釈して、ああ、そうか。この文体はいろんな意味を含んでいる。出産というイメージも含んでいる。渡り鳥というイメージも含んでいる。渡り鳥をみている、仰いでいるというイメージも含んでいる。それが「まで」という直喩で何かあることを比喩しているんだ。そういう概念も含んでいる。それを全部上の句で言わなければならないとなると、このくらいひん曲がってくるんだなという感じがして、とてもおもしろいと思って読んで、ぼく、わりあい好きな歌なんです。「わが訪いがたきかも」なんていうことだけを三十一文字にスルスルッと引き伸ばしたんじゃ、とてもいまの自分の気持ちは表わせない。そういうことになっていると思いますね。

だから吉本さんがあげている平出さんとか荒川さんみたいな最近出てこられた人たちは、特にそうだと思うんですけれども、一々、修辞的にはっきりひねって、それで他のものをつぎたすわけです。でも、そこがぼく、わりあい好きで読んでて、とてもおもしろいなと思うんです。結局、歌の世界でも、『新古今』がこうであったとか何とかいいながら、ちょっとそういうものとは違う。だから順直に読むと、何のこと言ってるのか全然意味とれませんね。こちらで勝手に解釈しているだけです。そういうのは増えてきてますね。若い人が、それをまたとてもおもしろがってまねしたり、そこで新味を出したりしていますから。

吉本　それは歌の問題としては、やっぱり不安定感になるわけでしょうか。

岡井　不安定感だと思います。その不安定感を表わしているというと、解釈としてはちょっと合理的すぎるかもしれませんけれども。

写生という「誤解」

吉本　岡井さんの『歳月の贈物』は、前の歌よりも、安定感と、感性の組織化が増えたように思うんですけれども、それは意図的なものでしょうかね。

岡井　あの「あとがき」はわりあい正直でして、本当に今度のは意図的でありません。やや居直りがすぎたんじゃないかと思うぐらいです。別にひとのために歌ってきたつもりはないけれども、自分で満足しなければというか、だれが何と言おうと、ぼくはこれで行くんだという気持ちが、再び作り始めてからは非常に強くありましてね。それがいいほうへ出るときはいいほうへ出ますし、悪いときは悪いほうへ出るという形じゃないかと、自分では思いますね。
だから旅行なんかいたしましても、昔でしたらいろいろ工夫するわけですけれども、このごろはわりと素直に、手帳持って、デッサンや素描みたいなのをやっといて、あとでそれを根城にして作ったりしますからね。だから意図的というのとは全然違うと思います。

吉本　ぼくは好きなのが幾つかあるんです。「うたた寝ののちおそき湯に居たりけり股間に遊ぶかぎりなき黒」。ぼくはものすごく好きです。これは若いときの岡井さんにはなかったんじゃないかな。エロチックな歌はあるわけなんですが、そうじゃなくて、生活感の組織化というのかな。おかしな言い方だけれども、ものすごく浸透された組織化ができているみたいに思うんです。そういう歌を幾つかあげてきたんですけれども、「やくざ雲夕雲さはれ新任の任地さびしき蜂須賀小六」、これもそうなんですね。

いまあげた二つの歌だけとってきたって、その中にはこれは、生理的年齢がある成熟を示さなければできないだろうということと、また生理的な年齢に従順であるということだけならば、どうもこういうふうにはいかないだろうなと思うんです。そうすると、どこかで、生理的な年齢に対する意識的な姿勢とか、抵抗の仕方みたいな、爪のかけ方と言いましょうか。その均衡がとてもうまくとれている。

しかし、その関心のところで理解できなければ、ぼくみたいに読まないかもしれない。たとえば若い年代の人はそう読まないかもしれないなという気も、一方ではしますけれどもね。

でもぼくは、生理的な年齢という問題がなければ、どうしようもないだろうなという気がします。またそれに対する一種の意識的な姿勢がなければ、やはり岡井さんも、茂吉のように老いるかもしれないという感じがするんですけれども（笑）。何かそこがとても難しいところなんで、この問題は相当重要だなという感じはあるんです。

岡井　そうですね。

吉本　何かそこの問題に対して、岡井さんの『歳月の贈物』は、一つの解答をしているように思うんです。その前の年代の人は、その問題に解答してないか、無意識なようですけれども、岡井さんの場合は、相当意識的なんじゃないかな。その問題が、『歳月の贈物』に象徴される、岡井さんの現在の作品形成をどう評価するかという時、一番の核心のような気がします。

たとえば若い佐佐木幸綱さんなんかは、働き盛りだから働き盛りのように作っているなという感じで、生理的自然みたいなものにはぶつかっていないけど、岡井さんの場合、ぶつかって一つの解答をしています。この解答の仕方は、あまり前の世代では意識的じゃない。もちろん突っ張っている人もいますし、突っ張ってない人もいるという感じですけれども、これは岡井さんの場合、相当意識的なんじゃないかな。

岡井　もしぶつかっていたとすると、一九七〇年代に、東京からどっかへ行っちゃったときに表現の上じゃなくて、生活の上でぶつかっていた問題がたぶんあって、そこで自分が、そのあとクシャクシャいろんなことをやったり沈黙したり、またやり出したり、コースをジグザグにとりながら、やっていたのが、ある面で歌集の中に反映しているのかもしれないという感じがします。だからそれは、自分ではとても説明しにくいわけだけれども、たぶん吉本さんが言ってるような面は、現在のぼくの私生活を含めての生活意識そのものが、そういった自分の何かに抗わざるを得ないところにあるものですから、それがあるいは反映しているのかもしれません。それが一つ。

それから、若い世代、三十代でも違っていて、こういう面ならまだやれるよという感じがありまして、そういうのは、生理的な運動としてはとてもいいんじゃないかと思うんです。それをやらない世代がありますよね。全然若い世代については一言も言わない。ああいうのは本当はいけないんじゃないか。同じ五尺何寸の人間なものですから、世代がどんどん変わっていきましても、ずいぶん共通な面がありますね。ですから、しゃべっているうちに、結局同じようなことを言ってることがよくあって、年齢忘れちゃうこともあるわけです。だから、恐れずに若い人、たとえばぼくらを若いと見るんだったら、ぼくらと論争でも何でもやってもいいし、一緒に遊んでもいいと思うんです。そのへんのところも大事なんじゃないかという感じがするんです。

吉本　なるほどね。

岡井　吉本さんは『源実朝』や『初期歌謡論』なんかで近代の正岡子規以来の、特に「アララギ」系の短歌が、『万葉』あるいは古歌謡をすごい誤解しちゃったままいろんな歌作っているところがあるということをおっしゃってますね。たとえば長塚節の「馬追《うまお》い虫の髭もそよろに来る秋はまなこを閉じて想ひ見るべし」というような歌をお引きになって、こういう一種の袋小路までついにきちゃったと書いておられるんですけれども、あの問題は、正岡子規が短歌という形式を、ずいぶんおかしな部分も含みながら復活させて、それから俳句でもそうですけれども、たとえば「鶏頭の十四五本もありぬべし」とか、「藤の花ぶさみじかければた、みの上にとどかざりけり」というような、病床に伏して目で見る視覚的な内容を、ああいう形にまとめたという、非常に特殊な状況から、俳句革新とか和歌革新の究極的な作品が出てきていると思うんですけれども、あいったものを、自分の境遇に引きつけて『万葉』も同じだったんだという形で、近代のリアリズムといいますか、吉本さんのおっしゃっていた意味から言うと、たとえば、「事実」にぶつかっていって、それを短歌とか俳句の中へ繰り込んでいくということから始まっていままで何十年もきちゃった。そういう一つの歴史があると思うんですけれども、そのへんまでを全部連ねて、吉本さんはああいうふうにおっしゃっているのか、それとも、一種の古歌謡、あるいは実朝なら実朝という中世の歌人の作品レベルというか、その問題に局限しておっしゃっているのか、その点はどうなんですか。

吉本　初期の「アララギ」、つまり子規とか、長塚節とか、伊藤左千夫とか、赤彦とかに漠然と感じたことは、その描写の精密さにくらべて、喚起される内容が非常に貧しいということです。それがなぜなんだろうかなというのがよくわからなくて、古い歌の自然描写を見ていくと、言葉では粗雑な大まかな自然描写にすぎないのに、こっちに喚起されてくる内容は非常に強烈で大きい。それはやはり近代で、写生ということを間違えたんじゃないか、『万葉』なら『万葉』の自然描写を間違えたんじゃないかな。

なぜそれじゃ古歌で、大まかな自然描写が、喚起する内容は大きくて鮮明で、ある一つの意味内容を訴えるのかと考えたら、それはたぶん、韻律とか、調べだけで喚起するものが、もう本来的にそこでは付随しているということがあって、それを抜きにして、描写の細密さを追ったんじゃないかということが一つ。それから、近世の歌が『新古今』的であり、しかも『新古今』よりも平板なものになっちゃっているということに対するアンチテーゼから、一種の印象派じゃないけれども、戸外の光線で静物画を描けば、それはものすごく新鮮な歌になるということが子規なんかにあって、結局非常に緻密な自然描写になっていった。それはたぶん、言葉の調べということと関連するわけでしょうけれども、一種の叙述性を殺すのがリアリズムなんだと考えたところが、問題なんじゃないか。つまり、写生という観念が決定的な誤解なんじゃないかというのが、ぼくの考え方なんです。

岡井　なるほど。

吉本　それじゃ「アララギ」の正反対と考えて、折口信夫の歌はどうか。緻密な自然描写があるわけじゃないし、それほど歌を作る執念があるとは思えないけれども、しかし一種の調べ、韻律の叙述性みたいなものをものすごく喚起させるように言葉を使っていて、歌がまた別の問題として出てきちゃう。本来ならば子規が、それを初めから同時に持ってなくちゃならなかったものを、それが他の人の役割になってしまったということがある。それは折口信夫がそうであるし、前川佐美雄がそうであるし、斎藤史がそうでしょう。そちらのほうに、一種の言葉の叙述性を持っていかれるようになったというのは、そういうことなんじゃないかなというのが一つあるんです。

もう一つは、土屋文明のあとに近藤芳美がそうであり、岡井さんがそうであり、これは塚本邦雄さんだってそうだと思うんですが、言葉の叙述性の復元に、一種の精力をかけるということをどうしてしなければならなくなっちゃったのか。ある意味では、それをしたために、レンガを積んで行くような、自然描写の緻密性は犠牲にしなきゃならなかったのかもしれない。どうしてそうなっちゃったのか。

やはり最初の写生という概念、自然描写という概念の中で、言葉の、あるいは韻律の喚起する叙述性みたいなものが、古歌が自然に備えていた叙述性が、どういう形で近代の中でよみがえるべきなのかということは考慮の外において、描写の緻密性だけを追って行ったことが、近代の短歌の分裂の根本だったんじゃないか。そこに最初の誤解があったんじゃないかというのが、ぼくが持っている大よその鳥瞰図なんです。

岡井　それは子規の個性ということもあるけれども、当時の文学的環境とか、明治という時代の持っていた、時代の要請が引き起こしたものですか。

詩と短歌の土台の相違

吉本　ぼく、こう思うんです。たとえば、子規に接続するようなところで、橘曙覧とか良寛という、わりに近世後期の歌人を見るでしょう。そうすると、日常生活の描写では、ほとんど子規がやっていたような意味のきわめて平明な、リアルな、そう言っていいんなら、かなり近代性を待った短歌を作っているように思うんですよ。

子規は、曙覧とか良寛からかなり影響も受けただろうし、また勘定に入れていたようにも思うんですけれども、良寛とか曙覧の場合は、日常生活のすみずみをとてもリアルに、平明に描写したものを静物画にしたと思うんです。

もっと生活感性の問題だったら、子規と同じくらい平明な歌は、曙覧にも、良寛にもあって、それはとてもうまくできていると思うんですね。子規が新しくそれに対して、『万葉』の自然詠みたいなものも考慮に入れた上で、変えていった。問題は、良寛や曙覧がやったような、生活感性の平明な描写、それを、生活感性というだけじゃなくて、自然そのものの、とても平明で緻密な静物画的な描写をかなり意識的にやろうとして、そこに子規の『万葉』の消化の仕方が入ってきたんじゃないか。

だからそこに、与謝野晶子みたいなものがすぐに、アンチテーゼみたいな感じで、短歌的な、あるいは自然描写的な修練なんか何もしないで、近代の一種の生活感覚のひらめきみたいなものでただ押しまくっているみたいな歌が、一方でできちゃう。それはたぶん、子規が言葉の調べがもっている叙述性をあまりにあっさり排除しちゃって、そういう『万葉』や『古今』の受け入れ方をして一種の静物画を作っていった。そこのところにまっさきに問題があるんじゃないかなという感じなんです。

それは子規ばかりじゃなくて、長塚節の場合も赤彦の場合でも、ある意味でそうだと思う。伊藤左千夫には、ちょっと逆な面もあって……。

岡井　ありますね。

吉本　これは『古事記』なんかでも、自然描写の歌を本文と関連づけて読むと、謡歌《わざうた》みたいに暗号として使われています。一見、自然描写の歌だけれども、本文と関連させると、本当は何々という政治事件の諷刺の喩になっている歌がありますね。そのことは、自然描写をそういう意味合いでも古歌では詠んでいたということを意味するでしょう。それを抜きにしてすなおに考えても、子規の写生の概念は、本質的に誤解だったんじゃないか。

それからもう一つ、自分の問題に引き寄せて言うと、五七五七七で、内容的に言ったらどんなに突っ張ったってそんなにたくさんのことを言えるわけがないですよ。それにもかかわらず、こちらの受け取り方、感受性いかんによっては、大変な内容のことを相当きちっと言えているというふうに、どうして受け取れるのかということは、依然としてぼくは、いまでも不可思議でしようがないんです。つまり感受性と読み方、歌い方いかんによっては、相当複雑な内容のことがこっちにやってくる。その問題に対して、子規や長塚節の静物画的な自然描写に、その要素が能う限り少なくて、あ、これ、ちゃんと描写してあるとおりじゃないの？　というふうに見えるということなんですね。そのことがまたおかしいじゃないかということが、ぼくの根本モチーフになっちゃうわけですけれどもね。

岡井　それは本当に大問題だと思うけれども、大方の歌人はそのことに気がついてないものですから、その点はなはだ具合が悪いんです。

歴史というのは致し方のない、変なものを残すものかもしれないけれども、大正期を通じて、吉本さんがおっしゃった、ある誤解の上に成り立ったと思われるようなエコールが、わりあい大衆化といいますか、ある種の日本人の気持ちをつかんじゃって、そのパターンでなら俺も歌えるというような形で増えてきますね。それから片方で、その取り落とした部分を、『明星』なんかも回復しようと思ったんだと思うけれども、一面から言うと、自然主義みたいな、窪田空穂さんとか、前田夕暮さんとか、いろんな方がおられますね。あるいは若山牧水とか。そういうところで、叙述的とまでは言えないにしても、もう少し平明で、子規が取り落としちゃっているような生活的な感性を歌の中へ持ち込む。

それからもう一つは、啄木とか土岐善麿さんなんかもそうだと思うけれども、啄木が、これまた叙述とはだいぶ違うある部分を拾い込んでますね。そういう形でいろんなエコールがあるんだけれども、結局は、吉本さんのおっしゃる、誤解の上に立った自然詠が一つの主流を占めてしまって、そこからまた、それに対するアンチテーゼが、昭和期になってから出たわけです。

だから吉本さんのおっしゃる誤解には違いないんだけれども、ぼくも自分でわからないときがありますね。実にくだらないなと思うときと、それから、ちょうど細密画のミニチュアのよくできたものを観賞しているような、一種の喜びみたいなもの。実にすみずみまでみごとに、しかも三十一文字でいうわけですから、かなり暗示的な手法でいってるんだと思いますけれども、そういうのが一つありますね。

吉本　ええ、そりゃわかりますよ。

岡井　ただ、吉本さんの先ほどの疑問と並べて、ぼくもかねてから思っているのは、たとえば吉本さんが引いているような清水哲男さんの詩「スピーチ・バルーン」。詩人が自分の故郷に何年ぶりかで帰ってくるらしい。これは清水哲男さんに関する、新しい情報で、へえ、おもしろいなと思う。チャーリー・ブラウンがセンターフライを追いながら後退するとか、何とかいうおばあちゃんとか、一々新しい情報がこちらの好奇心もある程度刺激しながら言語が出てくるんですけれども、たとえば長塚節にはそんなもの何もない。「馬追蟲《うまおい》の髭もそよろに」秋がこようとこまいと、そんなことはちっとも新しいことじゃないじゃないか。長塚節さんが気張らなくたってごくあたりまえに、秋はくるわけで、何も内容的に新しいことといってない。あるいは「白銀《しろがね》の鍼《はり》打《う》つごときりぎりす幾夜《いくよ》はへなば涼しかるらむ」という歌がありますと、暑い最中で、キリギリスの声を聞いている。もうそれはほんとにばかみたいなことですが、それをある韻律の上に乗っけていわれちゃうと、ある年の夏の自分の感情が喚起されるし、そのとき長塚節という病人が、喉頭結核かなにかで九大病院で寝てて、夏が苦しいなと思っててということが、全部ひっくるめて思い出されてきますね。そうすると、必ずしも、全く貧しいとはいえないような、長塚節という人間のドラマが共感されてくる。

つまり新しい情報は全然ないこんなあたりまえなことをいいくるめただけのことで、なぜ、ある表現とか歌とかいうことをいえるようなものになるのか、ぼくわからないですね。どうしてなんだろう。ぼくらは、他の文芸作品に接するときは違う態度で接するのに、歌の場合は、あるいは俳句もそうかもしれないけれども、そういうのがありますね。

吉本　ぼくはこんな気がするんです。詩というのは現在というとてもせまい幅の時間だけをとってくると、表現することは全部ひとりでに新しくなるということ。それから、ひとりでに、そのせまい時間の現在という幅の中で生きてしまうということが、現代詩とか近代詩とかいわれているものでは、可能なんだと思うんですよ。

ところが、短歌でも俳句でも、だれでもがそれを歌えて、現在という時間の幅の中で新しい感情を表現し、新しい文芸の形になっているんだというふうにいかない。つまり短歌なら短歌の場合には、形式というのは加担してくれないんじゃないか。だから歌人は、歌を作る場合には、現在という小さな時間の幅でいえば、場を作ることから形を作ることまで、つまり、一から十まで全部自分であくまでも単独でやる以外にない。それ以外のものは何も加担してくれない。そこに、現在という幅の中で歌人の置かれている苦しさと強さがあるように思うんです。詩人はそうじゃなくて、自分が一から十まで始めなくても、六ぐらいから始めても、現在という時間、あるいは時代が十にしてくれる面が、必ずあると思うんです。現在という幅を持ってくれれば、六くらいまでは環境がしつらえてくれていて、あと四やれば、それは十になる。

韻律の面から、定型という面から言えば、それは歴史的に、日本語である限り詩歌の発生以来の根源が全部加担してくれている。ただしかし、本当に始めるには、一から十まで全部自分で始める以外にない。

詩の場合には、様式はちっとも加担してくれてない。様式というより、リズムが加担してくれないと言ったらいいのでしょうか。しかし六までは、現在ということがもう土台を作ってくれている。あと四やれば十になるんだ。そういう利点と弱点があって、歌の場合にもそういう矛盾があって、その矛盾が何かにさせちゃうんじゃないかという気がするんです。

岡井　そうするとそれは、歴史的な一つの場の性質みたいなものであって、理由づけとかそういうことは別にして、現代の歌人とか現代の詩人が書かれているものを吉本さんがごらんになっていて、そういうふうに感じられるわけですね。

戦後詩の顕著な特徴

吉本　ぼくはそう感じられるんです。現在、歌人のほうがはるかにきついと思います。詩人はそうじゃない。だれか、無人称が六くらいまでやってくれている。それに乗っかって四をやればできるという問題じゃないでしょうか。

だからそこの問題は、利点であるとともに脆弱さでもあると思うんです。なぜならば、フォルムはちっとも加担してくれないですから、いつどうなるかわからないし、現在という幅をとるから持つけれども、ちょっと長い時間をとったらどうなるかわからないという問題に、絶えずさらされているんです。その点、岡井さんもそうですけれども、現在の歌人の歌を見ていると、そこはきついよなという感じと、定型ということが、ひとりでに、一種の永続性を保証しているというか、保証されているなという感じと、ぼくは両方受けますけれどもね。

だから、詩の場合は、いつでも不安定な気がします。つまり、あす古びちゃうかもしれないし、あす壊れちゃうかもしれないということは絶えずありますし、評価自体にしても、とても長い時間をとって、これは持続性があるとか、これはないという評価を下すのは、難しいように思うんです。

だからぼくの漠然と感じていることは、詩の表現自体は、たとえば戦後の詩は進歩して微細にもなって、たくさんのことができるようになっていますけれども、たとえば立原道造とか、中原中也に匹敵する永続性を持っている詩人は、たぶんいま生きていないんじゃないかなという気がするんです。立原とか中原の詩は、内容的に言っても単純ですし、読めばどうということないということになりますから、なかなか評価がしにくいんだけれども、十年なり二十年なり経ったのちに、中原とか立原に匹敵する詩人は生きていなかったということになるのではないかというのが、ぼくの漠然とした感じなんです。

その意味で、短歌という場合には、すでにその歳月をある程度保証されているんじゃないかなというのが、ぼくの印象でしてね。

岡井　歌を作っている人間の側からすると、その一から十までという感じが、非常に形而下的な話として、たとえば仲間を作らなければいけないとか、結社に入らなければいけないとか、ある年齢になると、そろそろ自分で結社を主宰しなければいけないとか、そういったことまで含めてのお話だとすれば、ある程度わかるんです。ただ先ほどからおっしゃっているようなことで、表現の歴史、短歌の歴史なら短歌の歴史でも、詩の歴史でもそうなんですけれども、戦後になって、非常にこまかいことができる、こういう修辞上の発見があるとか、こういう新手法が編み出されるとか、いろいろありますね。外国の詩の影響を受けながらやったり、古典から持ってきたり。そういう細分化というか、ちょうど科学がやっているような、方法論の包容化ということがありますね。ああいった形のことは、ぼくらはもう歴史として、かなり代表的なものしか読んでないものだから、目にうつらないだけのことで、明治時代にもあり、大正にもあり、昭和戦前にもあり、そして現代にもあるという形できたんでしょうか。それとも、戦後特にまたそれがめざましいという感じですか。

吉本　ぼくは、そういう言い方をすれば、戦後とくにめざましいんじゃないかという気がするんです。若い詩人ならば、もちろん戦後になってから自己形成をしてますから、戦後の初めの詩なんかはべつに自分は読んでいないし、影響も受けていないという、主観的な感じ方はあり得るでしょうが、たぶんそれは、本当はそうじゃないんで、たとえば戦後の当初に生み出された表現様式とか、方法とか、多様性というのは、無意識のうちに土台としては、もう踏まえちゃっているんじゃないかなと思うんです。短歌の場合には、それを一から十まで、たとえば戦後詩というふうに限定しても、たぶん個々の一から十まで全部やっているような気がします。

岡井　わかりました。そうだと思いますね。本当に、系統発生を個体発生でもう一回やり直すようなところがありますね。短歌の場合は歴史的なものだから、ある一つの理解というか、解釈の仕方ができると思うんですけれども、たとえば、新体詩の発生のころから現代詩が生まれるころまでは、わりあい長い詩も、フォルムを定型みたいな形で持とうとしてましたね。あるいは五七調を基盤に、いろんないじり方をして、いまでも多少、五七調を逆用する人はいっぱいいるわけだけれども、ああいう一つの型を、短歌とは違う、もちろん俳句とも違う、あるいは無限に続くかもしれないような、ある一つの型とか、そういうものを現代詩が絶えず探り当てようとしているのか。全然そういうこととは関係のないアモルフのところで今後も動いていくのか、そのへんはどうお考えになりますか。

吉本　むしろヨーロッパの詩の作り方があって、それを翻案ないし翻訳する場合に、ヨーロッパ的な意味の音とか韻を踏むことができないということ。しかし内容的には、ヨーロッパの詩というのは一種のお手本としてあって、これと等しいことが、詩で作られなくちゃならないはずだという要請が当初にあった。多少近世からの長歌の伝統みたいなところで、それを翻訳あるいは翻案しようとした試みは、すぐに自由詩といいましょうか、散文詩的な詩のほうにいっちゃった。それはたぶん、ヨーロッパの詩の内容の要請のほうからきているんじゃないか。それで、ますますそういう方向に行っちゃうんじゃないかなという感じがするんです。

ただ、そこがまた韻律の問題みたいなことになってきて、もし詩が当初に、もっと違うことができたかもしれないなということがあるとすれば、日本の長歌の伝統とか、もっと長歌を崩したような俗謡の伝統とか、そういうところから、五七調あるいは七五調のバリエーションを、明治三十年代に様々な試みがなされたところで、その問題はたぶん、永久に捨てられたんだろうなという気がするんです。これから音数律が、何らかの意味で現代の詩で復活することはないんだろうなと思うんです。

ただ、そういう音数律みたいなことだけで言うべきでなくて、表現に対してどういう位置をとってるかということも、そのとき問題にすべきだったんじゃないか。つまり、五七調あるいは七五調にバリエーションをつけて、様々な試みをやった時代に、どういう位置から表現をやるのかということについては、もう少し考えるべきだったんじゃないかなという気がするんです。

音数律復活の可能性

岡井　なるほど。

吉本　というのは、短歌だって長歌だって同じことになるんでしょうけれども、一種の問答歌みたいな、あるいは応答歌みたいなところから日本の歌が出てきた場合に、それが一人の作者によって作られたとき作る者と作られるものとの間にどういう位置の変化があったのかという問題が、一つあったと思うんです。それでいきますと、どうもぼくは、五七五七五七と長く続いていって、七七で止める長歌の発展の仕方が、ちょっと違うような気がしてしようがないんです。表現されたものに対する表現する者のかかわり方、場所というものは、もっと多様なものだったんじゃないかなという気がするんです。その問題があっさり音数律だけの問題になって新体詩の中に入り込んで、新体詩の中で今度、五七あるいは七五は単調だからということで、四三になったり三三になったりという試みが、音数のところだけでなされるんですけれども、それはたぶん、そのときに表現者の位置についても、様々なバリエーションがなされるべきだったんじゃないのかな。そのことは一つ、詩のリズムを考える場合に問題になるけれども、そのことを除いては、音数律みたいな意味合いで、現代詩がリズムを持っていくことはたぶんないんじゃないかという気が、ぼくはしますけれどもね。

岡井　あれは、明治時代を全部おおい尽くして、ずいぶんいろんなことをやったわけですね。

吉本　そう思いますね。

岡井　そういう言い方は酷かもしれないけれども、本当はもうちょっと別の人がやるべきだったのを、間違った人がやったのかもしれない。

吉本　そう思いますね。

岡井　本当にやるべき人は、もうそっぽ向いちゃったところがあるのかもしれないし、漢詩なんか作っていたのかもしれないし、何かそこのところが微妙ですね。

吉本　そうですね。だから鷗外なんかでもそうでしょうね。もっと本当はいろんなことを詩の上でやっていいはずなのに、存外それは、山田美妙みたいな人に委ねられてしまったし、散文化も、相馬御風みたいな人に委ねられてしまったということがありますね。

もっとたくさんの可能性はあったんじゃないかなと思いますけれども、ちょっとそこは違うように行ったなという感じがしますね。

だけど、ぼく自身の問題意識によせれば、日本語の韻律とか音数律、つまり七と五になっちゃう音数律も含めてですけれども、そのことはよくわからないように思いますね。依然として、そこをうまく言えたらなという願望はありますけれども、そううまく言えないような気がします。

（『週刊読書人』一九七八年十一月六、十三日号）

平明さと難解さの意味するもの

吉本　岡井さんの今度の歌集『親和力』を読んで、ぼくの好きな歌を十ばかり抜いてきたんです。こっちの短歌に対する好みや見解も考えに入れないといけないんですけど、ぼくは岡井さんの自然詠や家族詠みたいなものや、それから岡井さんの内面の動きをうたった作品の方が、これいいなあと無作為に選んだなかでは多いんですね。そのことをお聞きしてみたいんですが、そうじゃなくて、時代とか社会に関わってゆく時の岡井さんの『親和力』のなかの作品は、リズムに不安感があるんじゃないか、だから選んだものではそちらの方が数が少ないのです。好みもあるから何とも言えないんですが、多分そういう評価は岡井さんは不満でしょうし、実験的な自由韻も含めて時代や現実の動きに自分を関わらせていって、その内面やリズムの不安のある歌の方がもしかすると主体なのかなっていうふうにも思うんですが。ぼくは何の意図もなくさっさと読んでいって選んだ歌にはそちらの方が少ないんですね。でも、そういう二種類の歌があるなと読んだんですね。

岡井　自分でもそれはそういう感じがしますね。長い時間かけて作った歌集だから、ちょっと突っ張って作ったりすることもありましたし、それから人に見せるという意識で作った歌もありますね。例えば国鉄がなくなっちゃってＪＲになるっていうのに歌人はこれについて一人も何も言わないのか、あれだけ政治だ革命だなんて言ってた連中が何やってるんだという気持ちがあって、じゃおれは挽歌の一つくらい作ってやろうというようなモティーフがあるわけですね。でもそんなものでも少しずつ抒情化して作れると思うものですから、やってみる。自分ではあまりイデオロギー的に反発したものを作るつもりはなくて、「古い感性だ」とことわりを言っているんです。やはり官僚制とかいろいろ自分がぶつかっているものに対して、そちらの方でがんばってきたこともあるから、答えくらいは出しておきたい気持ちがあるんですね。

でも、歌集作った後からそれを振り返りますと、かなり無理をしてまして、つまり、もっと様々なでこぼこの気持ちがあるはずなのに、そのでこぼこがうまく出ませんで、すーっといっちゃう表現になってしまうんですね。そこが自分では未熟だとも思うし、短歌というものの限界かなという気もするし、自分が悪口を言っていたイデオロギー的な短歌の裏返しみたいなことにもなりかねない危険もあるかもしれません。だからおっしゃるような家族の歌とかごく心理的な歌とか、生活の細かいディテールみたいなものをうたった歌とか、それから自然詠――これはどんどん今は衰弱してきてますから、最後の自然詠歌人として少しがんばってみようかとも思うんですね。

そういうこともあって、出来上った時の歓びというのはそちらの方が深いですね。だから吉本さんがおっしゃるのはぼくはありがたいと思うし、よく分かるんですね。ただもう本当に最近は一歩踏み出してものを言うということが少なくなりまして、うたい方がとても難しく感じられるんです。

吉本さんがお選びくださったのはどういうような歌ですか。

吉本　ええっと、いくつか言いましょうか、「秋雨は滴《しずく》大きく降りもすれ梅の林をあはく煙らせ」、こういうのはぼくはものすごく好きなんですよ。岡井さんの以前の歌で「灰黄の枝をひろぐる林みゆ亡びんとする愛恋ひとつ」を連想しまして。それとこの作品を較べてみて、ああやっぱり岡井さんは平明になったなと思いましたね（笑）。技術的にも成熟されたんでしょうけれども、平明になった。平明なんだけど、たくさんのことを言っているという意味だったら、ぼくはこっちの方がいいんじゃないかと思ったんですね。それが岡井さんの年月なのかなと思って読んでいたんです。

この前後の歌がぼくは読んでてよかったですねえ。「さいはひの浅瀬をわたる一家族提げたる靴を水に映して」なんかはすごく好きですね。それから岡井さんの個という意味で岡井さんらしいなあと思った「存在のはじめよりして呪《のろ》はれし和歌のごとくに生き残りたり」、「額田《ぬかた》郡にんじん村はほそき雨逢ひたくて来て逢はず帰りぬ」、こういうのはぼくには何ともこたえられねえ、って感じですね。何て言うのか、言葉の他の言葉みたいなものが随分と豊穣になったような気がするんですが、もしかするとそのことと平明な表現は関係があるんじゃないかというふうに思ったんですね。どうでしょうか、ぼくはそちらの方の歌の方が選んだ限りはよかったんですがね。

岡井　現代詩は難解だと言われていますし、ぼくらの前衛短歌も難解だと言われてますが、その難解性にもいくつかの段階があるんだと思うんですね。もちろん読む方の側の理解力もありますから簡単にはいきませんが、普通に読むと、ボキャブラリーがひじょうに難しいということが一つありますし。暗喩に慣れてないという初歩的な難解さがあります。もう一つは本当に難解なことが言われていて、だから当然簡単には分かりっこないんだという難解性もあるんだと思うんです。現代詩は荒川洋治さんなんかもひじょうに分かりやすくなってきてますし、北川透さんなんかの話を聞きますとメタファーから言葉が切れてきたというようなことをおっしゃいます。しかし一方でかなり難しい詩を書いている人もいらっしゃいます。

ところが短歌なんかの場合ですと、かつてひじょうに難解なものを書いていた塚本邦雄さんとかぼくとかが表現としては割に平明なところに来てしまって、それから後の世代というのはその時代にとってとても難解な思想も出てきてないし、用語もそんなに使われなくなっている。現代詩の場合はまだ両方残っているような気がしますが、短歌の場合は難解なものは姿が消えたような気がしますねえ。

吉本　それはやっぱり定型が保護してくれる問題と制約する問題というのが両方あって、現代詩というのは始めからそれがないですから、開かれ方も閉じられ方も違ってくるように思えます。概して言えば、詩も平明な表現の方が多くなってますし、感性にもよるんでしょうが、それが詩の主流にだんだんなってきているんじゃないかと思うんです。詩は定型じゃありませんから、やっぱり何か無形のもので定型づけないといけないということがあります。難解さは難解さとして追求してゆくその追求の仕方自体も一方ではあるんだと思いますけど、おおよそのところは平明なところへ移りつつあるということならば、詩も短歌もそんなに変わってないんじゃないでしょうかね。

だからそういうなかで岡井さんの歌集でも、自然詠の平明さの一方、社会の動きと関わっていく岡井さんの歌はもしかすると難しくなっているのかという気もするんです。岡井さんは多分その二つの面をちゃんと睨みながらやっておられるように思われるんですけれども、現代詩の場合には多分その両方を見ていてやる詩人というものが成り立たなくて、難解の極をひたすら追求するか、でなければ平明さを通り越して言葉の断片のようなCMの一切れみたいなものにつながってしまうような平明さの方に、一方の詩人たちは行くというような両極に分かれてしまってどうすることもできないんじゃないかと思うんですね。それは短歌の場合には、岡井さんも連詩連作の試みを含めて実験的な試みをやっておられるから、両方の眼で両端を見るということができるんじゃないかという気がするんですね。そこが短歌の世界と現代詩の世界のいちばん違うところではないかと思いますね。多分、詩の場合は両端を踏まえるということはできないと思うんですね。いてくれたらたいへんいいと思いますけれど、多分できない。そこがいちばんの問題のような気がします。

例えば塚本邦雄さんの歌もずいぶん易しく読みやすくなりましたね。でも塚本さんの易しくなり方と岡井さんの易しくなり方というのは違うような気がするんですね。多分、塚本さんの歌の易しくなり方というのは現代詩の易しくなり方というのと割と似ているんじゃないかと思うんですよ。ところで岡井さんの易しくなり方というのは多分言葉の平易さとか声調の平明さというのがあって、それは裏側の陰の部分はものすごく複雑になってきているというふうにぼくは思えるんですね。でもこれは読み方だから、若い歌人がそう読んでくれるかわからないんですが、岡井さんの平明へのなり方はぼくはそう思いますね。

岡井　さっき吉本さんが定型が保証するとおっしゃいましたが、それは出発の時から分かってました。たまたま去年も飯島耕一さんが定型ということをおっしゃられて、読売新聞紙上で何回か往復書簡で意見の交換をしたんです。詩の場合に四行詩とか五行詩とか、宮沢賢治の場合は最終的に八行とか四行で文語詩という形になる。もちろんそれが全てじゃないけどそういうふうになる。ただしその時は口語ではどうも駄目らしくて文語になる。五七になったり七五になったりする。

現代詩人の場合には字数はともかくとして行数を一定にしてやってはどうだろうという問い掛けをしばしばやるんですが、どの詩人の方もうんと同意してくれなくて、なかには怒っちゃう人もいる。中村稔さんなんかはソネットを書いてらっしゃいますので、どうなのかなと思って聞くんだけれど、自分はこれを絶対化して考えてない、あなたは短歌定型というものを心の底から信頼しておられて（まあ実はそうでもないんですが）、自分はソネットの形式を絶対的なものとしてやっているわけじゃない、単に自分はこれをやっているにすぎない、そこのところが定型観も違うんじゃないかとおっしゃるんですね。吉本さんはそういうことをどうお考えですか。

吉本　詩人でも例えば清岡卓行さんでも大岡信さんでもそうですが、意識して文語的詩を作ってらっしゃいますよね。それはかなり意識してそうだと思うんです。でもそれで余っちゃったものはどうするんだということになると、例えば大岡さんなら古典の批評みたいなものに行くし、清岡さんは小説なんかで余っちゃったものはちゃんと補いをつけてるみたいなことがあるように思うんです。つまりそれがあるから意識した文語的詩を書いたり、また連歌みたいなものを巻いたりすることができるんだなと思うんです。それは岡井さんを詩人の方から見ればすごく定型とか音数律を信頼しておられるんだということになると思うんですが、現代の詩人というのはどんなにがんばっても、片方で意識的に定型詩に類するものを文語形で作ってしまえば、どうしてもそれで余るものはどこかで処理しなければならないことがありそうに思うんですね。大岡さんなんかはそれをやっておられるんだなあと感じるんです。ぼくなんかも詩を書くことも開店休業で、あまり意欲も契機もなくなった。そうすると詩を書くことで自分が処理してきたものはどうなっていくんだというと、一種の断片的なモノローグみたいなものをやって、それで詩を書くことの補いをつけているというふうに、ぼくらはそういう処理の仕方をしちゃってきていると思うんです。

だから今度、岡井さんの作品と文語詩を主体とした宮沢賢治論というのを読んで、ものすごくそれを感じたんだけれど、おれは詩の世界から随分遠ざかっちゃったなという感じで、一挙にその中に魅き入れられちゃったんですね。つまりそのくらい遠ざかっちゃった。でも何かで補いをつけないと収まりがつかない気持ちがありますから、変な断片的なモノローグを書いて、それでもって自分の中の詩を癒している感じがしてるんですね。でも詩自体の世界からは遠ざかったなあと思って（笑）、だから岡井さんの文語詩論を読みまして、久方ぶりに詩の世界に引きずりこまれたと感じましたね。宮沢賢治の文語詩論としても突っ込んだ唯一のものだと思うんですが、ここまで論じられるのかと思いまして、衝撃を受けましたけどね。

言葉と抽象

岡井　いまおっしゃられたことは、おそらく『言葉からの触手』という形で出てきているわけでしょうし、それから『宮沢賢治』を拝見しても、いろいろなところで詩を引用されていて吉本さんの詩的思考に入ってきていると思うんです。その時の吉本さんの言葉の選び方とか使い方、（まあそんなことを言い出せば「マチウ書試論」からずっとそうなんですが）、これは普通の散文家とは違う独特なものがあって、それが吉本さんの様々な論考にぼくらが分からないなりにもついていけるところじゃないかと思うんですね。この『言葉からの触手』を読んでいちばん面白いと思ったのは、最初の出だしのところで、「気づく」とか「触れる」とかひじょうに具体的なところから入っていかれて、こちらが安心するんですね。例えば「書く」ことを扱った章など、こちらも日々そういうことはやってますからずーっと引き込まれてゆくんですが、ある段階から思考がだんだん深まってくると、それまでは具体的な人間の行為であるのでわれわれもすーっと入っていけたものが、細かい径や深い井戸に入ってゆくように抽象的なところに入ってゆく。しかしそれは難解なんだけど、現実のところへもう一度戻さなくても一つの思考過程としてついてゆけるものもかなりあって、言葉が像《イメージ》――これは吉本さんもよく言ってらっしゃる概念なんですが――を生んでいってそれがこちら側にぴしゃりと入ってくることがあって、そこが面白かったんですね。

ぼくはこれを読みながらたくさん短歌を作りましたよ。だいたい最近は自分が何か外から刺激を受けなければ歌ができなくなっちゃっていて、言葉を聴いたり絵を見たりするんですが、この本を読んで、ここから連想でいろいろなものが出てきてとても挑発されたんですね。ただ、これを考えて書く時、最後はどこで終るんですか、その終り方っていうのは。

吉本　結局、自分の中でこうなれば終りだという見当というのは、もともと抽象ですからそれはそうなんですが、だんだんそれが生活の動きとか社会の動きとか言葉の動きという具体的な動きの分析のようなものに近づいていったらそれで終りという通路をつけようと思っているんです。

それで抽象的で基本的な概念をいろいろこねくりまわしていきながら、だんだん具体的なもの、読むとこれはこういう具体的な何かの抽象なんだということが次第にはっきりしていって、次にそれと合致することができたら終らしちゃえと思っているんです。

岡井　ああ、そうか。ぼくは逆のコースを考えていたなあ。それでずーっと思考が進んできて、最後に「現代の批評家は」というような言葉が出てきて終ることがありますね。ぼくは、なるほどこういうところがターゲットだったのかと思いましたが、それは初めからターゲットだったんじゃなくて、思考の果てにそのターゲットの顔が見えてくるんですね。

吉本　ええ、だからそれは一つのターゲットにはなるわけですが、それをある固有の名前を持ったり傾向を持った批評というところではなくて、もっと抽象的なところからいって、ついにそのことや社会的な動きみたいなことに触れることができたというようなところに行ったら、それはいいんだということなんですね。それを抽象の度合については飛躍をあんまりしないようにしながら、ごく自然な形でそういうところへ行けたら大変にいいなあということなんですね。

岡井　例えば「抽象　媒介　解体」という項がありますが、最初の線分の比喩とか楕円の「卵」とかはひじょうに面白くて、こういうのは一つの抽象を別の抽象に関係づけたいという思考が始まっていって、媒介という概念を説明するために、そういう比喩的な像で出した方が分かりやすいというような操作が出てくるわけですか。

吉本　そうですね。それに多分、それはその時々に考えていたこととか、書くために読んだ本ているものとして考えられないでしょうか。というような影響がひとりでに出てくるんじゃないかなと思いますけどね。

岡井　それは一つの思考が継続して、例えば剰余という概念が析出されてきまして、数行空いてまた別の思考のセンテンスが始まるわけですが、この数行の間というのはどういうものとして考えていられるんですか。

吉本　ぼくはそこのところは詩の連と同じような具合に自分では類推してやっているつもりなんですね。だから、本当は詩が書ければ詩を書きたいんだけれど、書けないもんだからそれで代償している面がたくさんあると思うんですよ。決して新しい形式とかでやってるんじゃなくて、むしろ自分の中にある詩というのはどういうふうに処理できるのかなということを補償したいという消極的な意味の方が多分多いんじゃないかと思いますね。

岡井　この「抽象」というところで言われていることと関係ないことかもしれませんが、これも連想が飛んでしまうんですが、以前色材のことを吉本さんもお書きになっていたんですが、ぼくらも医学の解剖の時に臓器なんか出てきますね。するとその状態を記載しなければならないわけですが、ぼくらはその臓器の色を記載する時に色彩語というのがすごく少ない。現実の色というのは何ともいえない一種の移行性を持っていて、例えば臓器が変色している、変色していればこういう病気だというんですが、写真を撮ってそれをはりつけておけばいいかというと、そういうわけではなくて、医者ならばそれを文字化して概念に置き換えなければだめで、その時にいったいこれを何と言えばいいのかという際にわれわれひじょうに貧弱な色彩語しか持っていないことが第一の悩みだと病理学者が言うんですね。それで文学なんかでも絵具で表すわけにはいきませんから何らかの言葉を使いますね。それは一種の低い度合における抽象なんでしょうかね。

吉本　それはこういうことですか。日本の昔の色の言い方だと蘇芳色とか朽葉色とかいう言い方がありますが、多分具体的な何かの色があって後から朽葉色なら朽葉色という呼び方をした時に、その人にとっては朽葉というのはこういう色だとイメージがあったんだと思うんですが、受け取る方からは様々に受け取れるわけですね。それはぼくはしょうがないことだと思いますし、赤とか青とか緑というような抽象に初めから行かないし、学問的につつけばまた別なんでしょうけど、そうじゃない限りは、日本の色の呼び方が具体的なもので呼ばれちゃうってことは感性の問題でもありますが、初めから言葉の問題なんじゃないかという気がしますけれどね。

言葉の問題とは何かと言えば、角田（忠信）さんという人が言うんですけど、日本人は色とか音を左の脳つまり言語の脳で感じちゃうところがあるんだというふうに言ってますね。そのことはぼくは次元の問題じゃなくて、多分日本人というのはそうなんじゃないでしょうか、どこまで行ってもそうじゃないかという気がするんですがね。それを純粋にサイエンスの方から知識として学び実験として分析すれば、色は波長と明度で言えばぴたりと表せるんだということになりますけれど、日本人に日本語でもって色のことを言わせたら、もう一から十まで具体的なもので言う以外にないという感性っていうのは感覚の問題であり、左脳のつまり言葉の問題であるというふうに初めからなっているとぼくには思われますけどね。

岡井　それは良い悪いではなくてですね。

吉本　ええ。かつてぼくはそれは低次元なことで、もっと抽象化すればそれはそうじゃなくなるんだというような考え方をしていた時期もありましたが、最近はそうじゃないんじゃないか、それは次元の問題でも何でもないんだと思えるようになりましたんですね。

岡井　狐色とか茶色と言うと、狐とか茶とかきちゃうんですね。そうすると詩の場合でも短歌の場合でもそういう言葉が使われるわけだから、少なくとも色彩というものに関する限りは、受け取る側である範囲はあるんでしょうけど、例えば狐をどう受け取るかはもうお任せということになっちゃうんですね。

吉本　なっちゃうんですね。本当言うと朽葉色といえば着物を自然の植物で染めた色のものがそこにあって、多分それを朽葉色と呼んでしまったんでしょうが、今は朽葉色という言葉が与える範囲は広いものになってしまって、それを境界づけるには違う言葉を持ってこなくちゃいけない、例えばそれは紅葉《もみじ》なんだといってその境界が違うことを示すよりしようがないんじゃないでしょうか。それは多分色だけじゃなくて、例えば風の色という言い方もありますし風の匂いという言い方もありますし、色のことを匂いというふうにいうこともありますよね。そのへんはどうしようもない日本語の特性でもありますし、感性の特性でもあるような気がするんですね。

匂いというのはどういう使われ方をしているのか関心を持ちまして、ちょっと調べたんですが、『万葉集』の時から例えば「島の榛原匂ひこそ」というような表現があるんですね。これは多分榛《はん》の木の色だと思うんですが、それを「匂ひこそ」なんて言ってますから、相当昔からあるんだなと思いますけどね。『新古今』なんかになってくると相当すごくて、色と匂いと音というのは変幻自在に境界なしに一緒になっているように思われますけどね。

日本語の音《おん》・「軒言葉」

岡井　宮沢賢治なんかも硫酸銅の色とか酸素の水とかが使われていて、文語詩では「水素の川」と直っていますが、そういうものはぼくも実験室なんかで割と見る機会がありますが、あれは見た人はどういうものか分かりますが、見ない人は想像がつかないでしょうね。

吉本　そうですね。岡井さんも宮沢賢治論のなかでやってらっしゃってますし、ぼくも以前に書いたわけですが、結局、贔屓の引き倒しみたいに自分の思い込みに引き寄せてしまっているから、「水素の川」なんていうと自分なりのイメージ、濃厚液をかきまわした時に透明な澱みたいなものがたつようなイメージをすぐ浮かべてしまうんですが、それは勝手な思い込みで、客観的に比喩としてみればあんまりいい比喩じゃないですよね。そのことを岡井さんは突っ込んでおられますけど、本当にそうだと思います。

岡井　でもきれいですよね。音《おん》もきれいだし、水素とか酸素とかはひじょうに純粋なものを感じるし。硫酸銅の色というのも実にきれいな色ですし、二つの物質を化合させる時の何とも言えない色の出方とか、その二つの境界のところに流れる感じというのはちょっと忘れられませんよね。でもそれは口で説明してもうまく伝わらないですよね。宮沢賢治なんかもそのことを知っていてやっているところが多少あるかもしれませんね。

吉本　そうですね。あんまり気持ちよくやられちゃうとガッカリしてしまいますよね（笑）。文語詩も「寄るべなき水素の川」なんていうのはいいんですが、詩の最後にメタファーなんかで持ってこられるとガッカリしてしまう。それはたいへんおかしな使い方で、あのまんまだと中途半端で行く場所がなかったんでしょうけど、それは童話の中でも文語詩の中でも解消していきますし、多分それでそれなりにも完成に近づいたメタファーにしてしまったところがあるんじゃないでしょうか。

岡井　岩石の色とかですね、あの人はやたらそういうのを使っている。あれなんかも岩石事典を持ってきて一所懸命にこちらは見るんですが、さっきの朽葉色と同じで、常にその岩石がそういう色をしているとは限らない。でも彼がイメージしていた色彩ではどうしてもその岩石の色でなければならないわけですね。それに言葉の響きなんかでも、吉本さんがおっしゃっているように賢治はインド＝ヨーロッパ語系の言葉が好きで、モディファイド・メンタル・スケッチなんて英語をどうしても使いたくなっちゃうところがありますし、エスペラント語はかなり入っているみたいですね。『宮沢賢治』の中ではオノマトペのこともいってらっしゃったり、地名・人名の付け方というのもいってらっしゃるんですが、そういうのも稲こきの音なら稲こきの音を日本語で表そうという時にはなかなか難しい。その時に宮沢賢治はちょっと考えられないような擬音を出してくる、しかもそれがひどくぴったりしてこちらも納得しちゃうとこがありますね。それはおっしゃるように一種の比喩にまでいっているように思えるんですけど、日本語が明治以来いろいろなものが入ってきてしまったんで、それを表現するのに今までの言葉や文脈ではやれなくなってしまったものが出てきちゃったのを、みんな苦労して通り抜けようとしたんですが、賢治の場合もその一つの例なのかもしれない気がするんですね。

吉本 そうですね。ぼくは後の方でそういうことも気がついたんですけれど、柳田国男の書いたものの中に、言葉のことと子供の遊びのことと、それから子供と母親との会話のことを書いた文章があって、その中で「軒《のき》言葉」ということを言っているんです。例えば家の中で子供と母親が遊んでたりする、柳田はそのことを東北や中部地方にあるのを拾ってきているわけですけれども、要するに母親が意味のないメチャクチャなこと、つまり宮沢賢治がよくやっているようなメチャクチャな擬音みたいなことを言うと子供にだけはその言葉が通じる言葉があるっていうんですね。それはそれぞれの母親によって独特にあるっていうばかりじゃなくてその地方にもあるっていうんですね。つまり「ぶっちゃかけー」と母親が言ったとすると、それは意味がないんだけれども、自分の赤ん坊にだけは分かる、「ぶっちゃかけー」と言うと子供がこうすることが母親には分かる、そういう言葉がちゃんとできていて各地方にあるんだというんです。そういう屋内で意味のない音だけの言葉なんだけれど母親と子供にだけは通ずるという言葉がある。もう一つ子供だけの世界で子供たちが野原や川辺りで遊ぶという時に通用する隠語みたいなもの、そういう外の言葉というのがあるというんですね。

そのところで柳田国男は「軒言葉」というのがあるっていうんです。それは外の世界で通用する隠語でもないし、母親と子供にしか通じない家の中での言葉との中間のところに「軒言葉」というのがあるといってるんですよ。ぼくは擬音と造語というのを論じた時に、母親と子供の意味を成さない言葉なんだけれども、それもまた言葉だというんならば、そういう言葉は普遍的な言語というものの原型を成すんじゃないかというふうに論議を持ってったことがあるんですね。

柳田って人はそういうのはすごい人だなと思うんですね。つまり軒みたいな外と内との境界のところで意味づけるよりない言葉があるんだといっていて、それには随分ぼくは暗示を受けたんですね。宮沢賢治が柳田国男を意識していたかどうかは別にしても、母親と子供との間にしか通じない言葉というのから、ぼくは意味不明の言葉というふうに書いた——それは岡井さんの今度出される宮沢賢治論の原稿のコピーをちゃんと読みまして、こりゃいけねえと思ったんですが（笑）、仏教の陀羅尼品の呪文というのが詩の中で使われてることがあるでしょう——そういう意味不明の擬音だと思っていた呪文言葉みたいなものまで全部言葉の範囲として受け容れるとすると、宮沢賢治という人は存外そういうことを考えていたんじゃないかなということを、擬音と造語を論ずる時に感じていたんですね。

岡井　詩の中の言葉が法華経の呪文であると書いたのは谷川徹三さんなんですよ。それこそ仏教は吉本さんのお得意のはずなのに（笑）。

吉本　いや、そうなはずなんですけど、柳田のその論議の方が頭にありましてね。

岡井　でも吉本さん、どうなんですか、ぼくは全然法華経を知らないんですが、あれは無意味な呪文じゃないんですか。

吉本　無意味じゃないんですね。ぼくは悪いことしちゃって、岡井さんのそのコピーに法華経の現代語訳がありましたので、ちょっと意味と音《おん》をその横に書き込んじゃったんですね（笑）。

岡井　ああ、そうですか。意味があるんですか。それはありがたいことをしていただきました。

吉本　あるんです。でもその後ぼく、法華経の呪文の意味と「祭の日（2）」の表現とよく較べてみましたら、結局それは意味では使ってなくて、やっぱり音《おん》で使っているみたいです。確かに陀羅尼品の呪文には違いないんだけれど、呪文の意味とはあまり関わりなく音でもって使っているなと思いましたね。

岡井　少なくとも、読み手の方の側にこの意味を分かれというような要求はしてないでしょうね。

吉本　そうですね。あれは三枝さんという人の訳によれば、あそこに出て来た言葉は四つあって（アナロナビクナビ、ナビクナビアリナリ、ナリトナリアナロ、アナロナビクナビ）、その意味は、富を持っているということと、富がないということと、富とは何かということと、戯れた調べということ、という意味だと思います。でもそれを勝手に語調がいいように宮沢賢治は組み換えてます。だから多分音で使いたかったと思います。

岡井　そんな意味を当てはめちゃったらあの詩はちょっとまずいわけですし、音を利用したわけですね。でも、それにしても相当高度なことをやりますね。

吉本　そうですね。そういうことというのはちょっとぼくはびっくりしますね。これは岡井さんもよくやっていらっしゃいますが、たいへんな試みだと思いますね。

南島論・初期歌謡

岡井　『初期歌謡論』というのはかなり一所懸命読んだんです。現在精力的にやられている南島論についてはお聞きする以外にないんですが、南島論というのはもう随分以前から始めてるんだよとおっしゃってましたが、そのへんの問題はほぼ重なっていらっしゃるわけですか。

吉本　そうですね。でも自分で凝縮したのは多分『初期歌謡論』で問題を凝縮したんだと思います。『初期歌謡論』でいちばん大きな問題として立てたのは折口信夫と同じで枕詞なんですね。この枕詞とこの枕詞はどちらが古いんだろうとかをやっていくうちに、だんだん日本語、つまり『古事記』や『日本書紀』の中に書き言葉として現われたひじょうに古いものの中にある日本語というのが何となく疑わしく思われてきまして、そういうことは言葉の面から言いますと、南島論をやったモティーフとしてはとても多いような気がします。また一方では天皇制論のような理念的なこともありますけど、言葉の問題に収約してしまいますと、何となくこの日本語というのはすわりが悪いなあという感じがどうしてもありまして、南島の方と今なら北の方へも遡りますと日本語というのがもう少しだけ分かるんじゃないかなあと思いまして、またそれでなければ日本語というのは分からないじゃないかというふうに思えるんですね。

岡井　折口さんは日本語の祖型というのを南方の琉球の方に求めておやりになったんじゃないかと思うんですが、「八雲立つ」が「やつめさす」というふうになってきて、これだって琉球の『おもろそうし』なんかにいっちゃうと、近世の学者が読んでいるのは本当かというふうになっちゃうという発想があるんですね。

吉本　折口さんにはありますね。「日琉語族論」というのがそれをとてもよくやってますね。だから、なぜ枕詞というのがあるかとか、なぜ古い枕詞は同じ地名を重ねるようなことをやるのかとか、なぜこの言葉の枕詞はこうなるのかということについて、南の方に残っている言葉と、たぶん北の方に残っている言葉もそうなんだと思いますが、それらの言葉が手掛かりになるということを折口さんが最初にやったんだと思いますね。

岡井　その後、吉本さんがおやりになるまでにいろいろな研究者がそのことをやっているんですか。

吉本　ぼくらが考えるような意味でやっておられる人は誰もいないんですね。それこそ賀茂真淵が江戸時代にちゃんと整理してしまったということで、ただ整理しても意味はあんまり脈絡付けられてないわけで、それ以降は近世の国学者の説いたところ、それが間違っていてもいなくても、そのところのままであまり進んではいないんじゃないでしょうかね。最近、枕詞というのは朝鮮語で読むと読めるんだ、つまり向うの言葉と同じ言葉でやってるんだという『人磨呂の暗号』という本を一通り読んだんです。それはとても面白いとは思いましたけれど乱暴ではありますね。つまり枕詞のうちの古いやつにしかあの論理は通用しないと思いますけれど、古い枕詞についてなら通用する面があったから面白いとは思いました。でも、そういうことは全部折口さんがやりまして、ぼくらはその順序を決める基準みたいなことは少しやったような気がしているわけですね。折口さんの古典語に対して触手が届く範囲というのはかなり遠くまであって、本当のところはもっと先のことまで言いたかったんだろうなと思います。つまり日本語のもっと先の方の助詞についても多分言いたかったんだろうなと思うんです。助詞というのは本当は語幹にくっついた語尾みたいなものであって、それが分離して助詞になったんだと言いたかったんでしょうが、そこまで言うと曖昧で怪し気になっちゃうから言ってないと思いますから、多分そういうことを言いたかったくらいまで触手が届いていると思いますね。そこはちょっとすごいなあと思います。

宮沢賢治の文語詩の試みを、岡井さんは随分ぎりぎりまで論じておりますが、ぼくもそれを読んで、ああこういうことだったなあと思ったことがいくつかあるんですけど、例えば宮沢賢治の文語詩は新しいんだということをぼくは随分以前にいったと思うんですよね。ところがどこがどうして新しいんだというようなことはうまくいえてなかったと思うんです。岡井さんの賢治論はそこをうまく突っ込んでおられると思いますし、今度は自分なりにこれは新しいんだといったとしますと、例えば一種の思想性を賢治の文語詩から感ずるとすれば、萩原朔太郎の文語詩というのがありまして、これと比較できるんだと思うんです。朔太郎の文語詩にも一種の故郷喪失者の思想性みたいなものがあって、例えば「わが草木とならん日に」とか「誰かは知らん敗北の」とかの言葉の中にもそれが出てきますね。一種の思想性を文語詩の中で出していると思うんですね。

するとと宮沢賢治の思想性というのと何が違うのかなと考えると、一口に実感だけで言っちゃうと、宮沢賢治の文語詩の方が硬質な感じがするんですね。その硬質な感じを、岡井さんがさっきいわれた色合いで言ってしまいますと、朔太郎の文語詩は暗いとか黒いと色合いで言うと、宮沢賢治のそれは青黒いような気がするんですね。この青黒さの青というのが問題なんであって、そのことが朔太郎の文語詩の中の思想性と賢治のそれと違うものなんだと言えそうな気がするんですね。それでこの青黒いの青というものが硬質さということと、もう一つは客観化といえばいいのか物語化といえばいいのか、始めはごく抒情的な七五調の文語詩をどんどん凝縮していって作られた硬質さだったものが、むしろそういうふうに作っていったために本当は一人称の抒情文語詩だと読めるものがだんだんだんだん物語になっていきますね。

岡井さんの挙げておられた作品でいえば「民間薬」とか「老農」とかいうものになると、老農の物語ということになってしまって特定の老農についてうたったんだなということはだんだん捨象されてきて、そういう物語化とか客観化というものと硬質な青黒さというのは同じことになるんだなと思うんですけど、そういう試みを文語詩でやったものは朔太郎にもないし、他にもないんじゃないでしょうか。だから初めてやった試みだから大変だったろうなと思いますね。それは岡井さんが鋭敏に批評なされているんですが、宮沢賢治自身もこの文語詩は自分の詩作品の中でものすごく良くて、これさえ残ってればいいんだと思い込んでいたくらいのものだと身近な人に語ったという伝説があるんですけれど、何かそれ程のものかということになってくると、そこが問題になってくるんですよね。

岡井　そうなんですよ。そういうふうに思えるんですね。

吉本　ぼくらは初期の思い込みが激しいものだからそういうことは批評しきれなかったんですけれども。本当言うといつでもそこが疑問点になりますね。確かにいい作品があって、諳《そら》で覚えられるくらいに完全に残っちゃうものもあるんですけど、でも『春と修羅』の他の詩が全部なくなっちゃってもこれさえあればというほどいいかどうかというと、ちょっと問題が出てきて、その作者の思い込みというのはちょっと違うんじゃないかなというところに一抹のためらいがあって手放しになれないことがありますね。

岡井　「疾中」あたりにも文語詩はあるんですけれども、自由に書いているものですからひじょうにいい。引用しておられるような「丁丁丁丁丁」とかの作品を見ちゃうと、病気になってから作るんだったらこっちの方がすごいという感じがしちゃいます。だから両方あってということならいいんですけれどね。妹さんに語られた「この文語詩さへ残れば」という賢治の言葉は、言わば伝説ですからあまりに思い込んでもいけないなと思うんですね。ただそれまで余りにも文語詩が軽んじられていて、あれは気の病いで間違っていたんだという評価がずうっーと強かった。吉本さんを除けばほとんどの方がそういう立場でしたから、ともかくそれを転換させたり元の位置にまで戻すためにはああいうことが必要だと思うんですね。今はぐるっと一回りしてきましたので、この辺でもうちょっと両方とも頭を冷やして話をしてもいい時期かなとは思いますね。

文語詩人・宮沢賢治

吉本　そうですね。ぼくはそれこそ岡井さんにお聞きしてみたいなと思ったんですが、宮沢賢治は一番最初に短歌から入るでしょう。つまり最初短歌から入るということと一番最後に文語詩がきたということはどういうことなんでしょうか。短歌が一番最初にきたというのは石川啄木の影響だと思いますけれど、まあ特に優れている短歌だとも思えないんだけれど、しかしそれなりにちゃんと作った時期があって面白い短歌も作ってますよね。だから一番最初に短歌を作ったというのはどういうことなのかなと思うんですね。

岡井　そのことについては、ぼくも先に宮沢賢治の詩や童話の方から入って感心して読んでたんですが、途中で短歌も作っているようだということを知って、ちょっと愕然としながら読んだんです。ぼくもひじょうに驚きだったから最初は否定的な見解を出したんです。でも読んでいくうちに文語詩の中にも短歌形式が使ってあったり、かなり自在にやっておりますし、第一とても大切にしてますよね、自分の短歌を。

宮沢賢治ですからそれはちゃんとした自分なりの理由があったんじゃないかとも思いますし、文語詩人宮沢賢治という項目も立てられそうなくらい首尾を一貫させたわけですから、それなりの重みがあったんじゃないかと思います。三行に分けたりしてかなりモダンな短歌も作ってらっしゃいますし、いわゆる伝統的な和歌とは違うと思いますけれども、しかし定型というものに対してあの人は親和性が最初からあるんですね。それを自分で否定しませんし、だから最後に文語詩が出てきまして、自分で八行と四行という定型を考え出してやるんですね。何かを言おうとする時にむしろ定型という枠にそった方が自由に楽に出てくるんだというのが定型詩人には生理的に分かっているんですけど、宮沢賢治にもそういうところがあったんじゃないでしょうか。

最初しばらくの間はあの人は歌人なんですよね。しかし詩という言葉はそれ以後もほとんど使わないで「心象スケッチ」なんて言葉を使いますね。詩という言葉は当然同時代にありましたし、北原白秋もいましたし、いろいろな詩人のものを読んでいて、草野心平さんなんかと親交を持ったわけですから、詩という言葉を知ってるくせにあくまで「心象スケッチ」で押し通すということを考えても、ひじょうに微妙な人だなと思いますね。心象《メンタル》スケッチとかモディファイドとかは吉本さんはどういうふうにお考えですか。

吉本　「春と修羅」でも自分では朔太郎の影響を受けてるんだと言ってるし、そういう面は確かにあるんでしょうけれど、本当を言うと自分が書いているものは、同時代の詩人たちが書いている作品を詩というふうに考えれば自分のはもしかすると詩じゃないという思いは絶えずあったんじゃないでしょうか。
じゃ何なんだということになりますけど、例えばスケッチという言葉を使ったものでいいますと、島崎藤村が「千曲川のスケッチ」みたいなものを書いて一種の写生文ですよね。そういうふうな意味合いで、風景を見て自分の中に浮かんできたイメージをスケッチする、それが結果的に同時代が考えている詩と似たようなものならそれは詩で、そうじゃなければそうでなくても構わないんだという、そういう拡がり方と考え方が自分にあって、それを押し通したんじゃないでしょうか。
それをもし、あの環境で同時代の詩と同じ意味合いでの詩の概念の方に自分の詩を近づけていっちゃったら、やっぱりいわゆる詩を書く詩人のようになっちゃいますから、そういうふうにはあまりなりたくないし、またそうすることはあの場所にいる限りあまり意味がなかったんだろうと思いますね。

岡井　「小岩井農場」という詩がありますが、あれは田園交響楽かなんかのことが最初に出てきていますね。ああいうものを読むと、ごく通俗的な連想ですけど、例えばアンドレ・ブルトンなんかの自動記述《オートマティスム》とか意識の流れという前衛的な方法が日本に輸入されてきたのは第一次欧州大戦の後だと思うんですが、そういうものが無意識を引っぱり出してくるというような考え方が宮沢賢治のところへも多少は流れ込んできていたというのはどうなんですか。

吉本　例えば、中原中也の初期の詩にシュルレアリストの影響というのがあったということと同じような意味合いでは、やっぱり同時代的にあったんじゃないでしょうかね。だからあのやり方で、対象が自然——自然しかないわけですから——で無意識も意識もその中にイメージとして出てきたら全部書いちゃうというやり方をとったんだと思いますね。

岡井 具体的には手帳を持って歩きながら書いたんでしょうかね。

吉本 いや、ぼくにはそう思えないんですけどね。二、三行メモをしたというようなことはあるでしょうけど、やっぱり机の前にずっと坐って書いたように思いますね。でもずっと坐ってでも、書く位置としてはもう眼の前で見るくらいに距離をちぢめることができたんじゃないでしょうか。

岡井 なるほど、そうでなければあれだけ持続して流れませんよね。

吉本 そうですね。あれはやっぱり家の中で紙を前に置いて書かないとあれだけのことはできないと思いますね。

岡井 その時代のジャーナリズムの中で、例えば現代の詩人でも歌人でも住んでいて、どこからが真正の自分でどこからがジャーナリスティックな自分かわからないようなところで仕事をやることが多いんですが、宮沢賢治の場合はそれがはっきりと自分だけということですよね。たまには「女性岩手」というようなメディアから頼まれて書くことがあったんでしょうし、その時は詩というカテゴリーのところで作品が印刷されちゃいますけど、自分では流布している詩概念というものに対して自分を区切っていたんでしょうね。

ぼくらもどっかから注文がくれば作品を書きますが、彼の場合は全然違うのであって、誰の要求でもなく内面的に出てきたものを心象スケッチや短歌として書いた。つまりモティーフの自発性というのが強いわけでしょう。それは何なんでしょう、宗教的なものなのか。草稿をたくさん作ってますから、おそらく毎日ノートを横に置きながら書き続けるという作業を支えていた内的なモティーフというのは何なのかというところへ究極はいくんじゃないかと思うんですがね。

吉本　自分でもそれはよくわからないんですけれど、そのわからないと思える部分を、あれは天才なんだと言っちゃえると助かるわけなんですけれども（笑）。

そこのところで何かを言ってみようとすると、例えば普通のぼくらみたいな人間だと、自分の単独性というものは周りのメタフィジカルな雰囲気みたいなものでいえば、ある範囲までならば単独性が存続できることはできるんですけれど、そのある範囲を出ていってなおかつ単独性ということを発揮するっていうことは、どう言えばいいんでしょうか、自分で無意味に思われちゃってまた引き返してこざるを得なくなっちゃうと思うんです。でも宮沢賢治には単独性が無意味に思われない範囲がたいへん拡い範囲にまであって、それが普通の人とは桁が違うまでにあったんじゃないかと思うんです。どうしてそうなのかと言うとまた困るんですが、それはやはり一種の強さというか、つまり単独性の境界の向う側に行くと人と人との関係性の世界が展けるんだけれども、関係性が展ける世界のところに単独性っていうのをもっていったら全然無意味になっちゃうんだという、その範囲がべらぼうに広くなっている。それは強さなんだろうと思うんですけど、何がそれを支えたのかっていうことになるわけでしょうけども、それはぼくは何か保証されるものがなけりゃならないはずで、つまり逆の振り子がなければならないわけで、それは彼の場合だったらたぶん宗教性なんだろうなと思うわけですね。それでその宗教性があるために単独性っていうのが無意味に思われなかったっていう範囲が広がったんだろうなっていうふうに思われるわけですけどね。

だけども岡井さん、つまり、これは天才だって言えば終わりだよっていっても、例えば中原中也なら中原中也をもってきて、これはやっぱ天才よって思えるところがありますよね。そうするとその場合の単独性の境界ってのはぼくらとそんなに変わらない、普通の人と変わらない単独性の範囲だと思うんです。そうすると、どうしてこれが天才なのかっていったら、要するに、中原中也の天才性を支えたのは一種の倫理であって、その倫理っていうのは何かというと、普通の人が持ってる、つまり中原中也が持ってる単独性の範囲っていうのがあるとすると、それを破るっていうことが自分にとって、普通の人にとって、一種の傷になるとすれば、その傷っていうのに何らかの意味で——たぶん無意識なんでしょうけども——中原中也っていうのは耐えられた。だからそこを踏み越えちゃったんだよっていう、普通の人だったら倫理からしてそこまで踏みこめないのに踏み越えちゃったんだよってことになりますけども、その単独性の範囲はべつだん普通の人と変わりないような気がするんですね。

宮沢賢治の場合そうじゃない気がするんです。単独性の範囲がものすごく広くて、それで倫理じゃないような気がするんですね、それを踏み越えてるのが。倫理じゃないような気がしますから、それは何かもっと深層まで入った支えみたいなのがあって、それはやっぱり宗教性なんじゃないかなって気がぼくはします。

岡井　吉本さんがおっしゃる宗教性っていうのは必ずしも法華経とか特定の宗教に限らないという意味ですね。

吉本　だから宮沢賢治の場合には偶然たまたま法華経だった、日蓮宗なら日蓮宗だってことになるんでしょうけども、それは限らないと思うんです。

岡井さんが論じておられるように、初期の短歌をみますと、そんなにこの人の中に天才的なひらめきがあるとはとても思えないですね。ごく普通のまあ熱心に作ってるし、きちっと作ってますからそれはたいへんだなと思いますけども、けっして天才性のひらめきみたいなのはないですからね。そういう意味合いでは。だから、詩のところか童話のところかわかりませんけど、どこかでそれは、出てきたんだと思いますけど、それはたぶん宗教性なんじゃないかなということになりそうな気がぼくはするんですね。

ただ宗教っていったい何なのかなって、それをいつでもぼくは自分に疑問に思いますけど、いつでも駄目ですけど。自分は信じたことがない、つまりこれはほんとうは信仰したことがないってことがあって、宗教もないけど理念についてもなんでもたぶん信仰したことがないんだっていうのがいつでもあって、ほんとはわかんない。そこからひきかえしてきて、それ以上分析できないよっていうところがあるんですけどね。そこのところは不思議なんだと思いますね。

父親との関係

岡井　最初のところに家族、特に父親との間柄のことをいろいろ書いておられる、あの面から見てると何かあの人弱い人みたいにいつも見えるんだけど、最後まで妥協してたようだけど、あそこらへんが俗な人間からはうかがい知れないようなところがあるのかな。それともあの親父さんってのは僕らが考えてるよりもさすがに賢治の親父だけあって変わった人なのかな。その辺はどうなのかな。ひじょうにおもしろいですよね。

吉本　親父さんがたぶん本当をいうと大変な人だったんじゃないかな、という気がしますね。東北の浄土真宗系の信仰っていうのは、親鸞プラス善鸞みたいなところがありまして、呪的なところが流れとしてあると思いますから、そういうことも含めて考えて、あそこら辺でそういうことの研究家のようなことをやってたような人ですからね、ひょっとすると大変な人じゃないかなっていう気がしますけどね。

岡井　息子がああいう形で、信仰闘争というような形に出ますね。あれはふつう、吉本さん的に言うと遠隔対象性ということで、ある一時期のアドレッセンスにだれでも多少はあるというのが強調されて出たのか。それとも、ぼくなんか見てると仏教なんだからあんなに無理しなくても、親父さんのいう範囲内でやって、しかし親父さんとおれとは違うんだよ、という程度のことをやってもいいような気がするんです。あれは偶然というよりはかなり必然でああいうふうにきたんですかね。

吉本　ぼくは家の中の、結局、親父さんだろうと思いますけど、家の中の雰囲気からしてもあったんじゃないでしょうか。つまり、世俗的、現世利益的な観念もちゃんとしたたかに習合してたわけでしょ。けれどもここでは親父さんの中に人間の第一義の生活はこういうもんだぞ、というようなことが絶えずあって、それは雰囲気としてあったんじゃないでしょうかね。だからどういくかわからないけども、そういうふうにいくよりほかに道がなくて、同じようにいくか違うようにいくかは別としてね、そういう一種の宗教性だと思いますがね。それを求めていくみたいなことは、どうしても避けがたくあったんじゃないか、雰囲気としてあったんじゃないかな、という感じがしてしようがないですけれどね。そうでなければ他のことしながらでも充分に信仰生活はできるわけですし、だけど手紙を見ると本当にそれ以外にはないみたいなところに自分をちゃんと連れていってますよね。単独ではなかなか出てこないでしょうから、やっぱり家の中にそれがあったんじゃないかなと思うんですけど。だからそう考えていくと親父さんがそうとうすごいんじゃないかと思いますけどね。

岡井　そうですね。ちょっと今まで親父さんはあまり重要視されないで、いわゆる俗人で、もう一方はセイントであるというふうに見てますけど、そうではないのかもしれませんね。

吉本　そうですね。ぼくは宮沢賢治との対比で言っちゃえば、あの親父さんを何か俗世間的な利益を考えることをやめないで、そのことと自分の浄土真宗の信仰とを調子よく合わせてるってことが、宮沢賢治にとってひじょうに反発だったというふうに感じとれるわけです。宮沢賢治の宗教性と対比するんじゃなくて、単独に東北的な、一種の善鸞的な流れ、呪性が少し入ったような浄土真宗のせいで、その中の岩手なんかの重要な、宗門の信者の組織者、責任者みたいだったっていうことは、そうとう問題なんじゃないかっていう気はしますね。

岡井　それからセックスというか性的なものを、つまり自分はザーメンなんてのは生涯ついに出したことがないというような、一種の神話みたいなものがある。おそらくこれは伝説なんだろうけど、それでいてわりといろんな宮沢賢治に関する俗っぽい本を読みますと、ここではこういう女の人がいてこれを拒否したんだとか、まつわりつかれてどうのこうのっていう、ぼくはサラアという女っていうのを書きまして、その中でちょっとふれてますけど、もっとひどいことを書く人もたくさんおられて、いろいろエピソードがあったっていうことを言っておられるんですね。

やっぱり、どうなんでしょう、普通の肉体を持った普通の男性だったら当然性的な問題っていうのは出てくるはずで、おっしゃってるように彼の場合は随分そのパターンが違うんですけど、「小岩井農場ＰＡＲＴⅡ」を引用して書いておられるように恋愛っていうものが後の方へ逆転して出てきますね。ああいう考え方が、西洋なんかでは昔から恋愛と宗教性っていうのが一致することが――それこそ変な言葉ですけどプラトニックであるとか――、そういった形があると思うんですけど。「アベラールとエロイーズ」ですか、ああいうのがあると思うんですね。彼の場合あれがああいう形で現われてぼくは完璧に読みすごしていて、おもしろい問題だなあと思いましたが、そのへんはどういうふうにお考えですか?

吉本　フロイト流の考え方をしますと、結局問題は母親だってことになると思うんですね。宮沢賢治には福島章さんみたいな精神医学者の本もあるわけでしょう。ぼくはやっぱりフロイト流に見てパラノイアの様相に近づけようとすれば一番近いんじゃないかなっていう、気がするんです。現われ方としては、ひとつは嫉妬妄想とか追跡妄想とかの現われ方をするっていうことと、同性愛的なところに性的な傾向がいくってていうことが、一番そのパラノイアの特徴ある症状だと思うんですけれども。つまり宮沢賢治っていう人はそのへんのところが、宮沢賢治自身が自分を宗教性の方へ昇華していったっていう格闘の場所だったんじゃないのかなっていうふうに考えると、一番わかりやすい考え方になる、解し方になるようにぼくは思いますけれども。なかなかそこまでのことを言い切るのはたいへんなんですけれども、傾向としていえばそういうものなんじゃないでしょうか。

ですから、宮沢賢治の性っていうものはなかなか具体的には、つまりあの人が小説家みたいなものだったら作品の中に出てきたりするんでしょうけど、もともと童話性っていいましょうか、それが作品基調ですから、なかなかそういうことが現われてこないですね。

岡井　童話の中には男女関係はほとんどありませんか。

吉本　出てこないですね。ただ、ぼくには嫉妬妄想の描写の流れっていうのは、これはちょっと、ええっと思うくらい出てくるような気がするんです。つまり、本当は「土神ときつね」でしたっけ、あれはぼくはちょっと不可解な作品のような気がするんですね。なんでこういうのを書いたんだろうか、という不可解な感じがするんです。これは「銀河鉄道の夜」もそういうところがありまして、ここだけちょっと宮沢賢治の無意識の描写が含まれてるんじゃないかなという気がぼくはします。全部を意識的にやったっていうふうに思えないところがありますけどね。

だからそういうふうに近づけていっちゃうと、そこは昇華しやすい感じがしますし、女性の問題っていうのも、やっぱりそこいらへんのところで考えると、もしかすると宗教性ってこととの関わりで出てくるんじゃないかなっていう感じもしますけどね。そこはなかなか難しいですよね。

岡井　例えば妹のトシ子さんに対する感情っていうのがあまりにも強いんですよね。そういうのは、いってみればもちろん直接性的な云々っていうことじゃなくって、そちら側に移っていってそちら側で昇華されてるって感じですね。

吉本　そうですね、「永訣の朝」もそうだけど、つまりトシ子に対する挽歌というのでしょうか、あれはそうとう主要な作品ってことになるんじゃないでしょうかね。

岡井　いい作品ですね。こんど本で「オホーツク挽歌」を選んでらっしゃるんで久しぶりに読みましたけど、おっこれはやっぱりいいんじゃないのっていう感じでしたね。ついたくさんつづけて読んじゃうからだめだけど、ああやって一篇とり出されるとね。相当な重さをもってたと思いますね、あの妹さんっていう人に対する感情は。ギルちゃんとか、宮沢賢治的なやり方が、ひじょうにきれいに生きてて、いわゆる幽明境をあっちいったりこっちいったりしてて、宗教性の上でもかなり迷ってるところも吉本さんが分析なさってるみたいにきれいに出てますし、すごいんじゃないかなっていう気がしますね。

吉本　そうですね。挽歌は何種類か、「オホーツク挽歌」とか「青森挽歌」とかあります。やっぱり宮沢賢治の作品の中でいい作品でもありますし、たいへんな重要な作品だと思います。

岡井　で、ああいうものは文語詩の方では全然材料として出てきてないですね。だからあれはもう自分の文語詩の中に取り入れるものではなくて、あれはああいう形で定着したんだと、本人は思っていたんだと思うんですけどね。

吉本　そうなんでしょうね。だから文語詩に出てくる女性の影っていえば、岡井さんが分析されてた佐原露さんでしたか、その女性の影が唯一ですね。

岡井　さっきおっしゃってた、彼のお母さんっていうのはどうですか。

吉本　これは父親よりももっと研究者の人が論じていないんじゃないでしょうかね。だから本当はもっと大切なんで、つまり宮沢賢治が母親っていうのを童話の中でどういうふうな描写の仕方をしてるかなってことを、本当はきっと本格的に突いていくと、何かもう少し出てくるんじゃないのかなって気がします。でなければ伝記的な事実としてどういうお母さんで、宮沢賢治がまわりにいたころどういうふうだった、みたいな、そういうことがもっと分かってきますと、相当はっきりしてくるんじゃないでしょうかね。今よりはっきりしてくるような気がするんですけれどね。

少なくとも天沢退二郎さんと入沢康夫さんたちもやはりしてるけど、「銀河鉄道の夜」の中でもあのカンパネルラっていうのは二人の母っていうのが出てきますね。あの二人の母っていうのは一体何なのかっていうことはよく分かってない、もう少し突っ込んでいかないと分からないような気がします。ただ仏教だから、生まれ変わり観っていうのがあってね、現世の自分っていうのは前世の何々の生まれ変わりであり、来世は何々っていうような、仏教の中で一番分かりやすい生まれ変わり観、輪廻観ですから、それでもって前の母親と今の母親っていうふうなのが出てきたっていうのは、事実としてそのとおりなんでしょうけれども、なぜ二人の母ということをいったの、問題にしたのっていうようなことは、もっと取り出していかないと、本当はよく分からないんじゃないでしょうか。

そんなことする必要はないとぼくは思いますがね。あれは初めはそうじゃないというのがあの方たちの推論で、初めは二人の母なんてなかった、だんだん訂正してるうちに出てきてるっていう。だけれどもなぜ出てきたかっていうのはあんまりよく分からない。例えば前のような母と今の母っていう感じで、前のような母っていうのはどういう意味あいがあるのか、そしてどうして二人の母を設定せざるをえないようにしたのかっていうようなことは、もう少し宮沢賢治自身の無意識・資質みたいなものと関連させるところまでやっていかないと、本当はよく分からないんじゃないでしょうかね。

〝影の言葉〟と文語詩

岡井　お書きになってるので前からおもしろいなと思ってたんですけど、軽便鉄道がモデルとかいう考え方ありますね。それで「銀河鉄道の夜」とか映画なんかも作られてる。あのイメージを常に使われるんですけれども、汽車の中にいて窓から見てるかと思うと、外からまた見てるという、何か闇の中を進行していく箱型の空間があって、そこにいるという。「銀河鉄道の夜」なんか完全にそうですけれど、それ以外の詩の中にも、あるいは「小岩井農場」なんかでも、ある人間が箱型の中にいて小岩井の農場をずーっと見て行くんだ、パートⅠからずーっと行くんだという、進行していくものからものを見る、あるいは見られるという、ああいうイメージがありますね。

吉本　ありますね、あれはとてもおもしろいですね。

岡井　それが一生ずっと見え隠れしながらいっていると。おもしろいなあと思って。だから案外それこそこじつけてしまえば、例えば文語詩なんかでそういう一種のイメージ的なものが最終的にきて、ああいう物語性、つまり登場人物が出ては、一篇終わり。これは何とか教授が出てきてこう終りっていう、そういう紙芝居じゃないけど、ちょっと上手にできた紙芝居やら下手にできた紙芝居やらを見せられているっていう。これはお祭りの日だよとかこれはどっかの農夫が出てくるんだよ、というそんな感じもなんかするんですね。

吉本　そうですね、だからお話というか物語になってるひとコマずつを見せられるっていう感じが文語詩にはありますね。とても明瞭な枠がついてるようなね。紙芝居みたいな場面があってそれを次々に見せられてってていうそういう感じがとても付きまといますね。

岡井　だからあれはいわば自伝的な要素を含んだものを最終的に書いたんだろうという説を、ぼくもちょっと言ったことがあって、天沢さんなんかは「そういう説もあるがよく見ると単純でない」とおっしゃる。それならばこういうエピソードも当然文語詩化しなきゃいけないのにそれはしてないとかいわれる。そういったいろいろの問題があるから、もっと精神性における自分史とか内面史っていうのならわかるけど、事件的な意味で見るんじゃあちょっとおかしいんじゃないか、という意見があって、ぼくもそれはたしかによく読んでみると、そんなにうまい合理化なんていうのは簡単にできるもんじゃないなと思って、たいへんなことだなと思っているんですけれど。

今のような考え方をしていくと、まあそれはたしかに、ぼくらにとっては分からないけれど、宮沢賢治にとってはああいう形でひとつひとつの物語をこしらえていくってことが自分の今までの文学的っていうか精神的っていうか、そういうキャリアに、ある形を与えていく方法であったのかもしれない。

吉本　ことばが正確かどうかあやしいですけど、岡井さんが口語詩的なものをめくると、奥の方から現われてきたのが文語詩なんだ、というような言われ方をしてたと思うんですけれども、そういう感じだと思いました。口語詩やる初期のころからそれが見かけ上はおおってたんだけども、それをとったらこれが出てきた、という感じですね。ぼくなんかもそれと違うんですけれどもそれに類したことを、おしゃべりの時に言ったことがあるんです。

初期のころ、「小岩井農場」でもそうですけど、なんかずーっと詩として見れば詩の流れが作られてきていて、せっかく作られてきてるのになんでこういうことするんだろうっていうくらい詩として見ればおかしなように、なんか括弧しておかしな言葉がふっと挿入されて出てきますね。括弧して出てくる言葉っていうのは何種類もあるんですね。その括弧して出てくる言葉で詩の流れを断ち切っちゃうわけで、つまり別の次元から出てくる言葉なんです。その括弧の中の言葉っていうのを、例えば、地の言葉とちがう影の言葉だっていうふうにすれば、文語詩は影の言葉を全面的に開花させたものじゃないかみたいなことを、おしゃべりで言ったことがあるんです。それでは解釈できませんけれど、そういう面がたしかにあるように思われますね。何かヒュッヒュッとふつうの詩の流れの言葉と違ったところから言葉が出てくると、括弧の中にすぐ入れて間にはさんじゃってるわけです。童話の中でもそれはやってるわけです。もし影の言葉だけにしてしまったらどうなるんだっていったら、それが文語詩の世界だみたいに、そういうふうにいえるところがあるような気がします。

岡井　さっきの話の浄化の問題に多少さわるんですけど、宮沢賢治側に即してしまうといろんなことが分かってきて、これは大事だなってことが分かってくるんですけど、素朴な一読者として読んでくと、これは元になった方のメンタルスケッチの方がおれは好きだよとか、そんなのがいっぱい出てきますね。

吉本　あれは宮沢賢治の自己評価と、本当にそうかどうかっていうこととの間には、何かへだたりがあって、それはどっかですっきりさせたいもんだなっていう感じはありますね。

岡井　ひょっとすると、彼はもうちょっと余力があったらその前の原作になってる草稿の方はみんな捨てちゃって、文語詩だけ残したかもしれませんね。そうなってるのもいくつかありますから、そうすると分析のしようがないということもありますよね。

吉本　そうですね。だから本当はちゃんときちっと評価ができれば一番いいわけでしょうけど、対比できる同時代の詩人ってのが考えられないかなっていうふうに思うんですけども。やっぱり朔太郎の文語詩くらいかなあ。

岡井　ああいうふうに地方でやってた人はおそらくいないでしょう。

吉本　みな東京へ出てきちゃいますからね。それで岡井さんが分析されてた、「民間薬」に出てくる老農の農夫のイメージも、日本の中でイメージされるお百姓さんっていうのとちょっと違うんですよね（笑）。そうかといってどっかヨーロッパ風かといえば、そうでもないんですけどね。

岡井　だから、おっしゃってるものの中に書いてありますように、なんか違った世界の農夫ですよね、あれは。

吉本　いや本当にどこか地域の中にはめこもうとしても、ちょっとどこにも入らないんじゃないかなあ、なんかソクラテスかなんかに野良着着せたような（笑）、そういうイメージですからね。それからしても、あれは特異な文語詩だっていうことは、確かな気がするんです。もし文語とか七五調とかいうことが日本の詩歌の感性として一番根本にあるもんだとすれば、ひじょうに特異な文語詩みたいな気がしますね。どこにも所在地がなくて、だけども確かな手応えといいますか、足応えっていうか、それがあって、にもかかわらずこれはどこのお百姓さんだっていうと、ちょっとどこにも当てはまんないってところがあります。

近世の学者の方法・文化的自意識の成果

岡井　こういう機会にお聞きしていいかどうかわからないけれど、前の詩集をお出しになった時に、ぼくは「野性時代」に連載なさったのをほとんど読んでて、それを改作っていうわけじゃないですけれど、長篇の詩に仕立てられてそして一冊になさいましたでしょう。前の「野性時代」の詩も、全部が全部じゃないと思いますけれど、ぼくは好きな詩があって、あれは一つ一つの詩が、こんどの『言葉からの触手』でいえば一章ずつがひとつの詩になっているような感じ。それがいわば長篇論文になっているような形でまとめてこられたんですけれど、（どっかでお話しになってるかもしれないですけれど）、どういうことをお考えになったんですか、あの時は。

吉本　あの時は本当は、一篇一篇の詩に対してその詩に対する注釈になるような詩を一篇ずつにつけていって、それでまとめてしまえっていうふうに思ってたんですね、当初。で、それは挫折しちゃったんですよ、うまくいかないっていうふうになりまして。

岡井 それは作った当座から時間的にたってるからですか？

吉本 いや、そんなことじゃなくて。ひとつの詩に対してもう一つの詩っていう緊張関係ででてきないか、それが注釈になってるようなということです。

どうしてそんなこと考えたかというと、「野性時代」に載ってたときに写真がついてましたね。あれも滑稽だけどそういうもんだと思うんです。つまり、写真を撮る人がその詩の主題にふさわしい写真をそこに持ってくると、ものすごくおかしいわけですよ。そうじゃなくて全然関係ないよっていうような写真を持ってくるとなんか詩と合っちゃうみたいなことがありましてね。まあ写真はどうせ取っちゃうわけだから、そうしたら言葉でもって、本当はうまい注釈になるような詩を書いたら、写真と同じ役割をできるんじゃないかみたいなことを発想したわけです。そしたらそれはたいへん難しいっていうことが、やりかけてわかりました。これは駄目だっていうことになったんですね。そうしたら、全体に対する注釈になる詩をひとつ書けばいいんじゃないかっていうふうに整理をしたんです。そうしてるうちにある類型でもってこれはまとまりがつくんだっていう感じになりましてね。それでもうそのまんまにしちゃえってことになっちゃったんです。だから当初はそうじゃないです。写真の代わりになるような詩でもって一篇一篇くっつけていくというふうに考えたんです。

岡井　あの詩のライト・モティーフみたいなものの中に、たしかに「南島論」なんかと重なってるようなモティーフがありますね。

吉本　ありますね。どうしてもそういう具象性みたいなものが出てきちゃうところがあるんですよね。

岡井　ぼくは斎藤茂吉という人の万葉論だけにこだわってもう十年ぐらい書いてるんですけれども、近世の万葉学ってのがもう読み出すときりがないってことが分かったんです。でも吉本さんみたいに根源的なところに入ってく力はないから、まずとにかく斎藤茂吉っていうのは『万葉集』からどういうことを考えたんだってなことを、あれだってなかなか読むのに骨が折れましてね、少しずつ読んで来ました。その範囲内で賀茂真淵も読まなきゃならないし、本居宣長も読まなきゃならないから、かじり読みするんですね。で、かじり読みしてくと、一番よく分かってくるのは、近世の学者ってのはすごいやつがいる、と。なるほど近代の学者たちがひれふしちゃってるのも無理はないよっていう感じがだんだん強くなってきて、どうしてあんなにたくさんすごい人たちがあの時に出ちゃったんだろうと思わざるをえないわけです。

宣長なんかの『古事記伝』だって、かじり読みしてるだけでこれはものすごい本だなってことがわかってきますね。そういう形できてるのかなと思いますけど、吉本さんがおっしゃってるように結局、茂吉なんか見てると、ひとつの万葉の歌の読みっていう時に、真淵はこう読んでる、宣長はこうだ、契沖はこうだ、誰はどうだというようないろいろな説があって、つまり選択肢みたいなもので、その中のこれを自分は気に入ってるからこれを選んだという。まああの人は強引な人だから、これが絶対正しい、これでなきゃこの歌は駄目なんだってなことを大声をあげて言いますね。そうすると歌壇の大御所たち、万葉学者も一応一目おくから、それが通っちゃうとか、そういうのがあってそれがたぶん戦後梅原猛さんをはじめとするいろんな学者たち、あるいは折口学の側からの批判とかいろいろと出てきて、今は斎藤茂吉の万葉論なんかは誰もふりむきもしないというようなかたちになってるのかなあとも思うんですけれど、やっぱりあれはどうなんでしょう、近世がすごいんですかね。

吉本　そうですね、近世っていうのはわからない時代ですけども、言葉についての自意識っていうんでしょうかね、自意識としては最大限の成果も出たでしょうし、最大限の文化的な反省みたいなのがあって、その自意識は、かつて日本の歴史のなかではなかったくらい根本的だったんじゃないかという感じがします。いろいろなマイナス面も生み出したでしょうけど、それは宣長とかその師匠さんの真淵とかの仕事が、手探りでいくしかないんだけれどもこれよりいい理解のしかたはできないっていうくらいやっているような気がするんですね。で、その手探りの方法っていうのがどこからくるのかというと、やっぱり漢学とか儒学とか仏教とか、そういうところから見てると思うんです。すごく言葉に対する自意識がはたらいているものだから、経験的帰結としてはこれ以上の解釈はできないみたいな。ずいぶんはずれてるのもあると思いますけど、そのくらいやっちゃってるんじゃないんでしょうか。特に宣長なんか、偉大な仕事をやっちゃっていてどうしようもないっていう感じがしますね。

岡井　あの人たちは琉球というか、古日本語というか、そういう方での遡行というのはやってないんですか。

吉本　それはやってないと思いますね。

岡井　そうするとそれを初めてやったのが折口さんなんですね。

吉本　そうだと思いますね。だから折口さんのそういうところがたぶん段階の問題としては、唯一宣長が触手を伸ばした段階を少し進めた初めてのことなんじゃないでしょうか。そのほかいろんな注釈とかあるけれども、個々の注釈、いいかわるいかで較べられるのはあるけれども、筋が通っているというか、一種の文化的な自意識の段階っていうのが、いつでも働いてていう意味でいえば、それくらいなんじゃないでしょうかね。だからそれくらい宣長はいっぱいやっちゃったんだなということだと思いますね。たいへんな人だと思いますね。今だってそれよりもいい方法なんかそんなにはないんですよね。そんなにっていうのは折口信夫がやったこと、触手を伸ばしたところだと思います。

岡井　なんか、『古事記』の注釈書なんか読んでても宣長の『古事記伝』読むのが一番よくて、結局近代の人たちはそれを祖述してらっしゃるのか、間違ったことといってるのか、あるいは徹底してないのか、ということだと思いますね。

吉本　そうだと思いますね、それは正しいと思います。今の話が出て思い出したんだけれど、岡井さんの文語詩論がぼくらに与える一種の衝撃なんですけど、それはやっぱり岡井さんが実作者の功というか、斎藤茂吉や土屋文明なんかもそうなんですけれども、そういう伝統が歌人の中にあるのかもしれないんですが、一種の注釈的な方法を採りながらしかし可能な限りの論議を尽くしてしまうような、そのやり方をやはり文語詩論でやっておられてね。実作者独特の距離があって、その距離の中に、紙一枚だけ批評がはさんであるっていう感じがするんですよね。ぼくらの言葉は遠いですからね。初めから批評の言葉というふうにもっていって論じようとする。だから実作者というところからもっていって一枚だけ紙がはさんである。このやり方っていうのはものすごく如実感がありましてね。ぼくはわーっといっぺんに思い出しましたね、自分が文語詩をやった時の感じというのを。そのやり方っていうのは、茂吉なんかもやってるけど。

岡井　契沖以来ですかね。

吉本　契沖以来のやり方だと思いますけどね。

岡井　ある意味で歩兵の戦争みたいなところがあって、まどろっこしいんですね。だけどあれは踏まないと気持ちが悪いというふうに教えられてきたっていうこともあるし、あまり大きな刀でバサッと切るだけの腕力がないっていうこともあるんですけど、やっぱり、宣長にしても茂吉にしてもちょっとこだわりすぎかなとは思いますけどね。一首の歌で五十頁もなぜやらなきゃいけないんだとは思いますけど（笑）、でもやっぱりあれをバカになって読んでみますとね、「うーん」というところが出てしまう、バカなこともいっぱいいってるんだけれど、なるほどひとつの言葉について彼が何をいっている、これは何をいっていると、ただ引用してるだけですけどね。結果として私はこの人の説をとるといってるだけなんだけど、これを読んでいるとなにか近世以来の学問の大切なところというのはこういうものではないかな、これを留守にしちゃったら駄目だな、という気がしますね。

吉本 そうなんでしょうね。あるいは今の文化的な自意識っていう言い方もできるんでしょうけど、近世っていうのは町家の社会っていうか商家の社会っていうか、そういう感覚は、普通の社会的な日常の中でもたいへん露出してきた時なんじゃないでしょうか。それがああいう注釈のやり方を生んでったんだと思うんです。

契沖もそうですが、中世のところまで遡ってしまうと、親鸞っていうのが唯一仏典の言葉に対して同じようなことやってますね。たとえば「自然法爾《じねんほうじ》」とかいうと、「自《じ》とはおのずからということなり」とか、「然《ねん》はしからしむるということだ」とか単純な注釈をやってるように見えながら、「自然というのは自らは計らわないで、弥陀仏の計らいに任せるということである」とかいいながら、だんだん信仰の核心みたいなものがスーッと入ってくるような、そういう注釈のしかたをしきりにやってますね。あれはたぶんあまり漢文的な素養がない、経もそのまま読めないような人を対象にやろうと思ったんでしょうけど、同時に注釈しながら自分の考えを述べていけるという方法をあみ出したんだと思います。これはやっぱりすごいもんだなと思います。宣長にいたってはそれをもう集大成しちゃったっていう感じもしますけどね。

異言語間に連続をみる可能性

岡井　南島論はまだずっとこれから……。

吉本　そうですね、四回か五回しようというふうに思ってるんですけれど。目標とかモティーフってのは何にもないんですけれど、ぼくの考え方の中に、否定的な意味の考え方として、どうも神話とか民話とかそういうものの、正規な研究者的な方法で類型づけみたいなやり方、たとえば近隣の九州地方と南島との比較をしてとか、同じタイプの神話のパターンはここともここにもあってギリシャ神話の中にもあるとか、そういう類型づけみたいなのをやるっていうのが主流なんですけども、そういうのがどうもおもしろくないな、やりたくないなみたいなことが否定的な考えとしてはあるんですね。ちがうやり方があるはずなんだ、みたいな。

岡井　あれはフランスの学者が比較神話学みたいなのを始めて日本でもかぶれて、ぼくも発想はおもしろいなと思っていいかげんにちょこちょこ、素人として見てるんですけど、やっぱりあれはあまり表層のところで比較しちゃってるのが不満なわけですか？

吉本　もうひとつのモティーフと関係があるんですけども、このごろそう思いだしたんですが、以前は、たとえば方言っていうのがあるでしょ、各地方の。方言っていうのと異言語といいましょうか、ちがう民族語っていうのは断層があるんだと以前は思っていたんです。ですけども今はやっぱり連続だと思ってるわけです。

岡井　そうですか。

吉本　方言っていうのは中央に対してある地方でしゃべられてる同じ言葉なんだけど、民族によって濁音があって訛りがあってとかっていうふうに、方言と民族語は、まるで違うんだっていうふうに思われてるけど、それはたぶんちがうんで、全部連続なんだっていうふうに思いたい、考えたいというモティーフがありまして。そういうことと、これは岡井さんに言うと笑われちゃうけども、要するに人種が違うとか同じということも連続的なんだ、というふうに思いたいというわけでしてね（笑）。

ただそれはたとえば各民族語がわかれたのが十何万年前だとすれば、十何万年という幅をとるか、じゃなければ五百年のうちで違う民族語だっていうふうにとるかっていう、それだけの違いだっていう。時間を十何万年にしたらみんな同じになっちゃう、まあ多少は違ってもほぼ同じ言葉になっちゃうみたいなことがあるから、言葉もそうだし、色が黒いとか赤いとかっていうことも、それも少し時間の幅をとれば同じになっちゃうんだから、こういうのもあまり絶対化して、違う人種、同じ人種、何人種と何人種の混血、ということも断絶的にいってはいけないんじゃないかな、という感じと、言葉の連続性の感じ、それをぼくはだんだんそういうふうに思うようになってきたんです。そういったら神話を類型づけるっていうのは実にばかばかしい話だっていう、こんなことで、ここの神話とここの神話が似てるっていうことが何か他の意味があるというふうにもし理解するとすれば、まったく違うんじゃないかなっていう考えがあるんです。

そういうことを、そんなに大舞台じゃなくて、日本の南島と中央とか北の方との言葉の方言の違いとか濁音のつけ方の違いとか、そういうことをもう少し時間的な幅をひろげていけば、もう少し先までいけるとか、神話の理解ももっと違う理解の仕方をして、もう少し抽象化すればというふうにぼくは思ってるわけですね。そうすれば神話の類型づけで何か言うってことは全然違うっていうことをはっきり言えるんじゃないかなってことがありましてね、それがモティーフなんですよね。

岡井　それがずっといった場合に、例えば『万葉集』の解釈――『万葉集』はずいぶん手前の、われわれと近いところにあるわけですが――いわゆる初期歌謡的なものの解釈とかもいろいろな点で変わってくるという可能性も出てくるんですか？

吉本　ぼくはくるような感じがします。特に少し自分がやったことがある「枕詞」っていうの解釈はそうとう違ってくるし、もしはっきりとしたことを言葉について確定したいようであれば枕詞っていうのはやっぱりとてもやりやすい素材なような気がします。もっと違うふうになってくるし、確定もできるように思ってるんですけどね。

だからぼくは『人麻呂の暗号』みたいに朝鮮語との語音的な類似とか中国語との語音的な類似をいうのは、あれはたぶんある一部分しか当てはまらないんで、あれは普遍的ではないんですが、ああいうことは、ある時間たとえば今から一一〇〇年前から八五〇年前までをとってくれれば、というふうに時間をとってくればいいというふうに理解したいです。それから、例えば大野晋さんみたいな専門家が日本語とタミール語が似てるみたいな、以前だったら専門の言語学者がなんでこういうことをいうんだろうかっていう理解でやめたと思うんですが、今ぼくはそうじゃなくて、これは確定しないといけないと思うんですけど、例えば二万六〇〇〇年から二万九〇〇〇年の間だったらこういえるっていうような言い方ができそうだから、だからこういうのもたくさんあっていいんだ、という理解になってますね。

ただ、普遍的だと思ったら違うんじゃないかなと思いますけど。だから大野さんがそういうふうに確定したいんだったらば、時期を確定していっしょに言わないと駄目なんじゃないかなと思いますけども、あれはまったく荒唐無稽なことでやってるというふうには思わなくなりました。前はそう思いましたけどね。だからそうとう様相は変わるような気がしますね。

岡井　ぼくは短歌を作っていて、枕詞を勝手に現代へもってきて使ったりしますけど、そのち吉本さんが確定されますと、またちがう使い方ができる（笑）。

吉本　そういうふうに岡井さんはご自分で枕詞を作っておられると思うんですよね。それはすごいことだって思う。でもぼくはそれはやっぱり岡井さんの、昭和何年から平成何年の間でこういう枕詞の使い方をしたのが妥当である、ということになりそうな気がしますけどね（笑）。作るっていうのは力がなければ枕詞を作れないですし、力のある人は古い枕詞も使うでしょうけど自分でも必ず作ると思います。そういうふうに作られたような気がしますけどね。

賢治の元型的イメージ

―― さきほど、宮沢賢治のイメージのありようが、ある場所の内や外へ、高いところから低いところへ、あるいはそれと逆向きに自在に移動できるとおっしゃられたわけですが、それは、現在吉本さんがやられている「ハイ・イメージ論」での、人間のイメージの発現する場所の高さ、つまり世界視線との同質性のようなものはおありになるのですか。

吉本 宮沢賢治がね、箱の中に人がいて、外はまっ暗で、それを箱の中の明るい所から外を見たり、暗い所から箱の中がポッと明るくなってそれが宙に浮いてるのを見たりっていうのがね、そういうことが宮沢賢治の場合、元型的にあると思うんですよね。それで、ぼくはあなたのいわれたところからではなく、それは宮沢賢治の中ではもっと母胎的というか胎内的というか元型的なイメージなんじゃないかな、というふうに思うんで、つまり元型的なイメージとつなげられてるんじゃないかな。

宮沢賢治がいつも見てたのは、盆地のところを通っていく岩手軽便鉄道ってのがあって、それをいつでもリアルに見てるわけですよ。ぼくが二、三年住んでた山形県の米沢市ってあるんですけれど、それもちょっと郊外の高い所に行くと、米沢盆地のちょうどまん中を通って坂町って新潟なんですけど、そこを米坂線っていうのがやっぱりまん中を通っていて、それが古い型の箱が三つぐらいついてるだけなんですね。それが一日に何回か通るんですよ。で、宮沢賢治もこういうのと同じのを見てたんだって思うわけですね。

それをたぶん宮沢賢治は宙に浮かしてみたり、まわりを暗くして夜にしてみたり、それを空の向こうへ進行してみたりっていうイメージにつくりかえたんだろうな、そして元型を見てたのは、少し高い所から盆地のまん中をずっと通っていく、それを見てたんだろうなって、自分の体験から想像するわけですね。で、こんどはそれを宮沢賢治は何と最も無意識的に結びつけていたかって考えると、それはたぶん胎内なんじゃないかなあと。これはつまり母親っていうことの、母親の胎内から自分が外を見てる、自分がこれから生まれていく外界を見てるとか、外側から母親の胎内を透かして見てる人がそこにいるんだっていうふうに、宮沢賢治は母親の胎内と元型的に結びつけてそういうイメージを作ったんじゃないかなっていうのがぼくのおおよその考えなんですよ。

だけどそこまではあまり根拠なしにというか、立証なしにいうことができないわけですから、そこまではいわないんですけれども、大体ぼくはそういうものとして宮沢賢治が銀河鉄道のイメージを作ったり、まっ暗な暗闇の中を通ってて中だけ明るくてあったかくて、外は冷たくて、そういうイメージを作ったんじゃないかなと、ぼくはそういうふうに思ってるわけですけどね。だからぼくはあまり今、自分が言ってるような概念とは結びつかないで、もっと元型的なイメージと結びつくような気がするんですけどね。

岡井　雑談ですけど、あの羅須地人協会の活動ですが、あれは大したことないんだという感じも抱いたり、しかしなかなかあれも大変だったんではないかなあと、ぐらぐらぼくの中で揺れていて。

割に若いころに彼があいうことをやったということは、もしあの話聞いてなかったら、だいぶマイナスしたかもしれないくらい感動したんですけれど。新聞でたたかれたりしたわけで、当時としてはかなりラジカルなところまでいったんではないかと思うんですね。

吉本　やっぱり、自身としては農民芸術みたいな概念があって、それをとにかく自分でもやりたいし、そういうふうな啓蒙というか、文化的な活動というものもしてみたいということは、かなり本気であったんじゃないでしょうかね。それはどこまでやれたか、どういう意味があるか、つまりそれの影響を受けて、だれかが育ってそのためにこれがこのあたりの農耕のやり方がこうなったっていうところまでは、たぶんいってないだろうと思うんですよね。

だけどそれをやったっていうことの意味はたくさんあって。自分の記憶では、直接、羅須地人協会の生徒さんではないんですけれども、松田甚次郎っていましたね。あの人が宮沢賢治の生前のお弟子さん的な人で、いろいろな影響を受けた人なんです。太平洋戦争がだんだん色濃くなってる時でしたけど、あの人はやっぱり宮沢賢治の直接の弟子だってことで、農民運動っていいましょうか、当時いろいろあったわけですけれども、農民運動みたいなものの実践的なことをやったんですね。ところが、ぼくらが見てると、松田甚次郎が宮沢賢治からたくさん学んだお弟子さんだっていうんですけどね、ナショナルなものというか、当時の農本主義の人たちがやるのと結局同じになっちゃうんですよ。

岡井　国策に従う。

吉本　そうなんですよ、色合いがそうなっちゃって、あっと思うわけですよ。それで一面では自分らも理念としてそういう感じになってるから、ああこの人は宮沢賢治のあとを継いだ人だっていうふうに、一面ではそういう目でもっていろんな機微を見てるわけだけど、別な面ではこれ宮沢賢治とちがうなっていうのがあるわけです。

　羅須地人協会っていうのは、名前も示すように羅須っていうのはどこの言葉かわからないですよね。名前からしてそうですけど、あの人がやったこと、まあレコードコンサートでも何でもいいですけど、そういうことは別に成果があがったっていうことじゃないんですけど、それ自体が、労農党、盛岡支部とかそういうのに対して警戒を持っていたっていうのと同じ目で同じ人たちが見たら、つまり色がまったく違うっていいましょうか、色が日本じゃねえってこと、日本って色がないことが大体それはけしからんっていうふうに思われちゃうくらい、そのことはたいへんなことなんじゃないでしょうか。

　労農党と同じじゃないかっていうふうに思われたり、またそういうことで随分気をつかったりしたでしょうけど、それよりも本当の成果っていうのはたぶん、日本じゃないっていうような、例えばレコードコンサートのやり方とかね、そういうことが相当大きな影響なんじゃないでしょうかね。これは松田甚次郎っていう人をぼくら見てて、ああこういうふうなのかっていうのと、これは宮沢賢治じゃないんだっていう感じと両方の感じで見てたんで、その対比から言いますとね、どうもそういう気がしますね。その方が大きな影響がたぶんあったし、その見られ方も、なんか得体の知れないことをやらかしたように思われた要素の方が本当は大きいんじゃないかっていう気がしますね。

岡井　それが文学作品の評価とか解釈という方へスムーズに入ってこないというところが多少ありますし、ちょうど羅須地人協会を一所懸命やってたころのメンタル・スケッチの中にはかなり、やや露骨にそういう思想が出てるもの、あるいは実は出てないのかもしれないけれど、他の人はそう読んじゃうようなのがありますね。そこの評価が日本の労農運動が高まってくると高くなって、今みたいな時代になると低くなるとか、そういう変なことがあったりしますね。

吉本　そうなんですね。宮沢賢治の本当の表現上の華だったころは、たぶん羅須地人協会をやり始めたころにはいちばん頂点にきちゃってるっていうことになるような気はしますね。それでそれこそ岡井さんのいう文語詩っていうのがどういう華だったかということがもうひとつやってくるような気がします。中間はまた後期にいたるほど、推敲の必要もあまり感じなくなって、表現としてはひじょうにストレートな感じになっていきますよね。

――　現代詩と短歌の違いということで、短歌は定型ゆえにある防壁のようなものがあり、現代詩はむしろ手ぶらであるために、今日の話では難解なものと易しいものとの両刀になることができ難いとおっしゃいましたが、十年ほど前のちょうど同じ吉本さんと岡井さんとの対談では、その詩と短歌の性質の違いから、詩はある時代性のようなものの加担がないと、表現が裸になってしまい成立しにくくなってしまうと吉本さんがおっしゃっていられたんですね。もちろん時代と詩の表現がまったく切れてしまうなんてことは考えられないわけですが、時代が詩の表現に何かを加担するというのはどういう意味においてのことなんでしょうか。

吉本　具体的に言っちゃえば一番早いんだろうと思うんですけど、人の評価はまた様々なんでしょうけどね、ぼくは一時期前の荒川洋治さんっていうのはたぶん、現代詩の、あなたの言う時代の関わりみたいなことでいえば、一番中心っていいましょうか、一番すわりのいい中心で詩を書いていたっていうふうにぼくは思っているんです。これが時代だっていうふうに思っていましたけどね。もうこの詩人でもって現代詩の表現が少し変わったなと、それ以降と以前というふうに分けられるくらい変わったなというふうに思っていましたけどね。何が変わったかということになるわけですけれど、詩の言葉っていうのは、もちろんその詩人の感性とか素養とか資質とかっていうところから決まって出てくるんだと思うんですけれど、無意識にいえばひとりでに、その言葉は、もし詩人っていうのがその時々のいちばん鋭敏な言葉の専門家だっていうふうに理解すれば、最も鋭敏な専門家の言葉の水準っていうのはひとりでに使ってというか、持つことができて、それで表現しちゃうっていうもんなんだと思うんですよ。そういうふうにできてるものだけど、それはある時期ある時代によって、そのひとりでにできちゃってる表現、言葉の水準っていうのが、現実の社会にいろんな風俗現象とか事件とかっていうことで流れている波っていうのがあるとすると、ある時期にはその時代時代の鋭敏な専門家がつくってきた言葉の水準っていうのが動揺させられたり波をかぶる時期があると思うんですよね。そして荒川さんをなぜ時代の中心というふうにいうかと言えば、その波をかぶってるところが言葉として荒川さんの詩の中に一番よく出ているっていうふうに、ぼくはそう思ったんです。荒川さんっていうのはたぶん、それ以前とそれ以降の日本の現代詩を分かつ場合に、とても重要な人なんだろうなっていうふうに思ってきたわけですね。

荒川さん自身はやめたわけじゃないでしょうけど、あまり自分で詩を書かなくなったんじゃないか。だから今、荒川さんの詩っていうのはぼくの中には見当がないんですよ。その時って今から五年前とか六年前とか、十年前っていうのならあるんですけど、今はないんです。今だれが中心なのかっていうのはよく分からないんですけど、ただ中心って何なんだっていったら、要するにその言葉の中心がどれだけその時期の、その時の現在なんでしょうけど、その時期の波にどれだけ感応しているかってことで中心を決める以外ないんじゃないでしょうかね。価値があるとかないとかってこととは別問題なことなんですけど、それが中心なんじゃないか。だから今どこにというか、どの詩人に中心をおいたらひじょうに分かりやすいよっていうふうになってるのかは、ぼくには分かりませんけれど。つまり荒川さんほどの意義があるっていいましょうか、そういう詩人っていうのは、中心にピタッとすわってるっていう感じの詩人っていうのはあまり目に入れられないんですけどね。

――時代そのものにインパクトがあれば、詩の表現との相互作用で、例えば「戦後詩」とか、

「六〇年代詩」とか、あるカテゴライズができるように思うんですが、荒川洋治さんを最後にしてそのカテゴリーのようなものが作りにくくなっているわけでしょうか。

吉本 それよりも、荒川さんの、右手のひとつとか左手のひとつとか頭っていうのがね、氾濫してってていうか散乱してってていうのか、そういう状態なんじゃないかなっていうふうに思うんですけどね。だからひとつのイメージとしてここが中心っていうのがなかなか作れないっていう、そういうふうになってるんじゃないかと思うんですけどね。だからこれは荒川さん自身が活発な詩作をやってればとてもわかりやすいんだろうと思うんですけど、ぼくはあまりこのごろ見てないからわかんないですね。

岡井 『針原』なんかが典型だと思うんですよね。とても平明だけれどもなんかこの人は最先端のところでやってるなとぼくは思ってそれで評価したんですけれど、評判ってことでは毀誉褒貶しておられたけど、あのへんが最後じゃないのかなあ。

吉本 そう思います。あれから見てないですね。詩集はあるかな。

岡井 あるんですけど印象がぼけちゃって、雑文をお書きになったようなものとそんなに違わなくなってて。『ヒロイン』とかいろいろあるんですよね。それはそれでおもしろいんだけど。

吉本 本当に詩に全力を入れこんでるっていう感じはないんじゃないでしょうかね。たのまれれば書くっていう意味あいでは書くんでしょうがね。本当に入れこんでる、集中してるって感じには書かれてないんじゃないかな、そのあと。でも時代の中心で詩を書くというのは大変なことなんですね。そうですね、それは大変なことなんですね。

――吉本さんは以前に作品の作者というのは当人ではなくて現在とか時代であるとおっしゃられてましたが、すると荒川洋治というのはある程度はその時代が作った作者であって、時代が移り変わればその時代の詩人にはなってないというか、なり難いわけですか。

吉本　それは岡井さんにお聞きすればいちばんよく分かることで、つまりある時代に自分の言葉が意識的にせよ無意識的にせよ時代の動きにぴたっと合うということはあり得るわけですね。だけどその次からは何か違うことが必要のような気がするんですよ。それは岡井さんや塚本さんに聞けばいちばんよく分かることで、その時代を耐えてくるというのは何が必要なのかということはあると思いますね（笑）。

岡井　歌壇と詩壇は違いますから正確なことは言えませんが、ぼくなんかから見て詩壇が透明に見えた時もありまして、ああこの人を見ていればだいたいのことは分かるという詩人が常に何人かいてくれたんですね。それが吉岡実さんであったり鮎川信夫さんであったり大岡信さんであったりするわけです。でもそういう人が荒川洋治さん以降は、いらっしゃらなくなってしまった。それがいいことか悪いことか分かりませんけれどね。

吉本　だから、そういうことというのは大変なことのような気がするんですね。時代の動きみたいなものは大変なことで、その中で詩の言葉がどういうふうにくぐってゆくのか、無意識にしろ意識的にしろどういうふうにくぐっていくのかは難しいと思いますけどね。

岡井　エコールというのが、「荒地」が典型的だと思いますが、一人ひじょうに突出した人がおられてその周りに四、五人相当な人がいらっしゃってという雰囲気がありましたよね。いまはバラバラな感じですね。まあ「麒麟」とか「菊屋」がという波はあるが、はた目から見るとそれでもね、という感じはありますね。

吉本　エコールというのは伝染するものでありまして、言葉遣いから感性から全て伝染して相互影響を持つことがあるから、それはある意味で支えでもあるわけでしょうけど、それが全然作れなくなって、作ることも意味がないというような感じというのもあるから、荒川さんだって今でも作っているかもしれないし、一時腰をひいているだけなのかもしれませんが、この人の動きを見てればだいたい分かってしまうというようなことは詩の世界ではなかなかないですね。本当にそういう気がしますね。

（『現代詩手帖』一九九〇年一月号）

日本語の遺伝子をめぐって

意味とメロディ

吉本　今日は岡井さんとお話しするということで、岡井さんの最新歌集『神の仕事場』を読み直してきたんです。ぼくはこの頃、短歌においては、メロディやリズムを意味として受け取ることが重要な要素なんじゃないか、とかんがえてきて、だいたいそういうふうに短歌を見てきたんです。ところが岡井さんのこの仕事は、逆に、意味をメロディにしているんじゃないかという圧倒的な感じを受けたんです。具体的には、たとえば「逢坂や　ひとはひと故吾はまた吾ゆゑ旧き自転車で行く」という歌がありますね。ぼくが思うのは、この「ひとはひと故吾はまた吾ゆゑ」というところまでだったら、他の歌人もやっているし、一般の歌人にもできることだけど、「旧き自転車で行く」というところは岡井さんの歌のなかでもめずらしい、『神の仕事場』でもこれが最初の表現のような気がしたんです。この種の表現をなんと言ったらいいのかわかりませんが、意味は古ぼけた自転車で行くということなんだけれど、そうじゃなくて、この言い方、この意味が、リズムにあるいはメロディになっているんじゃないかと理解したんです。こういったところがこの歌集を圧倒的なものにしている根拠だと思った。この歌集のなかからいくつか例を挙げると、たとえば「留守のまにはひりてをりし電話より女狐の声たばしれるかな」なんかは、意味はこの通りで、「留守のまにはひりてをりし電話より」は普通の表現だと思うけど、「女狐の声」というところは、意味であるとともにメロディでもある役割を果たしているんじゃないか、ぼくはそう思ったんです。これは誰もいままでやれたことがないんじゃないかな。反対のことなら普通のこととしてやっていて、メロディを意味とすることは定型詩としてありますが、意味をメロディとすることは誰もやっていないんじゃないか、岡井さんもこの前の歌集まではやっていないんじゃないか、というのがぼくの理解の仕方です。もうひとつ例を挙げると、「ははそはの母を思へば産道をしぼるくれなゐの筋の力や」は、そうすると、ぼくのいままでの理解の仕方や、一般の短歌の読者の理解の仕方だと、後半の「産道をしぼるくれなゐ」は、特異な思いつきと言いますか、特異な逆想で、それが見事なんだ、というふうになるけど、ぼくのいまの短歌の読み方だと、特に「筋の力や」というところが、意味であるとともにメロディになって拡がっているんじゃないかと思うんです。茂吉はよく「声調」という言い方をしましたね。リズムやメロディが意味として迫ってくるといったようなことは茂吉もよくわかっていて、この言葉にはそういう意味が含まれていると思ってきたんだけど、ぼくはこの頃この茂吉の「声調」が意味しているこことでは、短歌というのは読めないんじゃないかと考えているんです。それでこの岡井さんの歌集を読んで、ちょっと言いようがないなと言いますか、茂吉の歌論を超えることができるとすれば、逆に意味をメロディにすることなんじゃないかというかんがえ方になってきていて、それがこの歌集を類を絶するものにしている。

岡井　吉本さんは以前に「しっし　しゅっしゅ」という歌をよく選ばれましたよね。いま、おっしゃられたことは、そういうものとしてではないんですね。

吉本　普通の読者であれば、岡井さんのこの歌は文字どおり意味はとれるものですね。そういう読み方で読めば、これは岡井さんは言葉が自由になったから着想が自由で、それから岡井さんのもつ短歌の生理性があって、その両方から「産道の筋の力」のような表現ができているんだな、ということですんじゃうんじゃないかと思うし、ぼく自身もそれですましてきたと思うんです。ただここ一年くらい、そういう読み方に疑問をもってきたんです。そういう読み方からすると、メロディを意味のようにすることはいまの歌人はできるけど、逆に意味そのものだよと言いながら、それがメロディになっているというのはなかなかできない。この『神の仕事場』を、うまいなあ、と言ってすませちゃうことはできるんだけど、どうしていままでの岡井さんの歌集と、あるいは他の歌人の歌集と違うんだろうかと思ってかんがえてみると、意味としては非常に明白なんだけど、それが同時にメロディになっているような感じを受けたんですね。

「老い」と短歌的遺伝子

岡井　いま吉本さんが『短歌研究』にお書きになっているのを読んでみると、山中智恵子さんの歌を分析的に論じているところなど、本来ならば旋頭歌的な息づかいで、声調を伸ばしてみている——たとえば「わが額に時じくの雪ふるものは魚と呼ばれてあふるるイエス」などは、考えてみると意味はほとんどとれません。しかしなんとなく意味がとれてしまうのを、リズムが意味となってしまうことだとおっしゃっていますね。あるいは百々登美子さんの歌では、なぜ最終句が七音ではなくて五音になっているかをお書きになっていますね。こういうことはじつはメタフィジカルな短詩への要望があって、ここは五音でいいんだという感じできている。こういったことも「声調」、吉本さんの言葉で言えばメロディやリズムのような音楽的な要素が前にあって、そこにはもっと多くの意味が本当はあるのだけれど、それを短歌定型に収めるために短くしたんじゃないかと、吉本さんはあそこで言っていたように思うのですが、ぼくの歌についていま吉本さんがおっしゃったこととは関連しているんでしょうか。

吉本　ぼくには岡井さんがやっていることはそれとは反対のことのように思えるんです。ごくごく普通の短歌的表現をしているんだけれども、その言葉の意味自体が同時にメロディになって拡がってゆくということですね。

岡井　そうすると、山中さんや百々登美子さんがやっていることは従来前衛短歌などでは普遍化していて、たしかにいろんな人——ぼくや塚本さんをはじめ——がやりましたね。それとは逆のことだということですか。

吉本　いままでは百々さんの歌のように最終句を五音でとめたりというのは異化作用としてす

ましてきたわけですね。それをまあ面白いと思って読んできたんですが、なんで面白いのか少し詳細に読んでみて、これは異化作用には違いないけれども、自分にとって所定のメタフィジックがあり、そこに到達するための試みなんじゃないかと思ったんです。そしてその異化的なリズムが逆に意味としての役割をもってきて自分のあらかじめもっている歌のイメージに作用しているのではないかという気がして。最近は、鷗外と漱石の歌についてかんがえてみたのです。漱石の場合は本気で短歌を問題にするのは難しいですが、鷗外の「我百首」などは、はじめの「うた日記」のころに比べてうまくなったなあ、というくらいでさして問題にしてこなかったのですが、じつはそうじゃなくてこの人は「我百首」のころには、短歌的表現に自分の思想の限りを詰めこもうとしたんじゃないか。それがわれわれがいいと思う理由なんじゃないかとかんがえたんです。晩年の鷗外は歌人として相当特異な存在と言わなければいけないという気がします。

岡井さんの歌集ではそういったこととは逆の事態が起こっているんですね。意味をメロディにしているんですが、それは音数律とかいったこととは違うんですね。ただなんでそうなったのかというところはわからないんです(笑)。たとえばさっきの「旧き自転車」でもいいのですが、若いときからいままでの岡井さんの短歌的特徴から言うと、もっと極端に華やかになるか、それとももっと青春の深淵のようなきわどい表現になるかのどっちかのはずなんですね。それがどっちでもない。意味としては緊張しているところはないし、色調として言うと一種のくすんだ色をもった表現で、この表現はもしかすると精神と肉体の「老い」の自覚をかんがえつめていったということがあるのかな、とも思いました。あるいはそうじゃなくて、なにか精神の事件があったのかなとも思ったのですが、どうなんでしょうか。もっと華麗に、あるいはもっと深刻にやることもできたと思う。そうしなかったところに意味がメロディになった理由があるんじゃないかという気がします。岡井さんが、茂吉や土屋文明や近藤芳美といった人たちからふっとぬけていったというのは、そこに帰着するんじゃないかと思うんです。

岡井 なにかがあってそうなったのかと言いましても、毎日なにかがありますからね(笑)。毎日が人生の重大事にぶつかっていますから枚挙にいとまがないんで、たぶんそれじゃないんだろう。すると、何だろうと考えても自分じゃわかるはずもなく、お話を聞いていて思いつくままに話すなら、特に最近は歌を作るのが楽しくなったんですね。それまではすごく苦しくて、なにか新しいことをやらなくてはいけない、と。いちばんの前線に出ているんだから弾に当たんなきゃいけないんだという考えが、このごろはまったくとは言わないけれども、抜けてきていて、えらく楽しい、と思えてきたんです。「老い」の自覚があるのかどうかわからないけど、自分が年をとってきたのは間違いないわけで、それは性欲がだんだんなくなってきたり、権力欲ばかり強くなってきたり、どうしようもなく「老い」の徴候がたくさんある。自分はまだ年をとっていないなんて言ってもそんなのは嘘で、ぼくなんかは「老い」のいちばん悪い徴候が全部出てきています。ただそんななかでも歌を作ることだけは楽しい。若い世代と一緒に過ごすと自分の「老い」が自覚されると言うけれど、ぼくは十代、二十代の人たちとつきあって躍起になって歌を作っていて、そんなことをしている歌人はぼくくらいしかいない。あのじいさん、なんであんな目の色変えておれたちと争ってるんだ（笑）。ある歌会で、ぼくが「民族よ」という歌を出したんです。そうすると、若い人たちにとって、民族というのは「日本民族」といった意識はぜんぜんなくて、ボスニア＝ヘルツェゴビナの民族問題ですかなんて言うんですね。まったく隔絶しているわけですよ。そういう人たちのなかに入って歌を作っていると、どうしても自分の歌の歴史やら年齢やらを自覚せざるをえなくなります。そしてそうやって一緒にやっていると、体力面での違いが何よりいちばんはっきり出てくるんです。吉本さんがぼくの歌についておっしゃっていただいたことが本当かどうか、ぼくにはわかりません。たとえば、オノマトペの使用についても、最初はぼくがやったかも知れないけれど、若い人がどんどんそれを増殖させていって、今度はぼくがそれを見てなんだか面白そうだと思って、逆にかれらをまねてみるというようなことはあるんですね。最近の歌にいままでのぼくの歌とは違うものがあるとしたらそういうところで、これはおっしゃるように「老い」の徴候かも知れないし、無自覚のうちに小さな事件をそういうかたちで解決していこうとしているのかも知れない。

吉本　この『神の仕事場』が出たときに、誰かが批評でそのことに触れるかなと思ったんだけど、ぼくの見た限りではそこに疑問をもった人はいなかった。そうするとなんとなく、俺がそう思ったということを言わないと、重大なことが言われないままにすんでしまうような気がしたんです。この読み方が正しいかどうかわからないし、正確かどうかもわかりませんが、たぶんぼくの読み方が、少なくともこの『神の仕事場』の特色を見つける読み方としてはいいんじゃないかと思っているんです。ただだれも言わないということはもう短歌の世界では、常識になっているのかなあ。

岡井　いやいや、そんなことはないんです。業界というところはえてしてそんなもので、共通の通りのいい言葉でしゃべることが多いですからね。吉本さんは、まあいわばアウトサイダー的なところから、もっと広い思索のなかから見てらっしゃるわけで、さっき吉本さんが挙げた「旧き自転車」や「女狐」なんか誰ひとり挙げた人はいなかった（笑）。ところで、その意味のメロディ化というのは、普遍化するようなものなんでしょうか。たとえばむかし、吉本さんが塚本さんの歌について言われた「短歌的喩」といった概念が普遍化したように。

吉本　はっきりとは答えられませんが、これは短歌的な技術的成熟度がなければ、やろうとしてもできないというところが半分はあると思う。だけどあと半分は、それに気づけばやれることかも知れない。そういう意味では普遍化できるものですね。けれども若い人が意図的にやろうとしてできるかって言えば、それはちょっと無理でしょう。そこには読む人に響いてくる問題があるから。

俳句にもなく。近現代詩にもない、短歌独特の不可思議さというのがあると思うんです。それをなんと言っていいのか迷うけれど、歌人に代々伝わる遺伝子のようなものですね。『神の仕事場』にはさっき言ったような箇所がずいぶんありますが、岡井さんはそれを自覚的にやったのか、無意識的にやったのかと言うなら、おそらくどこかにある原動力は、歌人の伝統としての遺伝子が加担しているんじゃないかという気がするんです。俳句の場合は、ポストモダンでいこうとすればわりあい理知的にできる要素がありますね。俳句は古い諧謔から始まったわけでしょうから、そういうこともできて川柳みたいになることもできるわけです。それは作り手も読み手もわかってることのように思うんです。ところが短歌の場合はいつでもどこかで、これはちょっと不可思議だよなあ、というメロディともリズムとも言えないところがある。

詩歌とイデオロギー

岡井　吉本さんに一度お聞きしたかったことがありまして、それは茂吉の戦争歌についてのことです。

ずっと前に吉本さんは詩人の戦争責任について論じられていましたが、ぼくは斎藤茂吉の太平洋戦争が始まってからの歌をずっと見てきたんです。これは既刊歌集には入っていませんで、結局全集でしか読めないんです。つまり占領下に書いたものですから、自粛して歌集にしなかったんですね。非常に膨大な量があって、『寒雲』から『小園』までのころですが、ちょうどその裏側をなしているものです。たとえば十二月八日に真珠湾攻撃をしたとか、シンガポールが落ちたとか、そのたびにいろいろな歌を残しているんですが、これらの歌をちゃんと読まなければ、斎藤茂吉の歌人としての根本的な問題に関わるんじゃないかと思うんです。たしかにイデオロギーに裏打ちされていて、終戦の詔勅が天皇から下されると、「聖断はくだりたまひてかしこくも畏《かしこ》くもあるか涙しながるる」なんていう歌が並びますね。いまから考えるとばかばかしくてしょうがないという人もいますが、でもこうやって歌われると斎藤茂吉のリズム、声調は嘘じゃないと思えてくるわけですね。

この問題をずっと時間的にずらしてくると、たとえばぼくが自分自身でベトナム戦争の時、ディエンビエンフーが落ちたとかって歌に書きますね。そうするとぼくが北ベトナムの方に加担していてアメリカもフランスも負ければよい、という歌を作りました。本当はどっちもやったことにはかわりがないんだから岡井も馬鹿になったなんて言う人がいますね。つまりぼくは反戦イデオロギーや反米イデオロギーに操られて作ったとあざけられるわけです。しかしそのときはそのときで、イデオロギーと言えばイデオロギーかもしれないけど若い自分の生き方と一致してたからああいう歌を作ったわけでしょう。そう考えるとぼくには斎藤茂吉のあの戦争歌を裁く権利はあるのか、と思うんですね。そうすると「聖断はくだりたまひてかしこくも畏くもあるか涙しながるる」という茂吉の歌と、ぼくのディエンビエンフーの歌との勝負じゃないかと思うわけです。それはポストモダンの時代と呼ばれるイデオロギーフリーの時代になったから可能になったと言えば言えるけれども、吉本さんはこういうことはどうお考えになりますか。

吉本　いま茂吉について言われたことを詩の方で言えば高村光太郎ですね。高村光太郎は、もう少し意識的に一種の記録の意味あいがあって、『記録』という詩集もあるんですね。戦争が終わったあとに書いた「自伝」のなかには、自分はもうひとつ裏側に発表はしていないけれども詩を作っていたんだ、と書いていますね。戦争で焼けたりしなければちゃんとあったはずなんですね。わりあいその茂吉の問題と似ていると思うんです。

岡井　高村光太郎の詩はいま読んでも面白いですよ。『記録』もいいし、ぼくは『地理の書』が好きなんですが、あれが持っている力は、そんな簡単には否定できないという感じがするんですね。

吉本　ぼくもそう思います。『地理の書』もそうですし、「沈思せよ、蔣先生」などは、いい詩だというより他ないわけです。『地理の書』は、ぼくが山形県にいるときに石井漠の舞踏団がきて『地理の書』に振り付けをして学校でやったのを覚えています。これらの詩はいま読んでも全然おかしくない。

岡井　それはどうしてですかね。

吉本　たとえばぼくが岡井さんの歌について意味がメロディとしてなにかを加えている、『神の仕事場』は隔絶していると言いましたが、その理由はもしかすると「現在」に対する岡井さんの無意識の感受性、ある種の時代感覚の表われなんじゃないかと思ったんです。つまりそれは後世にならないと、後世と言っても十年くらいのものですが、十年くらい経たないとわからないものであって、同時代ではなかなか理解しにくい。岡井さんの鋭敏な時代感覚、現実感覚がそういう表現を作ったんで、たしかに時代性なんてどこにも入っていないように見えますが、同時代では見えないようなある仕方で入ったんだという気がします。それは歴史が繰り返すといったことはぜんぜん違うことですね。

いまは進歩的な人や左翼的な人——ぼくも自分がそうだとたえず思っていますが——が、シンボルの交換期にあると思うんです。プロレタリア文学で言えば、労働者をずっと描いてきて、その延長で戦争に入り、生産の場での労働者の苦労を描く生産文学をひとりでにいいと思って、そういうところに入っていったけれども、ふたを開けてみたらとんでもねえ話だった、なんてことがありますね。それと同じように、左翼がとても右翼的、進歩的なのがとても保守的になって、逆にいままで保守的だと思ってきたのが、たいへん開明的で、こっちの方が未来を指していると言えば言えそうな感じさえあります。それは戦争中ほどはっきりしていないけれど、どうもシンボルの交換期のような気が半分くらいするんですよ。進歩的だと自分を思っている人は、本当は反対だと思ったほうがいいですよ、とかんがえているところがぼくにはあります。

岡井　いま戦後詩というものが疑われると言うか、読者がだんだん離れてきてますね。ぼくらのように戦後詩で育ってきた連中はとても悔しい思いがしています。最近吉岡実さんの全詩集が出て繰り返し見ているのですが、むかし読んだ感じといま読んだ感じとがずいぶん違っていて、若い人にこれはすごくいいんだよ、とさし出すときにちょっとためらいが出てくるんです。それは短歌の場合にもあって、一般的には秀歌、名歌だと言われているけれども、なんでそうかと言われると解説しにくいものですよね。最近戦後五十年のアンソロジーを作ってみて思ったのですが、その時代、もちろんそれは少数の人間かも知れませんが、同時代者にある衝撃を与えた問題の歌集というのはやっぱりいま読み返してもダントツに面白いと思うんです。さっきの高村光太郎の『地理の書』でも中学のころ英語の先生が教室で朗々と読んでぼくらはしびれたものですよ。そうやって考えてみるとその時代、同時代から見えない部分と同時代だけが感知する部分と、両方あるんじゃないかという気がするんです。

吉本　吉岡実の詩は、同時代にこれをいいと言った人はごく少数だったかも知れないけれど、もしかすると吉岡さんの詩はとても大衆的なものとしてさりげなく読めるのかも知れないなとちょっと思ってるんです。難しい詩と言えばたしかにそうだけど、わかりやすいと言えばわかりやすい詩ですよね。意味はわからなくても、なんだかよくわかってしまうという一種の通俗性ですね。

茂吉の戦争歌や高村光太郎の戦争詩もそうですが、イデオロギーをもとに読んでいくとつまんないことになっていきますが、そうじゃなく、虚心に読んだら、当時少数の人にしかわからない部分や、だいたい普通の感性をもっている人であればわかるような部分があったはずですね。現在読むときには、そういった大衆的にも読めるし、少数派としても読めるというところが一度チャラにされたところで、もう一度読めるでしょう。そしてもう一度茂吉の戦争歌や高村光太郎の戦争詩などを読めたところで、ちゃんとした理解が成り立っていく基盤が探し出せるんじゃないか、またそうやって読まれていかなくてはいけないと思うんです。

岡井　そうすると、吉本さんはさっき左翼が保守的になって右翼がむしろ進歩的になったとおっしゃいましたが、ああいう転換はひょっとすると昭和の転向期とのつながりでも考えられると思うんです。大正の高村光太郎はどっちかというと超俗的な芸術家のイメージがあって、およそ『記録』や『地理の書』などを書くなんて考えられない詩人ですよね。『道程』は倫理性はありますが、むしろ一芸術家の歩みとして勝手なことを言っているだけで、それがあの詩集のおもしろさでしょう。『道程』のような詩を書いていた高村光太郎が『記録』や『地理の書』のような作品に移っていくときに、左翼ではないけれどもあるラジカリズムのところへいったとすると、それがもうひとつのラジカリズムへと至った転換が昭和十年前後にあったと吉本さんはお考えなんですか。

吉本　ぼくはそう思います。それは現在の問題と重ね合わせてもそういうことが言えるんじゃないか。そういう意味で言うと、まだ本当に先入観のない浸透力で高村光太郎や斎藤茂吉を読むということはできてないですね。それをただ単に通俗的に左翼のタガがゆるんだからそんなことを言い出したんだといった理解の仕方はとりたくないんですね。

そうかんがえると、岡井さんの『神の仕事場』は、岡井さんの歴史のなかだけでなく、近代短歌の流れのなかでかんがえても、これはひとつの重要なポイントをなす歌集なんじゃないかなとぼくは思えるんです。短歌や俳句、そして現代詩、小説があって、俳句のほうはちょっと手薄なんですが、そういった分野を全部含めて、これだけの仕事というのはちょっと他にないぜ、というのが、本人を前にとても照れくさいんだけど（笑）、ぼくの偽らざる評価です。岡井さんが意識するとしないとにかかわらず、この歌集はなにかのシンボルのような気がしてしようがない。そのシンボルがなんであるかはなかなか同時代的には分離しにくいんだけど、もう十年もすればはっきりと出てくるんじゃないかと思います。

批評の臨床性

吉本　この『エッセイ・小品集成』（「岡井隆コレクション」第八巻）のなかでは村上一郎さんのことについて書かれていますね。村上さんはもちろんぼくと岡井さんとに共通の知人で、ぼくらはなにを村上一郎の晩年から受け取ったかをかんがえると、いくつかのことが言えると思うんです。ひとつはこの人はいつでも、死に方を研究していたようなところがあって、こういう死に方だったらあんまりキックないんだとか、いつもそんなことを話題にしていましたね。それからこの人にはもうひとつ特徴的な資質がありまして、これがじつに面白いんです。たとえば村上さんがうちに訪問されて、ぼくの家にあった誰かがもってきた鴨だかなにかを、俺は料理がうまいからなにか作りましょう、なんて言うんですね。それでなにをするかというと、いちおう料理は料理として作るんだけど、骨付きの脚の肉だかなにかは持って帰っちゃうんですね。もちろんそのときはこっちはぜんぜん気がつかないんだけど、そのあとに手紙がきて、この間おたくの鴨の脚を黙ってもってきましたなんて、わざわざ謝ってくるんですよ。それで、なんだろうこの人は

(笑)、と思うわけですね。そういうことがいくつかあって、これはこの人の特異なところだと感じましたね。

それから村上さんは、天性の教育家でした。うちの子供たちなんかにも、わかってんだか、わかってないんだか、一所懸命「こうなんだよ」といった具合に言い聞かせているんですよ。ぼくなんかそんなことしたことないから、へーって思ってみていたんだけど、ものすごく熱心にやってるんです。そのある種の教育癖は子供についてだけじゃなく、村上さんの学校の教え子だったという人からも聞いたことがあります。「あの先生はとてもいい先生だった」と言うんですね。それともうひとつは女性関係ですね。うちの奴の仲のいい独身女性が家に遊びにくるんだけど、たまたまそのときは村上さんもいて、まあ普通に話してるんですね。それであるとき村上さんがいないときに、困ったのよ、なんて言って、村上さんから誘われて云々と話してくれて、とても驚いたのをおぼえていますよ。もうびっくりしてねえ。

ぼくが村上さんについて書くとすれば、そういうことをみんな書いちゃえ、となるんだけど、岡井さんの文章では、これは岡井さんの散文全般の特色かも知れないけれど、じつにすれすれなところできわどいところを避けながら、それでいてちゃんと象徴的には本質が言えてるというところがありますね。岡井さんの村上さんについて書いた文章を読むと、これはおれの感じてる村上さんと同じだよ、と思うわけです。話題のふれ方も、距離というか角度というか、それらがとてもうまく書かれていて、といってもそれが単に合理的というんじゃないんですね。それを読めばちゃんと村上さんなら村上さんの本質がわかるようになっているんです。岡井さんの散文の特徴というのはそういうところにあるような気がするんです。

それから岡井さんは、ぼくが先入観でもっていたよりはるかに教養のある人だな、と思ったんです。ぼくなんかの比較にならないくらい教養がある。かといって、それが岡井さんの散文の重要な部分になっているわけじゃないんです。距離感と接触感がおのずと非常にうまく——うまくといっても合理的という意味じゃなく——触れられていて、それでその本質がちゃんと出ている。ぼくだったらもう徹底的に、もうどう思われてもいいや（笑）、という感じで全部に触れてしまうか、そうじゃなければ一種の挨拶の文体になってしまうかどちらかなんですね。だけど岡井さんの散文はそのどちらでもなくて、とても象徴的な距離感と触れ方をしながらその主題の本質をえぐりとっているのがとてもまれな特徴ですね。そこには、岡井さんが意識的にか無意識的にかよく使っている言葉があって、それに気づいたんだけど、そのメモをなくしてしまったんですね。我ながら、もうちょっと危ないぞ、と思うんだけど（笑）。

そういう岡井さんの散文の対象に対する触れ方がどこからくるのかと思って、二つの理由づけをかんがえてみたんです。ひとつは非常に通俗的なかんがえ方ですが、岡井さんの臨床性、あるいは臨場性だと思うんです。もうひとつは岡井さんの短歌的なメタファーで、これが散文のなかにあっても本質的に現われてきているんじゃないかな、という気がするんです。そのふたつによって、岡井さんの散文にあるような距離と触れ方が可能になるんじゃないかと思うわけです。

岡井さんの短歌的なメタファーは、詩人がかんがえる比喩とも違うものですね。

岡井 そうすると、散文にも遺伝子が働いているというわけですか。

吉本 そうそう。短歌的なメタファーを通して、日本語の遺伝子があるんです。たとえば茂吉の柿本人麻呂論と岡井さんの茂吉論を比べてみると、茂吉は半分は医学者として学問をするんだという無理な姿勢があるから、人麻呂について書くときも人麻呂の「研究」というかたちでやるんですね。実証的といえば実証的なんだけど、どうってことないと言えば、どうってことないことをしているように読めるわけですよ。それから人麻呂の短歌について、自分の歌論、つまり写生論の見地から解釈したというところがありますよね。どうも、そのふたつの要素から茂吉の人麻呂論はできてるような気がするんです。

でも、オレから言わせればどっちにしてもおもしろくねえ、と思うわけです。実証的な研究ということにしても、たとえば梅原猛の人麻呂論がありますが、やっぱりこういうものの方が面白いし、本当を言うとこれにはかなわないんじゃないかなという感じがしてしようがないんですね。もちろんこれは必ずしも実証的な研究というわけではないけれども、構想力としてはこの方がいいんじゃないかなというふうに思うんです。

それから、これは岡井さんにもお聞きしなければいけないのですが、茂吉の人麻呂解釈、あるいは茂吉の万葉解釈というのは、はっきり言って根本的にちょっと違うんじゃないかなと思えるんですね。たとえば万葉の叙景歌に対する感銘度みたいなものをかんがえるとすると、この感銘度を、生命を写すという意味での写実性からくると理解するよりも、ぼくのいまの自分流の言い方からすると、メロディからくる要素がもっと本質的にあるんじゃないかなという思いがとても強いんですね。徹頭徹尾ぜんぶを写実性から理解する万葉解釈というのはいい理解じゃないいんじゃないかなと思うんです。

岡井　茂吉自身も矛盾していますよね。万葉集声調論では徹底的に五七調とか七五調とか三四調とか言っている。そのくせ『柿本人麻呂』になってくると、自分たちが大正期に作り上げた近代的な西洋絵画経由のリアリズムという非常にモダンな考え方をあてはめて、まったくものものしいものに仕立て上げてしまうんですね。だけどももし万葉集に原型があるとして、そんなモダンな読み方で理解してしまったら原像からも遠いし、われわれただ読んでいるだけの人間から言ってもちょっと嘘っぽい感じがします。だいたいほとんど声に出して歌われたものかも知れないのに、そのことを無視していますね。ところが片方では声調論なんてことを論じていて、茂吉のなかにはそういう分裂があったように思います。

それから茂吉の実証性について、これはかなり素朴な実証性のように思われます。十九世紀的な医学のそのままで、あの頃の日本の医学者は文献をずらーっと並べればそれでひとつのモノグラフになるとか、それで実証だといったようなところがありました。けれどもほんとうはそれは頭で考えて出してるものなのに、そうじゃなくてなにか実体があるように錯覚しているというところがあったと思います。いま読むと、文章自体としては面白かったり、手帖をなくして歩き回ったりといった随筆は面白いんですが、科学的態度としては、なにか小学生が実験やっている程度の実証性なんですね。だからおっしゃるように、あの実証性も文献主義もなんか大事なところを履きちがえているような気がしますね。だから残ってくるのは、茂吉の散文の力とか、非常にどろどろした、モノマニアックになにかを追いかける文章の面白さになってくると思います。

吉本　以前そういうことについて、斎藤茂太と汽車のなかで一緒になって話したことがあるんです。茂吉の医学研究というのはどうなんでしょうか、と尋ねたら、いやー、あれはたいしたことはないんですよ、なんておっしゃっていましたね。

岡井　ぼくもそう思います。本人も知っていたんじゃないですかね。

そうすると、斎藤茂吉の散文性と、岡井隆の散文とはずいぶん違うところがあるとお考えですか。

吉本　岡井さんはそういう意味で、短歌の研究を学問的にするとか、歌人の研究を学問的にするとかということをあまり問題にしていないですね。岡井さんの散文の特色はなんだろうとかんがえると、やっぱり岡井さんの茂吉論や他の散文を読んでいても思うのは、触れ方の距離感だと思いますね。けっして茂吉のように実証的にせよそうでないにせよ、これはこうでという具合にギリギリと詰めていくことがなくて、対象に対する距離感を測りながら奇跡的にその本質を言い当てているところがあるんです。学問的なことを意図するとか、研究的なことを意図するとかいうことではなくて、むしろ臨場的なことがとても重要になっていて、それが主体になって論じられているんですね。茂吉論で言うと、メタファーとしての茂吉というのが表現のなかに出てきて、それで結局は茂吉の本質が摑まえられているよな、というところが岡井さんの散文の特色ですね。そういうことがわりと好きな歌人、たとえば土屋文明の万葉集の研究でもそうですが、とにかく実証主義、あるいは学問めかすことはめかすんだけど、どこかでぼくは妥当だとか正鵠を射ているとかいうふうには思えないんですね。歌人が昔の古典歌集を論じてみたり、古典的な歌人を論じてみたりするときには、たいてい一種の学問のよそおいをするところがありますね。

岡井　擬似学問的になることがありますね。吉本さんのそういうご批判を、ぼくのことと関係がなくずっと伸ばしていくと、ぼくがいま興味をもって読んでいる万葉学者の万葉学の問題などとも重なってくるんじゃないでしょうか。

吉本　そういう気がしますね。素人読みだからそうなんだと言われればそうなんだけど、なんとなく胡散臭いんじゃないかなあという感じはするんです(笑)。

岡井　もちろんその中には非常に貴重な研究や、想像力を働かせた面白い研究もあるにはあるんですが、どうも根本的にいくらあんなことを積み上げてもヘンなものしか摑めないんじゃないかという気がします。実地に見てると実際はぜんぜん違うものですからね。きれいに整理されてるけど、分類学じゃないんだから。人文科学というのはある時期から自然科学のミミクリーをやったと思うんです。優秀な人はすぐ疑いを抱きますから、そこに想像力を加えて面白いと思うんだけど、なんだか精緻になればなるほど十九世紀的な学問をなぞっているようで、残念な気がしますね。

批評の届く場所

岡井　「学問」の人は、ぼくみたいな、そういうところをとっぱらって、吉本さんの言葉で言えば臨場感でもって書くような人間を見ると、ああこれはたいしたことない、と安心してますね。

吉本　そうなんですね。だけど、それはそうじゃないよ、という疑問がいつでもこっちにはあるから、岡井さんの特色もまさにそういうところにあるんです。その特色は、短歌的なメタファーと短歌的な臨場性、それからもしかすると医者としての臨床性からきてるんじゃないかと思うんです。

ぼくは血糖値が高くて医者によく検査に通ってるんだけど、若い医者や素人のような医者で専門家であることをことさら誇示しようとする人は、結局は、ぼくら患者を脅すんですよ。おまえは節制しないからいつまでたっても血糖値が下がらないんだ、という具合ですね。おまえはこんなことをしてるといまに脚を切断するようになるぞ、とか言って、なんならそういう患者を見せてやろうか、なんて脅迫するわけです（笑）。こっちは、なんてバカな野郎だ、そんなことは百も承知で、こっちのほうがよく知ってんだよ（笑）。自分でごまかしてることを自分はよく知ってるわけですよ。でももっと年とった医者が出てくると、少し血糖値が高いですねえ、なんて言うだけで、なんにも言わないんだ。本当はこいつインチキしてるってことはよく知ってるんだけど、いっさいそういうことは言わない。悪く言うと、お互いごまかしてて、キツネとタヌキなんです。その岡井さんの臨床性というのはなんかそういう問題のような気がするんです。

岡井　そうするとぼくの書くものは、キツネとタヌキの化かしあいということか（笑）。人間というのは弱いもので、弱点だらけで、怠惰が大好きで、欲ということなら際限がない。病院なんかで長いあいだ毎日何十人とつきあっていくと、これが現実で、自分のなかを眺めると自分もまったく同じですから、自分を含めたこういう人たちが世界をつくっていて生きているんだと、ぼくはいつでもそう思っているんです。ドイツ語や英語だと患者と医者のやりとりはもっとロジカルになりますね。なのに日本語だとキツネとタヌキというふうになって、もしかすると、そこにも日本語の遺伝子、日本語の本質的なメタファーに通じるものがあるのかも知れませんね。

言葉の深淵と音楽

岡井　特に詩人はかなりそういったことに意識的なような気がします。日本語の、古代から現在までずっと続いてきた短歌・和歌のレトリックを含めた、さきほどおっしゃられた日本語の遺伝子のようなものが、自覚されていないにせよ、いろいろな分野で表われてきているように思うんです。小説家でも中上健次さんなどは、晩年そんなことをしきりにおっしゃっていましたね。

吉本　現代詩の場合は、俳句の世界くらいまでなら日本語として遡ってかんがえることもできるような感じもしますが、日本語の、伝統とは言いたくないので遺伝子と言っておきますが、そうしたものを表現することができるのは短歌だけで、日本語の遺伝子を摑まえることができるぎりぎりのところにいるのが短歌なんだという気がするんです。現代詩や小説は近代以降しか主として相手にしないわけですから、遺伝子の問題ということになったら無力であって、ただ欧文脈か和文脈か、あるいはその混合かといった問題だけしか関与できないような気がするんです。

たとえばノーベル賞をとった大江健三郎と川端康成を比べてみますと、川端康成が小説に使っている日本語は、この人の小説の主題は風俗的だと言われるけれども、実はそうとう日本語の無意識の深層へと入っている生理をもっている気がして、これを馬鹿にしてはいけないといつでも思うんです。大江さんの日本語は現代日本語という範囲にしか錘が届いていなくて、それだけに他の国ではわかりやすいかも知れないけれど、ここで使われている日本語から、こんど川端康成の使っている日本語を読むと、もうぜんぜん違うんですね。意味だけを読むと川端康成の小説はとても通俗的で、双子の兄弟がいて、一人は京都の山の方で育てられて云々と、なに言ってんだって感じになるんだけど（笑）、この人の小説の言葉が届いている深さというのはかなりなものので、これを翻訳で伝えるのはほとんど不可能に近いんじゃないかと思います。

岡井　欧文脈ということで言うと、新感覚派の横光利一がそうで、そのときは面白いけれど、結局日本語の遺伝子ということを考えると川端さんの言葉の方にあるんですね。そうすると吉本さんは、むしろ川端康成的なものの方に日本語としての可能性が多くあると考えているんですか。

吉本　ぼくのいまのかんがえ方はそうなんですね。伝統的な日本語を守ろうなんていうことは言いたくないので、あえて遺伝子という言葉を使いますが、これを詩人で言うと中原中也の日本語と富永太郎の日本語を比べればわかると思います。この二人はわりと似たように言われることが多いけれども、中也の日本語が届いている深さは、もうどうしようもできないものを持っていると思います。それに比べると富永太郎は、ズレがちょっとでも生じると「なにしてるの、この人は」という感じになっちゃうような気がするんです。

そうかんがえると、短歌の言葉、茂吉の言葉で言うと「短歌的声調」というのは日本語の遺伝子のとことんのところまで食い入っているものだから、このわけのわからなさ、不可思議さはちょっと他のジャンルでは見いだせないもので、やっぱり短歌の言葉というものを、いままでかんがえられているよりももっと深く考察しなくちゃいけないんじゃないかなと思うんですね。いままでの短歌をめぐってかんがえられてきた伝統的な言葉の使い方といったものを超えていくのには、もうわけのわからない領域に入る以外にないような気がするんです。

岡井　そういうことを目ざしている若い詩人や小説家というのは、いらっしゃるんでしょうか。

吉本　いや、それはちょっとどうしようもないんじゃないでしょうか。わずかにそれを違うやり方でやっているなと思うのが、吉増剛造ですね。この人は、日本語を日本語でないように、日本語としてはほとんど意味が通らないような使い方をしていますね。そのくせに、短歌でいう七五調に収斂していくような、まったく不可思議な言葉を使う人ですね。

岡井　人麻呂の長歌のような感じですよね。

吉本　ぼくはそういったところには、可能性を感じているんです。

岡井　たしかに人麻呂くらいまでの長歌はほんとうにわけのわからない妙なものですよね。家持になるともうえらく理知的な長歌になって別のものになってしまう。吉増さんは数多くの朗読もされているようですが、やはり「声」の要素が非常に重要ですよね。

吉本　そうですね。文字がまだなかった頃の記憶のようなものを吉増さんの詩は無意識にもっているんじゃないかと思うんです。

岡井　散文詩を書く人が最近は非常に多くて、その中には狐憑きのようになって散文詩を書く人がいるわけだから、小説家でも散文家でもいいのですが、当然先鋭的な作家の中には、意味的なものを音的なものや音楽的なものに転換していく素質を持っている人がいらっしゃるはずなんですが、そういう試みがなされないというのはどういうわけなんでしょうか。

吉本　いないと嘘なような気がするんですよ。ぼくが、小説家のなかで一種のオーソドキシーを持っていてしかも可能性を感じるのは両村上、つまり村上龍と村上春樹なんですね。村上春樹は典型的にそうですが、初期の出発点においてはある意味では散文詩的な断章のつらなりでしょう。つまりぼくなんかは、この人にはこういう可能性があったのになあ、と思うわけですよ。これをこのまま発展していけば、日本語の遺伝子の奥底に届いていく要素をもちながら、同時に現在性ももつということが可能だったように思うんですが、ただいまの時点ではそういうふうにはなってないなあという気はするんです、もしそういう作家が小説家のなかから出てくると問題がかなりはっきりとしてくるはずなんですが、いまのところはいないですね。
日本語の伝統といったことを言うと、あの野郎、反動的な民族主義者になりやがったのか、なんて誤解するヤツが多いんだけど、日本語のメタファーのなかにある遺伝子的な要素というのは、なにはともあれ短歌のなかにいちばんあると思うんです。この要素はいままでかんがえられてきた意味とはもう少し違う意味で探求されなければいけないんですよ。そしてこれは岡井さんも、それからぼくもそうだと思うけれども、そういうことをいくら探求したっていわゆるナショナリズムとかウルトラ・ナショナリズムになる気遣いはまったくないんですよね。ぼくはそれには自信があります。どこかで国際性や世界性というものに、届かないまでも届こうとしている意志はなくなるはずがないんです。

（『現代詩手帖』一九九六年八月号）

前衛的な問題

花田清輝が『群像』に今度は三橋美智也の流行歌、お次は競馬競輪といった具合にばかに愉し気にほっつき歩きながら「大衆のエネルギー」を論じている。

わたしは花田という思想家を日本のサン・シモンともいうべき北一輝の衣鉢をつぐ当代まれな体系的な思想家だとおもって高く評価してきたが、この連載物はいささかいただきかねた。日本のマルクスはまだ生れない段階だから、別段高のぞみをしているわけではない。また、おれが飢えているのに花田の奴はミイチャン・ハアチャンと一緒になって流行歌にうつつをぬかしたり、馬券など買って悦に入った話をかきとばして稼いでやがると憤慨して云うわけでもない。また、花田が若い批評家や詩人に「彼奴をやっつけねばならん」などとけしかけたおかげで、武井昭夫とか長谷川龍生とかいったまんざら同類でないことはない青年が何をおもってかからみ出し、杉本春生などというどこから眺めても保守的反動といった舌足らずまでが「花田清輝もいっているように」などとせせり出たりするのが情けなかったためでもない。

花田がファシスト北一輝とおなじように大衆を内部からとらえようとしないところがむかむか

してならなかった。

そもそも、編集者と一緒にたまたま三橋美智也をきいて「流行歌」を論じたり、損しても得してもかすり傷もおわぬような馬券をかって大衆とおなじことをやって見なくてはならないなどと説教する根性が大それているのだ。

わたしはパチンコやスマートボールの景品を街角でそしらぬ風をして立っているオカミサンと交換して飢えを充したことがあるが、そのときいつも「取引所の投機は賭博の性質をおびている。が、この賭博は、その道の人にとっては、『きっと』あたる賭博となる」というルドルフ・ヒルファディングの『金融資本論』の一節が頭にこびりついて離れなかった。オカミサンはわたしの景品でわたしとおなじように飢えを充すだろう。だが、結局損する点では同類じゃないか。ちえっ。「きっと」あたるのは何処かにいるのだ。

こういうわたしには、馬券でもうけて子供を喰わしてやろうという必死な大衆の表情や、三橋美智也をきいて生活の抑圧を吹きはらおうとしている大衆の内部の秘め事がすぐにちらちらしてくる。何が「勝ったものがみな貰う」だ。

大衆のエネルギーはいつも生活の所産から発生してくる。大衆はそれ以外のときは自分のエネルギーをかくしている。その表情は複雑である。そのこころは暗い。楽天的になりおわった大衆のエネルギーなどは絶対に組織化できないものである。

ところで、今日花田のような「前衛」を自称する政治家、思想家、文学者は、大衆を幼稚で楽天的で単純であると誤認している。幼稚で楽天的で単純なのは夫子たちの幼稚な表情にかぶれた政治的ミイチャン・ハアチャンだけであり、要するに彼等は夫子自身を鏡に写して論じているにすぎない。

ところで、わたしはここで花田清輝のような「大衆のエネルギー」論者を批評するのではなく、赤木健介のような「民族のエネルギー」論者をこきおろすはずであった。しかし、昭和十七年ごろまでさかのぼれば、花田にしろ赤木にしろそんなにけじめがついたわけではない。

昭和十六年、十二月八日の、朝だつた、
ラジオは告げた、
世紀の決戦を。

＊

その一日、胸は湧き立ち、
生活の軸は、ことごとく、
揺りうごかされた。

＊

沈痛に、その日一日、考へてゐた、
世界歴史の、

新しい発足を。

＊

言葉に出づる、

愛国の詩に、物足らず、

湧き返るこころを、抑へかねてゐた。

＊

大君の、みことのまにまに、

戦ひ進む、

丈夫のこころ、胸に湧き立つ。

花田清輝に「出版について種々尽力を煩はした」赤木健介の歌集『意欲』の巻頭にかかげた「決戦」という連作から最初の五首をとった。

要するに短歌になっていない短歌だが、問題は赤木自身が頑固にこの発想を固執しているところにある。昭和三十二年一・二月の『新日本歌人』の赤木の「ドライな挽歌(1)」から最後の三首をあげてみよう。

ハンガリア問題で説得できない友のことなど、

考えている、
通夜の冷えに居て。
＊
形見分けのシャツ、靴下から
鳥打ちまで、
一式すぐ着る、物もたぬぼくは。
＊
骨壺を、重い重いと
かかえ持つ、
火葬場を出る、一団の先頭に。

十五年間、赤木の作品はかわらない。こういう作品をまえにして、「ハンガリア問題で」というコトバを、「大君のみことのまにまに」というコトバで置きかえてみた方がいいなどという必要はない。戦後十年にわたる赤木のサークル指導が「大君のみことのまにまに」を「民族の独立」におきかえたものにすぎなかったことはその実績によって立証ずみである。

わたしは、ここで赤木の頑固な作品から短歌創作上のいくらかの問題を引き出したいとおもうばかりだ。

赤木の作品が短歌として完結した作品となりえないのは一首の文学的な内容が口語脈の破調についてゆけないでいる中途半端さ加減によるのだが、赤木が十五年一日のようにこういう作品をかきつづけ、現在の歌壇で通用しているのもまったくおなじ理由によるのである。わたしは、赤木の作品などべつに通用なんかしていないという説には反対する。この程度の貧弱な文学的内容でも赤木がもし音数律のワクをつけてかいたら結構短歌作品としてみられるものになるだろうと想像するからである。

反対に、現在、俊敏な前衛的歌人の、どんな作品をとってきても、五・七音数律のワクに内部世界をぶっつけているからはじめてポエジイをなしているので、ワクを外したらポエジイをなさないこともまたはっきりと指摘される。いいかえれば音数律のワクが今日の歌人たちの内部世界の自由と主体性を保証しているのであって、ここに定型短詩としての「短歌」の生命があることもまたあきらかなことである。

赤木のような口語、破調のこころみが短歌の世界で続けられている根拠は、五・七の基本律のワクが、日本の社会的なヒエラルキイのワクと構造をおなじくし、五・七律の感性の秩序と現実の秩序とが対立関係にあるという発生史的な考察にある。そして、元良勇次郎などの明治における五・七律の実験心理学的な分析などがこれを側面から支持するような関係にあるということができよう。

ここで、歌人の内部の感性の秩序が変革されたとき、五・七の音数律のワクは破壊を余儀なくされるという考えがおこるのは当然であって、わたしはこういう考え方にきわめて同情的である。しかし、こういう考え方は、たとえば「食ふべき詩」における啄木のように、形式を自由に拡張したら詩は滅亡してしまい、散文（小説）にゆかざるをえなくなるというところまで徹底しなければ何の役にもたたないのだ。

啄木はあきらかにそこに徹底し、詩の発想を放棄して、散文（小説）の発想から短歌をかいたのである。啄木の口語短歌のもつ優れた文学的内容と、当時においてはほとんど比類のない微妙な心理性は、啄木が短歌を小説的発想から作り、小説のショットをちぎって投げ出すつもりでの短歌をかきつづったところからきている。

ところで、赤木などの作品は、詩的な発想などは絶滅しても一向さしつかえないという内部的な必然も意欲もなく、形骸だけの破調と短歌的な発想（詩の発想にまでも踏み切れない！）を小手先で妥協させているにすぎない。そのため、音数律のワクからくる「短歌」の象徴としての機能も薄められ、文学的内容も貧弱であるといった中途半端な作品が生産されることになるのである。

わたしは、短歌はいまの段階ではどんなにがんばっても思想や文学的内容を第一義とすることはできないだろうとかんがえている。そうするためには必然的に破調が必要である。徹底すれば歌人は短歌を捨てて詩や散文（小説）におもむくほかはない。それで一向さしつかえないのだ。このことは短歌のもっている五・七の音数律のワクは、歌人が詩人に比較してもっている貴重な遺産であって、この定型のワクのなかで、どんなヴァリエーションも可能であるということと少しも矛盾するものではない。もしも短歌的発想を固執するならば、短歌の表現の自由と複雑さを保証する最後の武器は逆に音数律のワクにかかってくる。

この点では、現代詩は短歌にくらべてはるかに不安定で不自由であり、定型への誘惑と散文（小説・劇）への誘惑にさいなまれていることは歌謡の試みをみれば直ぐに感知されよう。

赤木などの口語自由短歌の試みは、短歌における音数律のワクと文学的な内容とが分ちにくい関係にあり、みだりに切りはなして新しがるなという警告の材料としては好都合である。そして現在の段階では、短歌的発想を徹底的に否定して小説的なショットを提出するつもりでなければ、この種の試みは成功できないであろうと考えられる。

わたしは、現在の歌壇の内容をつまびらかにしないが、「前衛」的と目されている歌人たちの作品を二三例証してみてわたしなりの問題点を提出してみたいとおもう。もしも、「赤木などは問題外である」というような偏見と、「赤木のような試みこそ本来的な意義をもつ」という偏見とを打開する緒口でもみつけられれば、この雑文の使命はおわるのである。

⁂

塚本邦雄

外より覗くわが夜の室に発光し安逸の口裂けし無花果

空費せし〈今日〉の結末、わが血に累々と黄の眼球の枇杷
徒労つづけつつすでに雨季、野良犬の死骸記憶のごとくに光る
岡井隆
どの論理も〈戦後〉を生きて肉厚き故しずかなる党をあなどる
わが内の霧に相搏ちヘッド・ライトを砕きあう暁の論理たちよ
純白の内部をひらく核ひとつ卓上に見てひき返し来ぬ

塚本や岡井などは比較的若い世代に属している。この世代ではおそらく最も意欲的であり力量もあるらしい歌人であることを、わたしは他の歌人に比較して推定した。ここに例をあげた作品の効果が「象徴」と「暗比喩」にあり、しかも、「安逸の口裂けし無花果」とか「純白の内部をひらく核」とかいう「観念」と「物象」との「擬人法」がその骨格になっていることは明らかである。

近代詩の歴史では、こういう象徴と比喩とは明治四十年代、有明・泣菫が音数律のワクと徹底的に格闘をした後をうけて、口語自由詩の洗礼をうけた詩人たちが、音数律の破調と内部世界の主体の表現とを如何に調節するかに苦慮した時期に慣用された手法である。疑うものは、人見東明ら自由詩社系の詩人たちの一九一〇年代の詩や、川路柳虹の『路傍の花』、白秋の『邪宗門』、露風の『廃園』や、光太郎の『道程』初期作品に、塚本や岡井の語法との近似性を発見しておど

ろくはずである。

いわば、日本の詩歌の五・七音数律のワクのなかで、内部世界の主体的な表現を確立したいという試みの段階では、このような「観念」と「物象」との「擬人法」ともいうべき語法が必然的にあらわれざるをえないのだ。

わたしは、必ずしも塚本や岡井の語格上の格調の意義をなみしようとするものではないが、もしも、短歌の古典以来の歴史と徹底的に対決することなく、現代詩の表現に眼をひらくのがモダンであるという固定観念にさらわれれば、日本の近代詩が明治以来たどってきた悪闘のあとを模倣することになるのはわかりきっていることを指摘しなければならないとおもう。

塚本や岡井の作品から、故意にしているとおもわれる固い「漢語」音による乱調の魅力を除いたら、詩人にとっては古い手法にしかすぎなくなる。いいかえれば、五・七の音数律のワクがあって、そのワクを語格上の試みによって撩乱させているところに依然としてこれらの作品の生命があるということができる。

塚本や岡井などの当面している方法上の問題は、音数律のワクの内で、複雑な内部世界を如何に表現するかにかかっていることが、理解される。そして、これらの歌人たちは、音数律のワクを、語格のワクに転化することによって、短歌的「象徴」をいちじるしく詩的「象徴」に近くしているということができよう。

⁂

塚本や岡井より前世代に属する歌人たちの作品はどうか。

近藤芳美

怖れつつ今も思はむ犠牲の数一つの真実を言ふ事のため
独裁を疑ふことを許さぬ日青年期として吾ら生き来ぬ
疎外者の思ひはひとり早く知り見て来ぬ果なき狂信の眼を

信夫澄子

砂丘一つつづけざまにえぐられる着弾地点。見て、さむざむしい
演習地よりじわじわとついに煙幕は、隣家におよぶくらい乳色
枯山に、刻々に沈みゆく余光、浴びてうれしく手をふりあげる

山田あき

墨くろく穿つが如くわれは書く光よぶ世界の母の宣言
キリストを説きつつ持ちこむロケット砲撃つべきはまづ何と何か
仏眼のひかりふくみてわれを見る常に無言の浮浪者のとも

近藤の作品は、音数律のワクのなかに文学的内容をはめこむための著しい観念化を、信夫の作品は「事実描写」による主観の象徴を、山田の作品は観念的な事実のイデオロギー的な主観描写をそれぞれ示している。

わたしは、塚本、岡井、近藤、信夫、山田などの近作を読みながら、これら「前衛」的な歌人たちが内部世界と現実世界との交錯する場を表現の場としてえらぶとき、文学的意味を確立しようとして観念的な傾向にさまよいつつある情況を確認した。

厳密な自然描写や、現実描写に徹することで内部世界を「象徴」的に浮び上らせようとする古典的レアリスムの安定感からは遠く離れてしまっているらしい。近藤や信夫や山田の作品には、塚本や岡井のように詩の発想にふみ込もうとする冒険はないが、それも不安定であることには変りはない。

そして、例えば、「怖れつつ」とか「疑ふこと」とか「狂信」とか「さむざむしい」とか「まづ何と何か」というコトバが一首の作品をおおいつくす程の役割を果しているのに驚くのである。これらのコトバは短歌の世界では物珍らしいかも知れないが、詩や散文の世界では固定した「死語」に近いものである。

そして、これらの固定語を強引に三十字位の音数律のワクにみちびく不協和によってこれらの作品の魅力は成立っている。

もちろん、これらの作者の内部世界や思想によって作品の魅力は成立っているのだとする見解もありうるわけだが、だいたい一首ずつに含まれるそういうものはたかが知れているから、わたしは、はじめから作者の内部のことを問題にしないできた。それは、一冊の歌集によってしか吟味しがたいものだ。

⁂

最後に、『新日本歌人』の短歌にふれなければ点睛を欠くであろう。

金丸辰雄

日金山の頂上は一面の青い草原、妻のパラソルの影に二人寄る
犬が一匹草原の山を下りてきて、霧湧く谷の道に入ってゆく
眼の前の白いペンキの道標が霧にかくれるのを、二人で見ている

大江喜一郎

世の濁りのほか何も我に教えざる職場より夜々疲れて帰る
生きるためというお定まりの弁解を繰り返しつつ彼等の幇間的生きざま
精一杯の反抗に口つぐみ仕事して結局は虫けらのごとうとまれて

牧野里子

何のとりえもない男と

いいながら、ひかされてゆく
女の姿に　泣く。
＊
男の身勝手に泣く女を
はがゆく思い、
思いながら、
いつか一しよに泣いている。
＊
つまらぬ映画に泣かされたと
くいつつやはり　わびしくなり
夜の街をかえる。

わたしは、この金丸、大江、牧野らの作品を、塚本や岡井、近藤、信夫、山田らの作品にくらべて、特につまらないとも、駄目だとも考えない。しかし、赤木についてかいたことは完全にここでもあてはまるのだ。
金丸の作品は、事実の主観描写におわり、大江の作品では内心の直接的な表現になり、牧野の作品では文学的内容が散漫である。ここには破調をおおうだけの語格上の格闘がない。それをしないかぎり、「象徴」を得ようとして事実の主観的な継ぎ合わせにおわり、内部に渦巻く問題を定着しようとして、主観の吐き出しにおわるほかない。

おそらく、この作者たちによって短歌は感情の吐け口にはなるだろうが、表現することによって内部の問題が論理化され、深められるということはないだろう。惜しいことである。内部の問題が表現により形をもち、逆に表現により内部の問題が影響されるという、文学とか芸術とかの基本的な原則については、金丸、大江、牧野らは片道切符しかもたない。

しかし、わたしは、ここにある大江、牧野らの作品に同情的である。素材をあつかう手つきに同情的なのではない。その点では、大江も牧野も投げやりで、徹底的に駄目だと思う。わたしが、大江や牧野の作品に同情的なのは、その発想が散文（小説）的だからだ。わたしは、短歌がこういう発想で現代的な作品となる可能性を信じている。

いままで、わたしは「前衛」的とおもわれる作品の三つの型をあげてきた。おそらく、現在、進歩的な歌人やサークルの短歌はこの三つの典型の間のどこかにおちてくるものとおもわれる。

これらの「前衛」的な歌人は、内部の世界を短詩型のなかに盛り込もうとして観念的にならざるをえないという問題に当面しているらしい。塚本や岡井では、それが短歌的発想にたいする疑念からくる詩的発想への不安定な傾斜になり、その詩的発想なるものが音数律のワクのため象徴詩運動末期の試みに近似するという運命的な事実となってあらわれている。近藤や信夫や山田では、一首を文学的に完結したい欲求からくる観念化と疑似レアリスム化の問題となり、金丸、大江、牧野、赤木らでは散文的発想と口語脈からくる象徴の散漫さ、主観的事実のつなぎあわせという問題になっている。

依然として、問題を解決する鍵は、これらの歌人たちが、短歌におけるコトバの芸術としての機能と文学的な内容性との関係を明晰に把握すること以外にはありえまい。つまり、塚本や岡井のように、語格上の格闘に執着すれば、短歌的な発想と内容は危くなり、近藤のように文学的内容に執着すれば、「狂信」とか「疎外者」とかいうことばの短歌的物珍らしさに頼らざるをえなくなり、大江や牧野のように口語、破調に執着すれば、文学的内容と象徴性とが二つとも危くされる。

わたしは、「政治と文学」の問題という「前衛」的課題は、短歌の場合、この「文学的内容とコトバの芸術性」の課題におきかえていいとおもう。この場合「政治」の問題は「文学的内容性」に転化され、「文学」の問題は「コトバの芸術性」に転化される。

だから、例えば、塚本、岡井らはより芸術主義的であり、大江、牧野らはより政治主義的であろうことは容易にその作品から想像されるようにおもわれる。

主題、または素材のなかに「政治と文学」問題の積極性を転化しようとする考え方は、短歌の場合ことに成り立たないだろう。これは、口語破調のなかに「前衛」性を解消することができないのと同様である。ただ、この場合でも短歌の記録的側面といういわば、現在「前衛的」歌人がもっている観念的傾向にたいする極端な対立点について、考察することが必要であるような気がするし、その価値もあるようにおもわれる。

わたしは、はじめ「前衛」的な歌人の作品をめぐって、作者の内部世界と現実世界とのかかわりあいを明らかにし、そこから「政治と文学」という前衛的課題のカギをみつけようとした。しかし、現在の段階では、一首の短歌作者の内部世界の問題を引き出すのが不可能であることに気がつかざるをえなかった。そして、このことを不可能にしているのは、音数律のワクであり、そして、短歌を文学というよりも「芸」の特殊な別名にしているのもこのワクであるということができる。

したがって、「政治と文学」の問題は、短歌においてこの音数律のワクによって屈折し、「文学的内容性とコトバの芸術性」の問題に転化せられざるをえないのだ。（例えば、俳句では余りに短詩型のためかえってこのワクは意識的なワクとはならないとおもう。）

いままでみてきたとおり、現在、「前衛」的な歌人の作品は、「文学的内容とコトバの芸術性」とを内部で綜合する手がかりをみつけて「政治と文学」の前衛的な課題を解きうる段階からは遠いようにおもわれる。しかし、わたしが無いものねだりをしているのかも知れない。

（『短歌研究』一九五七年五月号）

定型と非定型——岡井隆に応える——

まだ発表されないわたしの評論にけちをつけて、同時に発表したヒステリイがいたのには驚いた。岡井隆という歌人である。

おもうにこの歌人は、自分の作品を客観的に批評されたことのない温室育ちなため、わたしが「前衛的な問題」を論ずるため典型として挙げた自作の批評に引っかかり、あたかも被害者みたいに錯覚して、論争のルールもしらぬ暴挙に出たのであろう。いやはや、おそれ入った次第である。

わたしは、短歌論にかけては経験豊富な久保田正文の「歌人などにはよく、『新万葉集』一首級の何某の作歌経験と実力で、短歌の批評などとはオコがましいという式のスゴミかたがある。」(『近代文学』五月号)という教訓をまざまざと思い起さずにはおられなかった。

この番犬気取りの歌人は、よせばいいのに「なまじ、戦争責任問題なんどという荒ごとで名を掲げると、むしょうに腰の業ものをひねくりながらものが言いたくなるものらしい。」などと、バカなことまで口走っている。おさとのしれた俗物歌人め！　岡井は、自分が舌足らずの歌集を出版して「名を掲げ」たからとて、他人がみな自分とおなじだなどと錯覚しないがいい。

岡井のような、序文だけで著書の内容を論じたり、読みもしない元良勇次郎の労作（この詩論は明治以後のものでは屈指の優れた詩論である）を幼稚なものだなどと早合点するのぼせ上りがいるため、なるほどわたしの戦争責任にかかわる評論は、誤読にみちたヤジ馬騒ぎの対象にはなった。だが、断っておくが、わたしはじぶんが公表した評論にはあくまで責任をもつが、ヤジ馬騒ぎに責任はもたぬのである。

岡井のような歌壇天狗の鼻は、久保田正文の指摘をまつまでもなく、なかなかへし折れないものである。しかし、眼から鱗の一枚や二枚、落してやれないことはあるまい。岡井は、論争においては眼には眼を、歯には歯を、というコトワザが適用されることを覚悟して、わたしの反論をよむがよい。

⁂

まず、岡井は、わたしが赤木健介の作品を引用しながら、赤木の作品が短歌になっていないのは、一首の文学的内容が口語破調の形式についてゆけないためであり、同時に赤木の作品が歌壇に通用しているのも、おなじ理由によるのだ、とかいたところを故意に（あるいはのぼせ上ったため）誤読して、矛盾だなどと騒ぎ立てている。

わたしが赤木の作品を例にして論じた個処は、読み通せば誤解の余地はないのだ。

わたしの主意は、赤木の作品の「中途半端」さは、文学的内容が口語破調についてゆけないためだが、それでも歌壇に通用するのはその「中途半端」さが短歌的発想にある改訂を加えているためだ、という単純、明快なことなのだ。
この主意を、誤解の余地のないように岡井の作品を例にくりかえそう。

どの論理も〈戦後〉を生きて肉厚き故しずかなる党をあなどる　（「思想兵の手記」）

この岡井の作品は、舌足らずではあるが短歌作品として完結している。いま、この作品の文学的内容をそのままにして、わたしが口語破調に作りかえてみよう。

どの論理も〈戦後〉を生きてきて
肉が厚いから
しずかな党をあなどっている

これが短歌作品として、ばかばかしくて読めるか。わたしの主意の第一はここにある。即ち岡井の短歌作品のような貧弱な文学的内容でも、定型のワク（このコトバが気に喰わぬなどと生意気をいうな）のなかで表現を模索すれば、結構短歌として完結した作品となりうるのだ。

では、岡井が頭から否定している赤木の作品を、岡井の作品と並べてみよう。

赤木

誰も泣かぬ、
それがいい、おれも泣かぬと、
自分に言いつつ、死の深い影。（「ドライな挽歌」）

岡井（口語破調）

どの論理も〈戦後〉を生きてきて
肉が厚いから
しずかな党をあなどっている

これでも、岡井は赤木の作品を嗤えるか。誰が読んでも、赤木の作品の方が上等なのだ。文学的内容としてみるとき、両方ともそれぞれの上出来の近作をあげているから、わたしの引用に不公平はない。わたしの主意の第二はここにある。即ち、赤木は、赤木なりに口語破調に適する表現方法を模索していることが感知できて、そこに赤木の作品が歌壇に通用する理由があり、また岡井の定型作品も定型のワクを外し、口語に書き直しただけで、短歌になっていない短歌に堕することがわかるということである。わたしは、赤木の作品を例にして、あの評論でこういう主意を述べた。岡井などが、いんねんをつける余地はないのだ。

わたしは、ここから、定型と非定型とは、決して岡井のいうような、五・七律や三十一文字だけの問題ではなく、必然的に発想上の断絶を強いるものであり、それには、赤木のような不徹底な発想ではだめだから、徹底的に散文（小説）の発想から非定型の短歌をかくことが問題となってくると主張しているのだ。岡井のように、肝要な点は、吉本理論におんぶしているくせに、病的な単語のセンサク癖（あとで分析してあげよう）をもっている歌人には、具体的な実例をあげた方がよかろう。

短歌的発想の例

どの論理も〈戦後〉を生きて肉厚き故しずかなる党をあなどる

中途半端（詩の発想に近い）な発想の例

誰も泣かぬ、
それがいい、おれも泣かぬと、
自分に言いつつ、死の深い影。

散文（小説）的発想の例
誰が見てもとりどころなき男来て
威張りて帰りぬ
かなしくもあるか

岡井は、この発想上の断絶が短歌にとってどんなに重要な意味をもつか、ということが心の底から判っているのか。

現在のような過渡的な段階で、定型短歌と非定型短歌とは、共存するのが当然である。「定型か非定型か」という岡井の問題提起の如きはナンセンスに過ぎぬ。

問題は、依然として、定型短歌の場合は、短歌的な発想でかくかぎり、定型そのものが表現の自由を保証する武器となるだろうし、非定型短歌の場合は、散文（小説）的発想でかくことが非定型を「生きもの」たらしめる所以であろうという、わたしの主張のなかにある。わたしは、この論旨を若干おしすすめて岡井の他の反論にこたえよう。

岡井は、「定型という生きもの」といっているように、わたしが、短歌の生命も、表現の自由を保証しているのも定型のワクにあるという論旨は、これを無条件にうけいれたらしい。当然のことである。「定型という生きもの」を意識しなければ、いくら岡井でもわざわざ苦労して舌足らずな短歌などをつくらずに、非定型短歌でも、詩でも、小説でも、「定型」を意識しないですむジャンルに移動するはずだ。

しかし、定型詩から非定型詩へと展開した近代詩の歴史を自覚しながら詩をかいているわたしが、口語破調の試みに同情的であり、口語破調を試みるなら散文（小説）の発想から徹底してかかなければ成功はおぼつかないと考えるのも当然である。どこに矛盾や混乱があるのか。思い上らずに冷静によめ。

岡井は、短歌を作りもしないのに短歌を論ずるな、というような排他感情マル出しの反論など試みるまえに、現代詩も現代短歌も明治以前にさかのぼれば、短歌を共通の詩的遺産とすることに思い到れ。わたしは、既に古典詩人としての「蕪村」や「西行」を論じてこれら俳人や歌人の作品を現代詩への遺産として照明している。岡井ごときの幼稚な短歌を論ずるのにマトを外すとおもうか。また、わたしにはナワ張り根性がないから、岡井のような歌人が現代詩や小説や評論を批評することをカンゲイする。素人のくせに、などと金輪際云わぬから安心せい。詩人や歌人には、ときどき岡井のようにスゴンでみせるのがいるため、現在、文芸批評家は「詩や歌はわかりません」と云ってみせ、短歌雑誌に寄稿すると随筆みたいのものを書くのが例になっている。岡井などは、短歌はわかりません、などと云われると悦に入るかもしらぬが、どだい、専門の批評家が短歌ぐらい判らぬ筈がない。彼等は、岡井のような歌人を敬して遠ざかり陰で苦笑しているのだ。

岡井は、読みもしない元良勇次郎の詩論（「精神物理学」〔九・十〕『哲学雑誌』明治二十三年七・八月）

を「多分幼稚なものだったろうと想像する」などと云っているが、今後はこういう文学青年じみたはったりは云わぬようにせよ。そんな根性ではロクな歌人にはなれまい。

元良の論文は、岡井のような無学な歌人が逆立ちしてもできない方法と論理で、何故、日本の詩歌が、五・七律を主体とするかを「精神物理学」的に考察している。わたしが、五・七律に表現される感性の秩序と、現実の秩序を対応させて考えようとするとき、元良勇次郎の労作を思い浮べるのは、当然なのだ。「お供につれて」などとふざけたことをいうな。

一首の短歌を、感性の側面からみるとき、作品のなかに一つの感性の秩序が完結しているという統一感がある。ところで、内部世界の構造が外部の現実と相互に規定しあうものだ、ということを信ずるかぎり、もし、歌人が現実社会にたいして何も反抗をもたないならば、その歌人の内部世界の構造は、現実の構造と型をおなじくするであろう。

これを感性の側面から云って、歌人が現実社会の秩序に何の異和感をももたずに作った短歌作品の感性の秩序は、現実社会の秩序と構造を同じくするであろう。

しかも、歌人が、現実社会の秩序に異和感をもたないばかりでなく、社会の歴史的な発展過程にたいして意識的な批判をもたないならば、彼は、日本の詩歌の原始律である五・七律のワクのなかで、しかも現実の秩序とおなじ感性の秩序で短歌を作るであろう。

だから、現在の社会秩序に反抗をもち、社会の歴史的段階を意識する歌人は、当然、日本詩歌の原始律五・七調と、そこに表現される感性の秩序とにたいして、変革の意識をもつはずだ、という主張が成立するのだ。

岡井は、「それで古代社会の秩序と、古典短歌が近代短歌としてよみがえった明治中期の社会秩序とを、どう一貫させようとするのだろう。」などと云って、わたしに喰い下ったつもりでいるが、笑止のきわみである。

わたしは、明治以後の近代においては、短歌が真の意味で蘇ったとはおもっていないのだ。もし、そう思っていたら、詩などかかずに短歌をかくに定っているではないか。わたしは、近代の短歌が、明治以来蘇ろうとして、苦悶し、今なお岡井のような舌足らずの試みや、赤木のような中途半端な口語短歌の試みがなされているのを知っているだけだ。

短歌は、古代社会から存在している。そして、俳句は、分権的封建社会から集権的封建社会にかけての町人ブルジョワジイの発生、興隆に対応して生れている。近代詩は、長歌や俳句的長詩とヨーロッパ詩歌の影響下に、明治以後の近代社会に生れている。もちろんこういう発生史的考察を密にしてゆけば、近代社会に対応する詩型は、近代詩であって近代短歌ではない。わたしは、この考察を本質的には肯定する。しかし、公式的にこの考察をふりまわしたくないのは、わたしたち昭和時代の人間の感性の秩序といえども、原始的な感性の秩序を反すうしたり、これと対決したりしながら発展し、感性の変革の原理をつかむものであり、社会的にも、古代社会からの日本型の秩序の構造を反すうしたり、これと対決したり、いいかえれば、これとかかわりあいながら発展し、また変革の原理を獲得してゆくものだからだ。

もちろん、定型短歌は、必ず滅亡するにきまっている。けれど、岡井のような早合点がいるかも知れないから断っておかなくてはならないが、この滅亡は、一人の歌人の一代でかんがえるようなものではあるまいし、どうせ滅亡するなら非定型でかけというものでもない。定型でかいても非定型でかいても、短歌自体は、その過渡的な問題を現代的に引ずることに変りない。また、もちろん、カブキや能が滅亡しないとおなじ意味でいえば、定型短歌は永久に滅亡しないのも当然である。

岡井自身も、何れ、定型を突破するか、カブキ・能的な定型短歌をかくか、短歌があほらしくなって止めるか、するに定っているのだ。

わたしは、いまこれを立証するため、岡井の短歌理論にメスを入れよう。岡井は、歌壇の番犬よろしく矢鱈に噛みついてはいるが、その理論は他愛ない。岡井が、短歌定型の長所を充分に生かしながら、内部世界を完結した形で表現するとき可能な方法として箇条書きにしているのは、次の二つである。

(1) 高次の認識次元から、逆過程をたどって感性的な認識次元に下降し、感性言語を一つ高い次元から新しい秩序にまで再組織することによる、感性的な表現方法。これが、知的な抒情歌とか叙景歌とかいわれるものの創作のメカニズムだ。

(2) 論理化された内部世界を、同次元ではあるが、全く異った系列の世界に転化することにより、定型のもっている外からの形式的な言葉の組織化方式に最適の状況を作り出すこと。これが、暗喩や擬人法の使用と対応すること言うまでもない。

まったく、舌足らずの歌人にふさわしい舌足らずの理論だ。頼むから「高次の認識次元から、逆過程（何の?）をたどって感性的な認識次元に下降」してみせてくれ。どんなことだか実演してみせてくれ。また、「論理化された内部世界を、同次元ではあるが、全く異った系列の世界（どんな世界?）に転化」してみせてくれ。まるで、日本語の散文になっていないではないか。岡井は、じぶんの文章がとうてい他人に通ずる代物ではなく、概念を病的にせんさくしている空虚なものにすぎないように、じぶんの短歌が読者の推理直感式の協力なしには読めない不安定な、舌足らずな代物であることを一度も自省したことはないのだろうか。自惚れも度がすぎると見苦しいから、やめるがいい。

岡井が、自分の理論として云いたいところを、わたしが、日本語の散文にホン訳して上げよう。

（1）歌人は、表現すべき対象を論理的に認識した上で、感性的に認識し直す努力によって完結した短歌作品を生むものである。知的な抒情歌とか叙景歌とかいうのは、論理的に認識した対象を感覚的に表現することにより成立する。

（2）論理的につかまえた対象を、定型の長所を最大限に発揮できるように、暗喩や擬人法をつかって独立した作品世界を構成するようにすること。

まったく、こけおどしとはこれを云うのだ。岡井の短歌理論を、他人にわかるようにホン訳してみれば、毒にも薬にもならぬ。ただ定型の機能を巧く利用して、情緒的にならぬように短歌を作れ、といっているだけではないか。天狗にならずに、みっちり勉強しなさい。

わたしは、岡井らの実験的な模索が、日本近代詩が、定型から非定型にいたる過渡期に当面した問題と、問題としては同じだと指摘した。もちろん、これは、岡井らの努力を証しこそすれ、恥辱ではないはずだ。定型のなかで、現代的課題を模索するかぎり、この過渡期の問題に当面するのは、あたりまえである。

いいかえれば、内部世界を短歌的定型のなかで表現する方法を見出せないため、「観念」でも「具象物」でも、主観的イメージによって連結しようとする「擬人法」がうまれるのだ。もちろん、内部世界の主体的な表現ではなく、主観的な表現にすぎない。しかし、現代詩も依然としてこの問題の痕跡を引ずっており、日本の現代詩歌の重要な問題の一つであることを失わない。岡井に屈辱感を与えたとしたら失敗であった。明治のものは古くて、昭和のものは新しいなどということはない。わたしは、現代詩の問題から発して、古典歌集を調べたりしているが、屈辱だなどとおもったことはない。

岡井は、よかったら、わたしが年代も詩人名もあげたのだから、自ら明治の詩人の仕事を調べてみるがよかろう。わたしは、最後に、短歌における「政治と文学」の問題、いいかえれば、歌人にとって、政治的プログラムと芸術的プログラムとをどう綜合するかということについて再論しなければならないのだが、岡井は、「政治と文学」の問題が、何故、文学の方法上の問題として出てくるか、という問題の所在自体がよくわかっていないらしい。わたしのあの所論は枚数の関係で結論だけみたいだったが、わたしの文学方法論の体系から出てくるもので、それほどつまらぬものではない。岡井は、問題の所在自体を把握したあとで、出直すがいい。

異論があれば、いつでも答えよう。

（『短歌研究』一九五七年六月号）

番犬の尻尾——再び岡井隆に応える——

去月、わたしは番犬の飼い主である『短歌研究』の編集部にたいし、お宅の玄関には「狂犬に注意」というハリ紙もなかったようだが、訪問したわたしにいきなり噛みついた番犬がいたようだ、この番犬には狂犬病のうたがいがあるから動物実験をしてみたい、どうか、かくまわないでくれ、と申し入れた。さすがに、一応、飼い主ともなれば公衆衛生くらい心得ているとみえ、次回は、番犬をクサリから放すから、ひとつその直後に、同時に勝手に実験してみてくれとのことであった。そこで、わたしの動物実験は少々手荒い、場合によっては頓死するかもしれないから、いくら何でも同時にやるのは可哀そうだ、一カ月くらい番犬をのらのらさせてから実験にかかりましょうとこたえた。本来ならば、矢鱈に人に噛みつくのは、番犬であろうが、クサリを解かれた野良犬であろうが、直ぐに撲殺されるのが当然なのだ。しかるにわたしの慈悲心もしらずに、この番犬は一カ月ものらのらしたあげく「二十日鼠と野良犬」というワラ屑みたいな作文をかいて、図々しくも他人の前に恥をさらしているのである。

わたしが、ちょっと番犬の方に向き直ってニラんでみせただけなのに、余程こたえたのか、カラ元気もなくなっているし、おまけに内容は前回に輪をかけたような空ッポである。それに尚悪いことは短歌至上主義者らしい口振りをロウして少しは骨あり気に虚勢をはっていたこの男は、いつのまにかろくに文章もかけぬくせに散文至上主義者に変節しているのだ。もみ手をしながら、わたしはその、短歌はもう古代社会で滅びてしまったと思っているのですが、チンピラを集めて威張ってみたいものですから、そのミソヒトモジを大事にして作品をかいているのでごぜえます……などと第二芸術家らしく卑屈につぶやいているのである。ちえっ。ろくすっぽ文章もかけないくせに、何が現代は散文の時代だ！　それ程、下らないとおもっているなら下手な短歌を活字にするのは、やめたらどうだ。この男は、「次回から、吉本の再批判にこだわらず、書くことにしたい」などと、いけ図々しくも、最後に断り書きをしているが、どだい、はじめからお前などを眼中にしてかいたわけではない。わたしの理論におんぶして、やっとよちよち歩きをしている分際で、矢鱈に噛みついて一旗あげようなどと、さもしい根性を出すからこういうことになるのだ。これにこりたら、今後は、おとなしく野良犬でも集めている方がいい。番犬も見かけだけは野良犬より上手にみえるから、さぞかしぞくぞく集まって来るだろう。

　岡井という歌人は、わたしが予言した通り、まったく手のつけられない自惚れ野郎である。相手は、はじめから無学低能で、はったりだけを身上とした奴だとおもうから、噛んで含めるように教えてやれば、形式論理だといい、同じ主張を別の側面から説いてやれば論点移動だという。その実、わたしの主張点を理解しないふりをして、ちゃっかりと自説のように活用しているのである。わたしは、これほどの馬鹿と論争するのははじめてだが、おそらく、この男は、じぶんの馬鹿さ加減を知ってはいまい。だから、明治時代のとびきり生のいい啄木も、「誰が見てもとりどころなき男来て、威張りて帰りぬかなしくもあるか」という短歌を、散文的発想からかいているのである。どだい、こんな歌人を自惚れさせて泳がせておく歌壇の周辺がどうかしているのだ。わたしは、もう一度根気をだして、この歌人の作文から、辛うじて取上げる価値ありとおもわれる個処に答えながら、いくらか、その延長線上に普遍的な問題を展開してみよう。

わたしが、岡井の作品をそのまま口語に改めて改行してみせ、何のことはないこうしてみればナンセンスじゃないか、と云ったのが余程口惜しかったのか、思わず本音を吐いて、わたしの主張に無条件降伏している。作品のサンプルは次の通り。

原作

どの論理も〈戦後〉を生きて肉厚き故しずかなる党をあなどる

わたしの改作

どの論理も〈戦後〉を生きてきて
肉が厚いから
しずかな党をあなどっている

岡井のいい分は、こうである。

たとえば、わたしが、もし、この歌に表現しようとした内容を、自由律にしたがって書こうとしたならば、（そういうことは、現実には、あり得ない。何故なら、わたしは、すでに、定型をえらんで、作品として定着したのだから）まったく異った語句の選択をし、（その際、この歌に現在使われているどの単語も姿を消してしまうかも知れない。）全体の構成も、全く別の意識に立って行うことになるだろう。

間抜め。あたりまえじゃあないか。岡井はぬけぬけとこういうことを、かいているが、それは、わたしが二回にわたって口を酸っぱくして説いてやった主張への完全な無条件降伏だということに気付かぬのか。

わたしは、定型と非定型のちがいは、岡井のいうように五・七律や三十一文字のちがいではない、必然的に発想上の断絶を強いるものだから、岡井のように、定型の立場から赤木の非定型短歌をタルンデイルというのはナンセンスにすぎず、少くとも非定型の発想を前提として赤木の作品がタルンデイルかどうかを批判しなければならないと主張している。そして、この非定型の発想の基礎は、散文（小説）の発想にあることを実例をもって指摘したのだ。よもや、知りませんなどとはいえまい。そんなことをぬけぬけと云えば、この男は、散文の書き方ばかりか、散文の読み方もしらないのではないかと疑われるからな。

　わたしが、岡井の作品を、口語破調にかき直して、赤木の作品と並べてみせたのは、もちろんそれを別の側面から指摘してみせたに外ならない。この男の石頭には、諷刺などは通じまいが、それは、どうでもいい。わたしは、せめて、非定型短歌を定型からみてタルンデイルというのは、岡井の作品を非定型からみて、寸足らずだ、ナンセンスだというのと同じだよ、という主意は通ずるものとばかりおもっていた。つまり、非定型歌人が、定型作品を口語に改作したものをイメージの原型にして、岡井の作品をナンセンスだというのと同じことを、岡井は非定型短歌に対してやっているのだ、と云うために、岡井の作品を口語に直してみせたのだ。だが、この歌人は定型だ、定型という生きものだ、などとミソヒトモジのワクに頭をあっちぶつけ、こっちぶつけして寸足らずの短歌をひねってきたせいかしらぬが、頑迷にもわたしの主張がわからぬ風をよそおい、その実、わたしの主張を無意識のうちに承認し、おまけに二段とびして散文主義者にまで飛躍してみせ、わたしが、よくも改宗してくれたと賞めるとでもおもっているのである。どっこい、そうはいかないのだ。それは、先っ走りというものだ。

　この辺りから、わたしは、日本の詩歌の普遍的な問題にまで、「定型と非定型」の課題を引き延ばそう。（岡井のようなおっちょこちょいが論点移動だなどと云わないため断っておくのである。）そして、この過程で、岡井の他の一つの疑問、短歌の感性の秩序と現実の秩序との対応関係、にひとりでに触れてゆこう。

岡井を口惜しがらせたように、定型短歌作品を、そのまま口語自由律に書き直してみると、短歌になっていない短歌が出来上り、そのうえ文学的内容の貧弱さも、さらけ出されてしまう。ところが、定型近代詩、たとえば藤村や透谷の作品を口語自由律にかき改めてみると、タルンデはくるが、決して短歌の場合のように、詩になっていない詩というほどには、ならない。同じ、五・七律を基本としながら、定型短歌と定型近代詩とに、このちがいがあるのはなぜだろうか。これは、わたしが岡井の短歌を口語自由律に直訳してみせ、岡井が、自作が口語に直っただけで余りにみじめになってしまうのを見て、憤慨してみせたことから、引き出しうる普遍的な課題の一つである。

定型短歌の場合、定型という形式と文学的内容とは、わかちがたくからみあっていて、何れか一方を無視すれば、他の要素は、まったくゼロになってしまう。ところが、定型近代詩の場合、形式と内容とは、もちろん密接にからみあっているが、その関係は短歌ほど絶対的ではないのである。こういうと、岡井のような劣等感の固まりは、だから詩の方が優秀だというのか、現代は散文の時代だぞ、などと云わずもがなのあらぬセリフをつぶやいて色めき立つかもしれぬが、わたしが、いいたいのは、この形式と内容との関係の異質さに、近代詩の発想と短歌の発想との相違があらわれているということなのである。

岡井は、口惜しまぎれに中学校の教科書で習い覚えた俳句を口語にして、わたしを皮肉ったつもりで悦に入っているから、丁度いいサカナだ。短歌的発想とも俳句的発想とも、また、まったくちがうのである。岡井は、そんなハッタリでわたしをへこませようなどと、おおそれた考えをもたずに、自分の短歌作品を口語に直し蕪村の俳句を口語に直し、比較研究してごらん。（但し、口語に直すというのは口語詩型に直すということだよ。）野良犬みたいに雑誌社に顔を出すひまがあったらその位のことは出来るだろう。そうすれば、短歌的発想と俳句的発想との相違もまた自得出来よう。

この日本の詩歌の三種、近代詩、短歌、俳句の発想の異質さは、何によるのだろうか。第一は、発生史的な相違による。古代社会に古代人の意識の産物として生れた短歌と、封建社会に町人ブルジョワジイの意識の産物として生れた俳句と、近代社会に近代的インテリゲンチャの意識の産物として生れた近代詩の、意識（主として感性と漠然と呼ばれている要素が関係する）と下部構造との関係の相違によるのである。第二に、第一の問題から派生する定型と非定型が文学的内容とかかわる、かかわりかたがちがうのである。

この二つの日本詩型の発想上の異質さは、ヨーロッパ近代詩における、自由詩と押韻詩との相違と同日に論ぜられない、断層があるのである。この断層を、本質的に規定しているのは、わたしの理論では、下部構造によって規定され、下部構造を規定し返すところの詩型に含まれる感性の構造の断層である。もし詩に関することでなければ、もちろん「感性」というコトバの代りに「意識」というコトバを用いるべきである。

わたしが、この理論をもとにするかぎり、日本の現代詩歌の課題は、この近代詩と短歌と俳句との間にある発想上の断層を、解消する条件を見出すことにかかってくる。この条件が見つかれば、詩と短歌と俳句とは、たんに非定型長詩と定型短詩との相違にすぎなくなるのである。

なるほど、岡井のような卑屈になった第二芸術歌人は、野良犬をかり集めて悦に入って、他人に突込まれれば、へっ、現代は散文の時代だ、どうせおいらはすたれ者だ、などとうそぶいていればよいかも知れないが、ほんとうに日本の詩の問題を考えようとするわたしは、残念ながらそういうわけにいかないのである。

日本の詩歌が、そういう段階になれば、もちろん、岡井のようなチンピラ歌人が、おれの定型短歌を口語自由律に書き直さないでくれ！　などと泣き言をいう必要はなくなるのである。

わたしが、日本の詩歌の現状を基にするかぎり、このような段階における日本の詩歌の発想を統一する原型は、文学的内容、いいかえれば、詩歌におけるコトバの文学性に求めざるをえないのだ。そして、この文学性は、散文（小説）的発想からする文学性とまったく同一なものを指している。実例をもっていいかえれば、短歌の将来は岡井の作品を口語自由律に直した、

どの論理も〈戦後〉を生きてきて
肉が厚いから
しずかな党をあなどっている

このもの自体が優れた文学的内容をもち、コトバの芸術性もあわせもつ、そういう方向に行くべきなのだ。わたしの理論が、必然的に指向する日本詩歌の未来の統一図のイメージのなかでは、岡井が固執する意味での定型短歌は滅亡してしまう。しかし、短歌的発想ではなく、散文（小説）的発想からする定型詩は滅亡しない。また能、カブキ式短歌は遺物として残る。

わたしは、岡井の作文から、意味のありそうなところを取りあげながら、詩、短歌、俳句の発想上の断層を、散文（小説）的発想をもとにする意味の文学性によって統一的に考察すべき必要を概説してきた。岡井などが、いくら説いてもわからない非定型短歌を散文小説的発想から批判し直すことの必要な理由にもおのずから触れたつもりであるし、一篇の詩歌を構成する感性の秩序の構造が、下部構造と対応し、相互に規定しあう関係にあることにも自ら触れてきた。もっとも、人間の意識の構造が現実の構造を反映し、また逆に反映しかえすものだという自明の理を、実感できない低能ならば、また何をか云わんやである。そういう歌人は、犬殺しにでも撲殺された方がいいのである。

岡井は、詩歌の時代は、古代社会でおわった、現代は散文の時代だなどという珍説をおくめんもなく、述べたてている。その馬鹿さ加減は、噴飯ものである。この男が、いかに実践的認識をもたぬ夜郎自大であるかを証明する好個の材料だが、いくら第二芸術家にしろ、もうすこし胸を張って歩いたらどうだ。そんな、岡井の珍説に、現代詩まで仲間入りさせられるのはお断りする。

転落するなら岡井独りで行くがいいのだ。もちろん、野良犬をかき集めてゆくのは岡井の自由である。

日本の近代詩が、日本文学全体への影響を失って分裂したのは、わたしの実証的な考察によれば、有明、泣菫らの象徴詩運動以後である。すくなくとも、新体詩から藤村までは、日本の文学において詩の問題はいつも文学全般の問題にさきがけて提起され、さきがけて新たな課題を解決してきたのだ。では、何故に、有明、泣菫らを主導者とする象徴詩において、近代詩は日本の文学における主導性を失ったのだろうか。それは、象徴詩が、詩の思想性というものをコトバの格闘によって表現しようとし、形式上の格闘と文学的内容上の格闘を分裂せしめたからであった。詩における文学的内容上の格闘は、いうまでもなく、詩人の内部の世界と現実との格闘によってしか生れない。ところが、象徴詩人たちは、漢語の視覚と音感効果および七・五調の複雑化によって詩の思想性の複雑化を企てようとした。象徴詩は、第一に形式と内容との分裂によって、第二に文学的内容を軽視してコトバの格闘におもむくことによって、日本文学全般の主導的な位置を転落したのである。

コッケイなことに、岡井などの舌足らず短歌は、この転落した象徴詩と、これの反動としておこった俗流口語自由詩とを折衷した時期の日本の近代詩の試みと同類である。そんなことでは、第一芸術になりっこないのはあたりまえである。

象徴詩の転落した時期は、おそらく、子規、左千夫、節、赤彦らに荷われたアララギ派の古典的レアリズムが、大きな意味を日本の文学全体に対してもった唯一の時期であった。彼らは、岡井のように新しがらずに、古代社会に発生した短歌形式と発想をそのまま守ることによって、つまり自然物を相手にして生活した時代の古代人が、当然、自然と面し、そこに内部の世界をかかわらせることによって作りあげた方法を、そのまま延長するという逆手によって短歌的発想の効果を最大限に発揮したのである。即ち、かれらは、短歌的感性を変革しようとする企図によってではなく、短歌的発想を逆用することによって、短歌形式を復活せしめたのである。

わたしは、岡井のような歌人にふさわしい卑屈感と、垣根の内につながれた番犬特有のはったりや自惚れには、縁がない。だから、もちろん現代詩は、そのコトバの上の格闘と文学的内容性とを綜合することによって日本文学全般を主導することができると確信し、そのために奮闘してきた。今後もそうするであろう。この男は、何という馬鹿者だ。日本の詩歌を、日本の文学全般とかかわらせるには、先ず、第一段階として、詩人や歌人が小説や評論を論じ、文芸批評家が、詩や短歌や俳句を、本格的に批評する風潮をつくることが大切なのだ。わたしは、批評家たちが「短歌」をまともに論じないのを不満とし、歌人や詩人が、垣根の内に野良犬を集めて悦に入っているのを皮肉ったつもりであった。ところが、この男には、それが通じないのだ。専門の批評家といったとき、わたしは、自分をそこにふくめるだけの余裕をもって云ったのがわからないのである。花田清輝もへったくれもあるものか。近づいてきたのも、離れたのも花田の方だ。まだ、まだ、将来、離れたりくっついたりするだろう。野良犬とちがってわたしにも花田にも確乎とした「文学と政治」のプログラムがあるのである。そのプログラムが時代の風圧をうけて屈折して分裂するときは対立し、一致するときはくっつく。岡井のような野良犬は、いてもいなくても大局には影響はないが、いつも現実に面して立っているものは堂々と対立し、堂々と統一するのだ。それがルールというものである。

岡井は、わたしの「文学者の戦争責任」をよんだ気配を匂わせたり、「政治と文学」とを論じようとする意志を匂わせたりするから、歌人にしては、珍らしく他の文学ジャンルものぞいてみようとして近頃殊勝な心がけをもっているとおもって、もっとやれ、やれと激励したつもりでいたら、よっぽど根性がひねこびているとみえて、ハシにも棒にもかからない代物である。わたしは、いままで随分にくまれ口もたたいたし論争もやってきたが、こういう馬鹿馬鹿しい論争をするのは、はじめてである。無学はもちろん恥じる必要はない。しかし、無学は自慢にならないのである。岡井は、生きのいいのが好きだとか何とか云うが、本当に生きのいいのが今時ミソヒトモジなど作って悦に入っているとおもうか！

岡井よ。こんどわたしに噛みついてくるときは、すくなくとも、わたしの理論を借用して作った短歌理論を、もうすこし何とか独り歩きができるくらいに体系づけてからするがよい。いつでも、応じてあげよう。

（『短歌研究』一九五七年八月号）

短歌的表現の問題

1

短歌表現の特質はどこにあるのだろうか。こういう根本的な問題にたいして、わたしたちがあたえられているのは、伝統的な詩型のひとつであるとか、定型的な音数律五・七・五・七・七から成る詩型であるとか、短詩型文学の一種であるとかいうような漠然とした解答にかぎられている。短歌的な表現のもつ特質を、こういう外観的なつかみかた以外のつかみかたであたえられてはいないのである。

しかし、実作者である歌人は、こういう外観的なみかたに満足することはあるまい。なぜならば、実作者は短詩型のなかで、短歌でしか当面しない独特な表現上の格闘を、いつもしいられているからである。短歌に固有な表現上の問題に方向性をあたえうるような理論的な解明はできないか。これが、短歌表現論の本質的な課題であり、また、短歌が芸術としてもっている社会的な性格をあきらかにするために、欠くことのできない前提条件である。わたしはここで、この問題に二三触れてみたいとおもう。

まず、はじめに、短歌が現代でもなお保存している表現の原型を仮説として設定してみなければならない。わたしのかんがえでは、この原型はつぎのように仮定することができる。

1 客観的表現―空白

2 客観的表現―主体的な感覚をあらわす助詞・助動詞・形容動詞等

ここで客観的表現というのは、自然とか事物とか客観物の表現ということではなく、作者主体のがわから客観的に叙述している表現というほどの意味である。このような原型的な作品を、『短歌』の新春特別号「短歌作風変遷史」の現代の部から二三えらびだしてみよう。

国境追はれしカール・マルクスは妻におくれて死ににけるかな　（大塚金之助）

隠沼の夕さざなみやこの岡も向ひの岡も松風の音　（藤沢古実）

この作品は、国境を追われたカール・マルクスは妻より後に死んだとか、隠沼に夕さざなみがたち、こちらの岡も向いの岡も松風の音がしているというだけの意味で、それがどうしたとか、だからどうなのだとかいう作者の主体的な意志をのべる表現は存在していない。ここに、短歌的な表現の原型があると仮定して、さして不都合はうまれてこないとおもう。なぜ、ただ、何々がどうであるというような客観的表現だけで、作者の主体をあらわす叙述がない表現が、詩の作品として一定の自立感をあたえうるのであろうか。それは、一見、ただ客観的な叙述にすぎないとみえるこれらの短歌的な原型も、よく分析してゆくと、かなり複雑な主客の転換をいいあらわしているからである。「国境追はれし」の一首で具体的に分析してみよう。

「国境追はれしカール・マルクスは」

ここまでの表現で、作者の主体は、じつは観念的にカール・マルクスに移行して国境を追われているのである。

「妻におくれて」

この表現で、マルクスになりすました作者が、「妻にさきだたれてしまったな」と述懐しているのである。(あるいは、一旦、観念的にカール・マルクスになりすました作者の主体は、ここでふたたび固有の作者の立場にかえって、マルクスが妻が死んだ後も生きていたという歴史的事実をのべていると解釈してもよい。) 最後の、

「死ににけるかな」

のところへきて、作者は自分の主体的な立場にかえってマルクスの死の意味をかんがえている。一見すると単に歴史的な事実を客観的に表現しているにすぎないとかんがえられるこの作品も、高速度写真的に分解してみると、作者の主体が、一旦、観念的にマルクスになりすましたかとおもうと、マルクスのせりふをつぶやき、また、作者の固有の立場にかえってその死を主体的に意味づけるというような、複雑な転換を言語表現の特質に即してやっていることがわかる。(この

転換が、創造過程で無意識的にあるいは習慣的におこなわれたか否かはもんだいではない。）こういう、作者が短歌詩型のなかでやっている転換が、一首の芸術的な感動をかたちづくっていることは、うたがうことができぬ。表現分析に慣れるため「隠沼の」一首にも触れておきたい。

「隠沼の夕さざなみや」

この表現で、作者の主体は、夕方の隠沼の水面にたっているさざなみを視覚的にみて、ある感情をよびさましている。

「この岡も向ひの岡も」

ここで、さざなみを視ている作者の視線は近景の岡に移り、つぎに遠景の岡にうつる。

「松風の音」

で、作者の主体は、岡の松に吹く風の音を聴いている。

句の時間的な構成としては、一瞬にすぎない短歌型式のなかで、作者が視聴覚を移動させている実際の時間と転換の度合は、かなり複雑であり、これがこの作品に芸術性をあたえている本質的な表現上の理由である。素朴な誤解をさけるために、あえていえば、このような言語分析は、実際に作者がそうしてつくった写実的な作品であるかどうかということとは無関係であり、また、わたしは、べつに、「国境追はれし」や「隠沼の」の二首を、短歌としてそれほどすぐれているとおもっているわけでもない。

この種の短歌的な表現の原型をしめしながら比較的に成功した作品をあげておこう。

畳の上に妻が足袋よりこぼしたる小針の如き三月の霜　（山下陸奥）

「畳の上に」

で、作者の主体は畳に視線をおいている。

「妻が」

で、作者は作者である一般的な立場から突然妻にたいする「夫」という特殊な立場に転換する。この転換は巧みで重要である。

「足袋よりこぼしたる」

で、作者は妻の立場に、観念的に移行しながら、同時に夫である立場で妻の足袋をみている。足袋という表現が生々しいのは、この特殊な設定による。

「小針の如き三月の霜」

小針の如きというのは作者が視ている霜の形にたいする直喩であるとともに、作者の主体を夫という特殊な立場に設定したために妻にたいする情感がひとりでに喚起した針の連想であり、その情感は、春めいてきた三月という季節感につながっている。客観的表現一空白というにすぎないこの作品が、いかに複雑な作者主体の視覚と観念の転換や連合を表現しているかはあきらかである。いわば短形に限定されることにより、複雑な主客転換と観念連結を変り身はやく行わねばならないという短歌的な宿命が、逆に短歌に独特の表現性格をあたえている。

2

現代短歌の性格を問題にしようとするばあい、とくに重要とかんがえられるのは、いままでのべてきた短歌的な表現の原型に、ひとつのヴァリエーションを設定しなければならないことである。このヴァリエーションは、客観的表現―空白または、客観的表現―主体的な感覚を表現する助詞・助動詞・形容動詞等という原型をとりながら、この客観的表現が超感覚的な言語や抽象的な言語による作者の主観の表現となっている場合である。実例を示してみれば次のようである。

呪詛の声今は弱者の声として歳月が又許し行くもの　（近藤芳美）

人間の類を逐はれて今日を見る狙仙が猿のむげなる清さ　（明石海人）

これらの作品の表現としての骨格は、さきに原型として示したところとすこしもかわっていない。それにもかかわらず、これらの短歌で、ただちに形象的な感覚をあたえる言語は、明石海人の作品のなかの、「狙仙」という人名と「猿」という言葉だけである。「呪詛」とか「弱者」とか「歳月」とか「人間の類」とかいう言語は、いずれもそれ自体で形象的な感覚をあたえない抽象的な言語にほかならない。こういう言語にしかない表現を重層化して、かなり複雑な思想的意味を感覚化しているのが、これらの作品の特長であり、いいうるならば、現代短歌がもっている特長の一方の傾向を典型的にあらわしているということができる。しかも、表現の骨格は、短歌的な原型をくずしていないのである。この種の作品が、なぜ、かなり高度な思想的な意味を感覚的に表現している短歌詩型となりえているかを具体的に分析してみなければならない。近藤芳美の作品を例にとれば、

「呪詛の声」

これは呪詛を発する人々の声という意味で、客観的な表現である。それにもかかわらず、この表現が超感覚的な非具象的な表現であるため、作者の主体が、同時に呪詛を発する人々のなかに投入されうる特質をもっている。あくまでも客観的に呪詛を発する人々の声を表現しているにもかかわらず、主体をも投影している二重性の表現である。この作品のあたえる複雑な思想性は、まず、はじめの導入句がすでに内包している。

「今は弱者の声として」

「今は」という表現は、作者の主体的な判断であるが、ここで作者の主体は、過去にさかのぼって呪詛の声の発せられた時代をかんがえ、ふたたび現在にひるがえって「今は」と表現しているのであり、この主体的表現を、呪詛の声のすぐあとにはさむことによって、呪詛の声に時間的な二重性をあたえることになっている。この「今は」によって、作品の思想性は、さらに複雑化し

ている。だから、呪詛の声は、過去のある時代（作者は具体的に昭和初年を想定しているのだろう）にも、そのとき弱者の声として蔑視されたが、現在もまた、弱者の声として無視されようとしているという思想的な意味の二重性を表現しえているし、また、同時に、作者は主体的にそのときも、いまも自分は弱者の声を発する人々のなかに内包されるという感慨をも表現しえている。

「歳月が」

弱者の声として、という表現で投入せられている作者の主体は、ここではっきりと分離して作者の立場にかえり、客観的に歴史というものを「歳月が」と表現している。

「又許し行くもの」

「又」は、さきに「今は」という表現で喚起した過去のある時代と現在との時間的な二重性をうけることばとして成立している。「許し行くもの」は、いうまでもなく客観的表現―空白の空白にあたる表現を背後にかくしており、ここで、作者は主体的な立場にかえって、このように呪詛の声を弱者の声として圧し殺してすぎてしまう歴史とは、いつも憤ろしさに耐えないという主体的な意志を、空白によって表現しているのである。近藤の作品は、いつもそうであるが、短歌的な原型を保存しながら、超感覚的な言語を使うことによって複雑な思想的意味を感覚化することに著しい効果を発揮している。

明石海人の作品を例にとれば、

「人間の類を逐はれて」

これは、客観的な表現でありながら、人間の類を逐われた（ライ病で）のは、作者である「わたし」なのだという性格をもった表現として存在している。人称の省略は、日本語の特長みたいなものであるが、短歌は詩形がみじかいという特質によって、この人称省略を逆説的に活用することができる。この作品の場合でも、「人間の類を逐はれて」という表現を、ただちに作者の主体的な表現とかんがえるのは、誤りであるとおもう。作者の主体からみれば、あくまでも、だれかが人間の類を逐われたのであって、そのだれかはこの作品では、「わたし」であるという関係をしめす表現とかんがえるべきである。

「今日を見る」

ここでも近藤の作品の「今は」とおなじように、時間指示の名詞「今日を」は、なかなか複雑な表現である。「今日を」という短歌や俳句でしかつかいえない表現によって、昨日や一昨日もみたし、明日もみるかもしれないが、ことさら今日みるのである、という意味を、内包している。その今日とは、人間の類を逐われた（この場合、ライの宣告をうけた）今日なのである。

「狙仙が猿の」

もちろん、狙仙の猿の図のかけ軸か何かを意味するであろう。しかし、表現論としてみれば、この作品のなかで、「狙仙が猿の」はかなり複雑である。狙仙の猿の図は、この作品で、具象物を表現している唯一の表現である。したがってこれは、作者の主体的な立場からも視ることができるし、人間の類を逐われた作中の「わたし」からも視ることができる。じじつ、この「狙仙が猿の」という唯一の具象的な表現は、作者の主体的な立場からの視覚的表現でもあり、また、作中の「わたし」からの視覚的表現であるという二重の意味をもっている。この二重性によって、作品にある普遍的な展開の感覚をあたえることに成功している。この「狙仙が猿の」という具体的な視覚表現がなかったら、この作品は、これほど優れたものとはなりえなかったのは、うたがいない。たとえ、思想的な意味として、もっと緊迫したコトバがつかわれた場合を想定しても、そう断定できるとおもう。

さらに、

「むげなる清さ」

という表現は、前句が作者の主体と、作中の「わたし」との二重の視覚表現であることによって、はじめて鮮やかな印象をあたえている。「むげなる」という形容動詞は、作中の「わたし」が狙仙の猿を視た印象であり、「今日を見る」ためにはじめてうけとる印象を形容している。しかし、「清さ」というのは、おそらく、作者の主体からの印象と作中の「わたし」からの印象を二重にうけているのである。だから、昨日も一昨日も、明日も、狙仙の猿は清しい印象なのだが、人間の類をおわれて今日みた印象は、「むげなる」清さだったのである。わたしは、年少のころ、明石海人の「白描」をよんだとき、この「狙仙が猿のむげなる清さ」というのを、狙仙の猿は、むげなる清さをもっているという作者の先験的な印象が以前からあり、それを偶然ライの宣告をうけた日に見たときの心情の表現という風に理解していた。いま、あらためて解析してみると、そうではなく、「清さ」という印象が、先験的なもので、「むげなる」という形容をつけた「清さ」が、ライの宣告をうけた日の印象ととるべきであるという見解にかたむく。もちろん、「狙仙が猿」は、ふだんは、何の印象もないつまらぬものと思っていたのが、ライの宣告をうけてあらためて「むげなる清さ」という印象を焼きつけられたのだ、という見解も成立つが、これをとらないほうが、この作品が単純そうでありながら、複雑な印象をあたえる理由を解きうるとかんがえる。

3

短歌的な発想の原型は、形象的なイメージや具象的な自然物を表現するという地点から、現代短歌においては、形象をともなわない超感覚的なコトバや抽象的なコトバをつかって、思想的な意味を感覚的に重層化する方向へ移動していることは、ほぼ推定できるところである。このばあい、一見すると古典詩形のひとつとしての短歌的原型を保存しているようにみえながら、その言語表現としての転換の複雑さは、日本語の散文ではとてもかんがえられないほど、変り身はやく展開され、それが、現代短歌にいまなお芸術性をあたえていることを、具体的な作品を解析しながら指摘してきた。

このような現代的な原型を軸にして、短歌表現はどういう特長をもって、拡がっているのであろうか。この問題は、現代歌人の全作品を入念にたどることによってしか、解くことはできない。

わたしは、その鮮明な特長のひとつとして、ここでは、喩法の導入ということと、超感覚的な、あるいは抽象的な言語の感覚化の方法をあげたいとおもう。

肉うすき軟骨の耳冷ゆる日よいづこにわれの血縁あらむ　（中城ふみ子）

山の宿にをとめのままに老いむとす蒼き乳房をひとに秘めつつ　（大野誠夫）

これらの作品には、短歌に独特な喩法の典型がしめされている。一般的にいって喩法は、言語表現の意味の関係が対応づけられるようなふたつ以上の構文のあいだにすべて可能なはずであるが、短歌的な表現は、その喩法に二重性をあたえることができるし、また、もともと喩法として存在しない句に、喩法としての重複性をあたえうるところに特質があるということができる。中城ふみ子の作品を例にして具体的にこれをしめせば、

「肉うすき軟骨の耳」

このはじめの表現は、肉うすきというコトバが視覚的な形容であるために、作者の主体からは客観的な表現であり、次に軟骨のという触覚的にうけとれる形容によって、この耳が作者の主体にもうけとれるものとなっている。このふたつの感覚的に異質な耳の形容は、即物的な形容でありながら、すでに即物性をはなれた感覚を暗示しえているのは、このように視覚的形容と触覚的形容とを重ねたところからきている。

「冷ゆる日よ」

ここで冷ゆるという自動詞によって、耳は主体的な表現として集約される。

「いづこにわれの血縁あらむ」

短歌的な構成からだけかんがえれば、この下句は、上句とは無関係であり、したがって全体の構成的な意味は、耳が冷たくひえてくるようにおもわれる或る日、自分の血縁はどこにいるのだろうか、どこにもないのだ、ということを考えた、というほどのものになる。たとえば、これが現代詩の表現であったら、それ以外の理解は不可能なものとなり、この上句と下句は、行わけされることになる。しかし、この短歌の場合、あきらかに、これとはちがった重層化された意義がある。いいかえれば、「肉うすき軟骨の耳冷ゆる日よ」が、「いづこにわれの血縁あらむ」という表現の暗喩としての機能をはたしているとかんがえることができるのである。したがって、この作品の思想的な意味は、「いづこにわれの血縁あらむ」ということだけであり、「肉うすき軟骨の耳冷ゆる」というのは、いづこにわれの血縁あらむ、ということを暗喩的にのべた表現としての意味をもっている。この即物的な耳の表現が、即物的な意味のほかに、このような暗喩的な意味を二重に内包できるのは、作者が、耳の形容句に、主体的な表現と客観的な表現とを変り身はやく重ねており、それが短歌的な可能性の特長をなしえているからである。

まったく、おなじように、大野誠夫の作品で、

「蒼き乳房をひとに秘めつつ」

という表現は、乳房をひとにかくしながら、という動作をあらわす即物性の外に、「山の宿にをとめのままに老いむとす」の暗喩の機能をはたしていると解すべきである。だから、この作品の思想的意味は「山の宿にをとめのままに老いむとす」ということだけに存在している。なぜ、この下句が暗喩としての機能をもちうるかの理由は、中城の作品のばあいとまったく同様である。それは、一見すると視覚的な表現のようにみえる「蒼き乳房」という表現が、作者の主体的な立場からの概念的な表現としての意味をも内包しており、また

「ひとに秘めつつ」

という表現も、作中の「をとめ」が他人に乳房をかくす動作を表現しているようにみえながら、同時に、作者の主体が、山宿の「をとめ」に与えた概念的な意味をも重複させているからである。したがって、この短歌の全体の表現のなかで、「蒼き乳房をひとに秘めつつ」という表現は、暗喩的に表現された「山の宿にをとめのままに老いむとす」の同義句としての性格をも内包することができるのである。

ここにあげた中城ふみ子や大野誠夫の作品は、短歌的な喩法のもっとも典型的なものであるが、いわば、短歌的な喩法が、作品のなかで構成的な意味の機能と、暗喩としての機能とを重複してもつところに特質があるとすれば、あきらかにつぎにあげるような作品は、この重複性を分離するために、短歌的表現自体を客観的表現と主体的な表現とにおおきく分離し、その対照性のなかにかろうじて短歌的な特質を保っているということができる。この類型は、最近の傾向として意

外におおいので、ひとつ典型として設定しておきたいとおもう。

1　客観的表現―主体的表現

2　主体的表現―客観的表現

噴水は疾風にたふれ噴きゐたり　凛々たりきらめける冬の浪費よ　（葛原妙子）

暗渠の渦に花揉まれをり　識らざればつねに冷えびえと鮮しモスクワ　（塚本邦雄）

言ひつのる時ぬれぬれと口腔見え指令といへど服し難しも　（岡井隆）

マッチ擦るつかのま海に霧ふかし身捨つるほどの祖国はありや　（寺山修司）

これらの作品では、何れも上句は客観的な表現であり、下句は主体的な表現である。ここには、短歌的な表現に特有の転換と連合の変り身のはやさは存在していないが、そのかわりに主体的表現と客観的表現の対応性の深度と、観念連合の飛躍は最大限まで発揮されている。これ以上に観念の対応性と飛躍とをすすめれば、短歌的表現としては分解することはいうまでもない。じじつ、この類型の作品のうち失敗したものは、判じ物以上の如何なる意味もない愚作におちこんでいる。

このような現代短歌の欲求と方向が、なぜおこるかという理由は、わたしが最初に短歌的表現の原型として設定した客観的表現―空白や客観的表現―主体的助詞・助動詞・形容動詞等と、客観的表現―主体的表現や主体的表現―客観的表現とを対比してみれば、一目であきらかである。現代歌人が、その主体的な思想表現の感覚化を、客観的表現との変り身はやい転換と連合の効果によっておこなうことにあきたらず、主体的な表現を助詞や助動詞・形容動詞などによらず、句構成として、徹底して叙述したいという欲求をもちはじめているからである。

実例としてあげたこれらの作品は、一首の思想的な意味を、はっきりと下句の主体的な表現のなかに集中している。この集中は、たとえば、先にあげた中城ふみ子や大野誠夫の作品で、下句又は上句が、結果として対句の暗喩としての機能を重複してもつに至っているのとはちがって、まったく、意識的に行われているということができる。このような集中の結果として、これらの作品の上句は、すべて、さきに引用した短歌的な原型を保存した作品の客観的表現よりもはるかに単純な言語構成をもっている。葛原妙子の作品では、

「噴水は疾風にたふれ」

この表現は、作者の主体の立場からは、客観的な表現であり、疾風だけが主体的な意味をともなうともかんがえられるだけである。

「噴きゐたり」

噴きゐ、は客観的な表現であり、たり、が主体的である。したがってこの上句で、転換は、客↓主という一回しかあらわれておらず、短歌的原型を保存した表現のばあいの客観的表現の複雑な転換とは比較すべくもない。この上句の芸術性は、このような単純な客観的表現が、下句の主体的表現の集中された機能に、導入と暗喩の機能をあたえている点にある。塚本邦雄の作品では、

「暗渠の渦に花揉まれをり」

で、もっとも単純な文語センテンスにすぎないが、これが視覚的に下句の思想的な意味の感覚化を全面的にたすける暗喩の機能をはたしている。岡井隆の作品では、上句の転換は、やや複雑である。

「言ひつのる時」

これは、作者の主体的な立場からは、作中のだれかに移行して言いつのっていることを、まず、しめしている表現である。したがって、はじめに主体的な立場と、作中のだれかの立場とを二重性に内包することを意味している。

「ぬれぬれと」

この表現では、作者は主体的な立場に分離し、作中のたれかの状態を表現している。

「口腔見え」

ここで、はっきりと主体的な立場から、作中のたれかの口腔をみるという表現に集約される。いわば、この上句は、作者の主体と作中のたれかが、未分離である表現から、分離し、主体的に集約する過程を表現し、そこに、心理的なサスペンションがあたえられていることがわかる。これが下句の「指令といへど服し難しも」の思想的な意味を暗喩的にたすけているのである。この作品のばあい、上句に感覚的な思想性をあたえているため、下句の主体的表現との分離や対照性は、前二首ほどに深くはない。いいかえれば、より短歌的表現の特質を発揮しているということができる。

寺山修司の作品では、

「マッチ擦るつかのま」

ここでは、表現主体と作中のマッチを擦るものとは、不分明のままあらわれている。

「海に霧ふかし」

ここでも、作中のたれかが、マッチを擦るつかのまに霧のふかい海を視たのであると同時に、作者の主体からも、海のふかい霧をみたのだということを二重化したままの表現である。そして、下句の最後、「ありや」で、はじめて作者の主体的な表現として集約され、作中のだれか、は消失して、作者の主体的表現となって完結するのである。じつは、この作品で、上句は、けっして下句の暗喩としての機能をもちえていない。これは、先の三首の上句とはちがっているのである。だから当然、この作品の意味は、霧のふかい海辺でマッチを擦ったとき、たまたま、身を捨てるにたるほどの祖国というものが、自分にあるのかという考えが浮んだという程のものでしかありえない。それにもかかわらず、上句が下句にたいして観念の連合性を印象づけるのは、作者が、最後の「ありや」という表現にいたるまで、作者の主体と作中のマッチを擦るだれか、とを分離せず、最後の「ありや」で、作中のだれかを、一挙に消失させているからである。

わたしは、おそらく現代短歌の類型を、きわめてはっきりした特質だけで拾いあげて設定してきた。それにもかかわらず、これだけの類型によっても、現代短歌がどのような方向にむかっているかを推定することは困難ではない。短歌表現論としての課題は、できるかぎり多数の類型を想定しながら、ついに創造の方法を示唆するところまで到達することである。その道ははるかだが、この雑論をもとにして、また日をあらためて次の仕事を提出したいとおもう。

(『短歌研究』一九六〇年二月号)

短歌的喩の展開

短歌的表現の性格をめぐってきたこの小論が、ちょうど短歌的喩の展開について言及するところにさしかかったいま、言語表現の価値について、いくつかの想定をしておくのが適当かもしれない。いうまでもなく、わたしがあつかっているのは、言語の美についての特定の部門であるため、一般的意味論での意味的価値論にそのままくみすることはできない。言語は意味をもつとおなじように感覚をもつということを仮定することなしには、言語の芸術をあつかうことはできないとおもわれるからである。

黒人歌手朱色の咽喉の奥見えてアヴェ・マリア　溢れ出す Ave Maria　（塚本邦雄）

もんだいをわかりやすくするために、もっとも単純なところからはいってゆこう。引用したのは塚本邦雄の作品のなかで、すぐれたもののひとつである。いま「朱色」という表現の価値をかんがえてみる。「朱色」というコトバの意味は、硫化水銀（朱）の色からきた赤と橙白との中間のひとつの色のことである。そして、どうじに「朱色」というコトバが、その色の視覚的イメージを感覚的に指示するものであると想定する。

ところで、この「朱色」というコトバを、塚本の短歌の定型脈のなかに投入したとする。すると、この「朱色」というコトバは、もとの意味と感覚的イメージとしてことなった効果をうみだすことがわかる。まず意味からいえば、「朱色」というコトバの意味は、あきらかに原義を指示しなければならないにもかかわらず、「朱色の咽喉」という表現からむしろ赤紫の口腔の色の印象的意味に転化する。また、感覚的な面からいえば、「朱色」の感覚的イメージは、原義イメージを指示するにもかかわらず「黒人歌手朱色の……」というように、黒人の黒い皮膚色と対照された「朱色」の感覚的イメージは、鮮烈な感覚を強調されたイメージに変形膨脹することがわかる。もっとつきつめていえば、この「朱色」は、黒人歌手が歌とともにあけたてする口腔の形のイメージから、ふくらんだりつぼんだりする感覚的イメージさえあたえられるのである。

このように、「朱色」というコトバが、原義としてもっている意味と感覚をグルンドにして、ひとつの詩脈のなかにはいったときうける意味と感覚の変形や拡大をもって表現的価値を想定するのである。このことは、「歌手」というコトバについても「奥」というコトバについても、「溢れ出す」というコトバについてもいいうる。そして一首の全体が意味と感覚のこのような響きあいによって変形・拡大されたものの相乗効果のインテグレーションを、原義からかんがえて一首の表現的価値として想定する。

しかし、問題はおそらくつぎのような点にある。一首が全体としてひとつの表現の美的な価値をなして芸術として自立したとき、この自立が、歌人のどのような現実と思想とを暗示し、それがどのように社会的な存在としての機能をあたえるか、というモチーフを、一首の作品がかんがえさせることを強いたとしたらどうなるかということである。ここで、わたしたちは、ひとつの作品の表現としての美的な価値が、社会の共通の認識と現実のなかにひきおろされ、そこでのもんだいをもとわれなければならなくなることを了解するのである。しかし、それにもかかわらず、芸術にかんする考察が、表現の美的な価値のもんだいをぬきにして、社会とむすびつけられて論じられるとき、それは表現次元と現実次元とのあきらかな混同にみちびかれる。

ところで、定型短歌は、さらにここにあらかじめ観念的な先行性として歌人のもんだいを社会の場にむすびつけることには、さらにもうひとつの関門を想定しなければならなくなる。このことは、逆にいえば、わたしたちが、ある程度、短歌のもんだいを表現の美的なもんだいとしてのみとりあつかうことを可能にしているのである。

わたしは、さきに、短歌の喩法を類型的にたどりながら、短歌的喩の概念を提出した。いうまでもなく、短歌的喩のもっている意義は、短歌形式のなかで、現代歌人たちが、表現の美的な価値（これは作品の芸術としての全価値ということとはちがう。全価値をいうばあいには、いままでふれてきたように、表現が作者のどのような現実のどのような思想から由来するかという問題のすべてをもふくめてかんがえなければならない。）を追及してゆく過程でうみだしていった共通の類型・語法の本質的な類型にほかならない。その類型には必然もあれば、時代の相互影響もあるが、それを喩という概念で抽出しうるかぎり、わたしたちは、そこに本質的な共通性をみつけだすことができるし、その展開の過程に表現の推移をたどりうるものだとかんがえざるをえないのである。すなわち、修辞学上の喩の概念はここでは、まず発生しおなじ時代としての相互影響によっておぼろげながら流布され、つぎに共通の類型をなして抽出され、これを外側から喩として定義するという全過程をふくめてとりあつかわなければならないし、それがとりあつかいうるものであるという想定のもとにたつのである。

わたしが、短歌的な喩といったとき、修辞学的な喩の類型にはいるものから、ついに短歌形式だけにしかおこりえない喩をもふくめてかんがえ、さらに、せまい意味では短歌独特の喩をさしたいとかんがえた。だから短歌的喩のじっさい的な機能は、表現の価値の増殖であり、その本質は先行する意識としての定型のなかで言語の意味と感覚との響きあいの強調が、共通性として抽出されたものにほかならないとおもえる。

さきの小論でのべたように、現代歌人たちは、詩的喩一般から、しだいに短歌的喩ともいうべきものを抽出していった。それはまず典型的に、上句と下句とを相互に感覚的または意味的喩としてわかつところにあらわれたのである。当然、ここで予想されることは、この典型的な短歌喩からヴァリエーションをうみだしてゆく過程である。

こんど、岡井隆『斉唱』、塚本邦雄『日本人霊歌』、寺山修司『空には本』などをはじめ、若い世代の代表的な歌人たちの作品をとりまとめてよんでみた。もちろん、わたしのモチーフは、個々の歌人たちを論ずるためでもなく、これら新世代の歌人たちの作品傾向を、世代的にとりまとめて論ずるためでもなかった。短歌的喩の成立過程が、どのように変化してきているかを、できれば本質的にしりたかったのである。しかし、まだまだ読みがたりずに、うまくいかなかった。いまぶっつづけに短歌作品をよみつづけた印象をたとえてみると、呪文のようにある楽章がくりかえし、くりかえし耳に鳴っているのに似ている。個々の作品の意味や、出来ばえを忘れてしまったあとでも、この印象だけは共通の呪文のように忘れがたい。

きっと、時枝誠記ならばこの印象の総和を継時的展開のもっとも純粋なものとよぶであろう。たしかに、そうにちがいない。短歌作品をぶっつづけによんだ印象が、音楽の断片のくりかえしのような残聴のイメージとしてのこるということは、それが古典詩形として練りに練られてきたことによっている。短歌にあっては、一作品の文学的意味が、この継時的で、同時的でない短形式によって制限される。この制約を歌人たちは、いかにして特権に転化しようとするか。

いうまでもなく、短歌的喩は、現代歌人たちがこの問題を、創造のもんだいとして課したときどうしても生みだされるべくして生みだされたものである。若い世代の作品のなかにも、わたしがすでに解析した短歌的喩の典型をみつけだすことは容易であった。たとえばつぎのようなものである。

灰黄《かいかう》の枝をひろぐる林みゆ亡びんとする愛恋ひとつ　（岡井隆）

岡井隆の『斉唱』のなかですぐれた作品のひとつだが、ここでは、上句と下句とはまったくべつのことを云いながら短歌的な統一をもっている。このばあい、灰黄の枝をひろげている林を前のほうにみたとき、じぶんの失われようとしている愛恋をおもいだした、ということだろうか。それとも、失われようとしている愛恋をおもいだしていたとき、その愛恋が、あたかも灰黄の枝をひろげている林の視覚的イメージのようだと作者がかんがえたとき、この作品は成立したのだろうか。おそらく、いずれでもなく、また、いずれでもよいのだ。そういう機能のなかに短歌的喩の独特な問題がよこたわっている。上句は、下句の感覚的な喩をなし、下句は上句の意味的な喩をなしていればよい。もちろん、この反対のばあいもあるし、また、ふたつとも感覚的喩ばかりであることも、意味的喩ばかりであることもあるのは、すでに言及したとおりである。

しかし、こういう五七五と七七とでわかたれる短歌的な転換は、意味の転換と音韻転換とが一致するために、いっぽうでは深い屈折感をあたえながら、いっぽうでは転換の単調感をあたえてしまうこともじじつである。わたしのみたところでは、若い世代の歌人たちはこの問題からいくつかの短歌的な転換のヴァリエーションをうみだしている。たとえば、

向うからは見抜かれている感情と怖れて去りきその浄さゆえ　（岡井隆）

草に置くわが手のかげに出でて来て飴色の虫嬬《つま》を争う　（岡井隆）
ふるさとにわれを拒まむものなきはむしろさみしく桜の実照る　（寺山修司）
廻転木馬のひとつが空へのぼりゆくかたちに止まる五月の風よ　（山口雅子）

形式的にいえば、ここでの転換は、五七五七と七にわかたれている。そして、このような短歌的転換は、わたしのおおざっぱな観察にあやまりなければ、若い世代の歌人たちのほかでは例外的にしかあらわれてこないのである。もちろん、外形的には同じようにみえるこの短歌的転換は、すこしちみつにみてゆけば、微妙ではあるが、転換の機能としてちがっていることが手易く了解される。

第一首の転換は、相手からじぶんの感情がみぬかれていることを、じぶんが知って、それをおそれる、という複雑な意味転換を表現しているために、喩としての転換は、おわりの七にもちきたさざるをえなくなったものにちがいない。現代の若い歌人が短歌でなにを表現したいという欲求をもつかが端的にあらわれているので、対象にうつったじぶんの感想を、じぶんの感情が反映しているという自意識の表現が必然的にこのような短歌的な喩をうみだしているのだ。第二首はこれとすこしちがって、サスペンションの美を極度にまで発揮しようとするこの歌人の意欲を語っている。「草に置くわが手のかげに出でて来て飴色の虫」というところまで、ひとびとはこの作品のモチーフをしることができない。このために、いわば予望の美をあたえられ、おわりの

「嬬を争う」にきて、一挙に作品のモチーフがひらけるとともに、短歌的転換がおこなわれるのである。

ところで、外形式的な意味で、短歌的な喩のヴァリエーションをかんがえるならば、第三首はその典型的なものである。ここでは、五七五と七七にわかれていた短歌的な喩が、そのまま、五七五七と七とにわかれている。「桜の実照る」は岡井の「灰黄の枝をひろぐる林みゆ」とまったくおなじように、それ以前の句の感覚的な喩にほかならない。

このような理解の仕方について、当然、第一首と第三首は、短歌的喩の機能としてまったくおなじとみるべきではないか、という疑問がおこるかもしれぬ。むろん、この疑問は正当性をもっているが、わたしが第一首と第三首の短歌的喩としての機能をべつとみるのは、寺山修司の第三首の作品では、岡井の第一首とちがって、「ふるさとにわれを拒まむものなきはむしろさみしく」の意味転換は複雑ではなく、したがって複雑な意味転換を短歌型に表現しようとするために必然的にとられた喩の形式とかんがえるべきではないからである。このことは、寺山修司の作品では、「むしろさみしく」が古典的な意味での懸詞の役割をさえもつ余裕をのこしていることからも了解される。

第四首では、おわりの「五月の風よ」は、それ以前の句の感覚的な喩をも、意味的な喩をも構成していない。いわば、息をまた入れかえて「五月の風よ」と表現しているために、それ以前の句を風呂敷のように感覚的に包んでいるのだ。だから、第一首、第二首、第三首をいわば分離のきわまった喩とすれば、第四首は包括の短歌的喩であるということができる。短歌的喩の変態を、五七五七と七とに形式的にわかつならば、わたしたちが現代歌人の作品でぶつかるこの種の喩は、すべていままでのべてきた四首の微妙なヴァリエーションのなかに封じこめることができるかもしれない。

この種の喩が、なぜ若い世代の歌人のなかにあらわれてきたのかは、しばらく問わないこととして、それがひとつの必然であることを知るために、さらにこの種の喩がきわまったかたちを想定してみなければならない。

＊一瞬にからみ合い地に帰りゆく夜鷹のそれを見たり息づく　（岡井隆）
＊母の内に暗くひろがる原野ありてそこに行くときのわれ鉛の兵　（岡井隆）
＊眠られぬ母のためわが誦む童話母の寝入りし後王子死す　（岡井隆）
児を持たぬ夫の胸廓子を二人抱かむ広さありて夕焼　（新井貞子）
冷えてゆく冬夜にてよどみ水槽の金魚も耐えつつあらん何かに　（長沢一作）
＊翅のやうな下着も靴も帰りゆく手に渡したるのち孤独なり　（大住杉子）
＊メスふかく剖《き》りたる患部また灼きて体温ひくくなりわが未知　（大住杉子）
我が生《よ》にて終らむ父の母の血よ短かきことはいさぎよし何も　（青木ゆかり）
＊ホルマリンを射せば揚羽蝶の脆かりし少年の日を憶えをり掌は　（滝沢亘）

短歌的転換は、ここではおわりの数語においつめられる。もはや、詩的喩とよぶことができないようにみえるところで、かろうじて短歌的喩は成立している。これらの作品をよくしらべてみると、新井貞子の第四首、長沢一作の第五首、青木ゆかりの第八首では、「夕焼」、「何かに」、「何も」は、転換の機能をなしているが、詩的喩の機能をなしていないことがわかる。しかも、この転換が数語においつめられているために、さきに引用した山口雅子の作品の「五月の風よ」のように、息を入れかえた包括の機能をもちがたくなっている。このことが、この三首のおわり数語の転換を、たんなる技巧的な倒置のようにみせてしまっている理由でなくてはならない。

これにたいして、第一首の「息づく」はそれ以前の句の意味喩に、第二首の「鉛の兵」は感覚喩に、第三首の「王子死す」は意味喩に、第六首の「孤独なり」はかろうじて意味喩に、第七首の「わが未知」はかろうじて意味喩に、第九首の「掌は」は、感覚喩にそれぞれなりえている。そして、おそらく作品としてのできばえは、このおわりの数語の転換が、どれだけ喩としての機能をはたしえているかによって左右されているのだ。

ここで、短歌的喩の価値という概念についていくらか触れてみなければならない。短歌的喩の価値は、それがどれだけの感覚的または意味的な喩の機能をはたしたかによってきめられる。それは、それ以前の句の意味と感覚をどれだけ詩脈の原義からうごかしえたか、そして喩自体が、その転換としての機能からどれだけ意味と感覚のはんいを拡大しえたかによってきまるということができる。あきらかに、新井貞子の第四首、長沢一作の第五首、青木ゆかりの第八首では、「夕焼」、「何かに」、「何も」は、短歌的転換としての原義のほかには、意味と感覚をひろげているところはほとんどないのにたいして、そのほかの作品では、転換としての原義のほかに感覚と意味を拡大し、その響きをひきずっていることがわかる。喩としての価値をもんだいにすれば、後者のできばえのほうがいいという結論をくだしてあやまりはないのだ。

このような若い歌人たちの作品に必然的にか、または相互の影響のもとにあらわれている短歌的喩のヴァリエーションは、いくつかのあたらしい問題をひきおこす。ここでは歌人たちは対象をじっくりながめ入り、その観察のちみつさを誇ることもしないし、視覚と意味とのすばやい転換がつくりだす短歌的調和をもしんじていないようにおもわれる。たとえてみれば、定型のなかでできるだけながく散文脈による内部観察を持続させながら、あと数語になってあわてて転換と一首の統一を強行するという操作ににているのである。いいかえれば、意味の転換の複雑さが、喩のヴァリエーションを要求するというようにかんがえられるのである。省略はここで短歌の特権となるから、短歌的定型に移入するかぎり省略がかえって豊富な語のイメージの可能性をあたえることになる。

若い歌人たちの作品のなかへの散文脈のはいりかたは、外形式としての五七五七七の破壊よりも、もっと本質的にはじまっていて、まず意味転換の複雑化の欲求としてあらわれているとみるべきである。これがどこへゆくかは速断することができないとしても、この過程は必然的な相互影響であるようにおもわれる。

さて、いままでかんがえてきた短歌的喩のヴァリエーションは、極限のかたちとしてどのように想定することができるだろうか。さいわいに、きわめて少数であるが、このような極限形の短歌的喩を、若い歌人たちの作品からみつけだすことができる。たとえば、

はつなつのゆふべひたひを光らせて保険屋が遠き死を賣りにくる　（塚本邦雄）

ことごとに負けゆくわれの後方より熱きてのひらのごとき夕映　（柏原千恵子）

これらの作品では、転換はあたかも一首の作品がおわった瞬間にはじまっている。そして短歌的喩としてかんがえれば、空白形の喩であり、一首がおわった瞬間に、この空白形の喩が、一首全体に原義をはみだした余効果をひびかせるのを、だれでも感受することができるはずである。ここでも、当然疑問がおこらなければならない。じっさいに一首のなかにない喩を想定するよりも、むしろ短歌的喩が存在しない作品と解すべきではないか、と。まことにもっともだが、わたしはそういうかんがえかたをとらない。だいいちに、そう解釈すると、これらの作品が一首がおわったあとにものこしているサスペンスの感覚を、どうしても理解できない。たとえば、塚本邦雄の作品でいえば、初夏の夕方、ひたいを光らせて生命保険の外交員がやってくるという一首の意味が完了したとき、なぜ、作者はこういう作品をつくったか、どういう作者の思想がこういう

作品を成さしめたか、とかんがえることを読者に必然的に強いるつよい余効果をまったく理解することができないのである。これは、柏原千恵子の作品でもかわりない。じぶんは、いつも負け犬だとかんがえながら夕日を背にしてあるいているという一首の完了が、その情景のイメージから作者の思想を読者にかんがえさせる理由を理解しにくいのである。

このことは、たとえば、つぎのような作品と比較すれば、はっきりする。

道のべの電線に来てとまりたる行々子はすぐに啼きはじめたり　（山口茂吉）

ひさしく見てをりしとき檐の端のふかき曇りをよぎる鳥あり　（吉野秀雄）

ここには、短歌的喩は成立していない。このふたつの作品からわたしたちが感ずるのは、ある瞬間のある情景とそれをみている作者の心情の状態を、かなり巧みに定着したという問題であって、一首の完了とともに作品全体にかえってゆく余効果は存在しないのである。その理由が、このふたつの作品が、叙景にたくした叙情歌といったものであるのにたいして、塚本や柏原の作品が、意味転換の複雑さをもとめて、ついに短歌的喩の成立を、一首が完了したのちの空白形にもとめざるをえなかったという必然にあることはうたがいない。

短歌的な喩の形態的なヴァリエーションとしては、塚本や柏原の作品によってしめされたもの以上の極限形を想定することはできない。わたしは、塚本や柏原の作品を、たとえば、引用した山口や吉野の作品から一サイクル段階を異にした表現の進展（これは作品の芸術としての価値の進展とは、一応かかわりがないことははじめにのべた通りである。）とみるのである。

若い世代の歌人たちは、現代の散文の課題とおなじように、意味転換の複雑化によって、意味の響きあいによる表現の価値の増殖をもとめ、短歌的喩の成立を極限にまでおいつめる試みをやっている。この試みがどのような意義をもつかはべつとしても、わたしがこの小論でみてきた短歌的喩のヴァリエーションが、歌人たちのこの欲求に根ざしていることは、あきらかである。

（『短歌研究』一九六〇年十一月号）

岡井隆歌集『土地よ、痛みを負え』を読んで

わたしは、以前に魯迅の論文をよんだとき中国の広さが羨ましいな、と思ったことがある。論争者のひとりは上海に住んでいる、他の一人は延安に住んでいる。かれらは一生顔をあわせる必要がないから、おもいきりよく論争できる。論争とはそういうものではないのか。魯迅が日本に住んで文学者だったら、あれだけの鋭い論争はできなかったのではないか、そんなことをかんがえたのである。ところで、最近、魯迅友の会の会報『魯迅』をよんでいたら、竹内好が「つまり魯迅は、戦争中占領地区の上海にはいられない、後方（国民党地区）にも延安にも行くまい。しかもチャップリンのように国際人ではないから亡命もしないだろう。あるいは放浪者として過したかもしれない。」と発言しているのにぶつかった。そして、またまた中国の広さが羨ましい気がした。

しかし、文学の世界、詩の世界は、日本のように狭い土地や文学界でも、無限の広さとして累層化することができるものだ。わたしは、戦前の文学者同士の論争などは、ほとんど信用していない。論争した翌日、文学者のあつまりに出て顔をあわせれば、やあっ、というようなことに

なっておしまいになってしまうからだ。しかし、わたしなどの年代は戦争体験から垣のうちにはいらないで文学をやる方法を探求した。そして、いまではその可能性が土着できるのではないか、とかんがえている。

詩壇と歌壇とは、上海と延安ほどへだたっているのか、まえに岡井隆と小気味のよい論争をかわしたのをおぼえている。わたしは、その論争も役に立って短歌の世界が、すくなくとも鑑賞や表現論の世界では、よそよそしく感じられなくなった。いま、岡井隆の歌集に小批評を試みるのに、ある機縁を感じている。

わたしが、この歌集をよみおえて感じたことは三つある。ひとつは思想のこと、もうひとつは表現のこと、さらにはもうひとつは職業と文学のことである。

この歌集をおおっている暗い思想は、岡井のことばでいえば、「ナショナリストの生誕」、「思想兵の手記」、「運河の声」、「アジアの祈り」というところに集約される。岡井には後進地帯にわだかまる想念を、思想的な範疇として自立させたい欲求があるようだ。たとえば、「朝鮮人居住区にて」の作品で、

とじのこすうすい流浪の唇は言うかとも見える〈平壌《ピョンヤン》で死にたかつた!〉
にんにく・牛の胃《せんまい》をうる灯が見えてここから俺は身構える、何故《なぜ》?

これは思想のとば口にある意識のわだかまりである。この作品をよみながら、戦後二年目ごろ、朝鮮人の石鹸工場に油脂の水素添加技術をおしえにいったときのことをおもいだした。かれらがわたしに体臭的な親近感をすりよせてくると、わたしのなかにわだかまる意識がうまれ、岡井隆の作品でいえば「身構える」こころになるのが常であった。「何故?」ということをわたしは論理的につきつめてみたことはない。しかし理解のとどくかぎりでいえば、わたし(たち)は、そこにわたし(たち)の過去のすがたをまざまざとみていることに起因している。しかし、この問題は、思想的範疇として自立させうるかどうかはおのずから疑問でなければならない。岡井の作品でいえば、次のようなものがいわば思想的に自立された意識のわだかまりである。

肺野《はいや》にて孤独のメスをあやつるは〈運河国有宣言〉読後
最もちかき黄大陸を父として俺は生れた朱《しゅ》に母を染め

職業的な仕事や出生のなかにこのわだかまりが侵入している表現は、いうまでもなく岡井のなかで後進ナショナリズムのもんだいが思想として自立していることを象徴している。それはどこからきたのか。医学の分野での学問的後進性の自覚からか、ある普遍的な挫折感からか、この歌集からはあきらかではない。しかしすくなくとも、岡井のなかである拒まれた思想があり、その思想は暗い観念にすがたをかえて、後進地帯の問題にわだかまる意識をひろげてゆく。わたしはイデオロギーとして認めるよりも、岡井の内的な象徴としてこれを読まざるをえないのである。現代の定型詩人は、自由詩の分野から想像できにくいような表現の問題に当面しているにちがいない。思想は定型外にある既得権だが、これの表現はまったく短歌固有のもんだいである。岡井は「あとがき」で「短歌翻訳説」をのべ、短歌表現は、日常語の表現からのホンヤクとかんがえたほうがいいという見解をみせているが、現代に歌人であることもまた辛いといわなければならない。では、岡井のいうホンヤクとはどういう問題であろうか。

〈否《ノン》?〉なぜ?〈何故《なぜ》つて……〉かさね置く手袋の雪融けながら湖《うみ》なす卓は　（岡井）

手套を脱ぐ手ふと休む何やらむこころかすめし思ひ出のあり　（啄木）

啄木のばあいは、手袋をぬぎながらふっとかすめたある漠然とした想念を、そのときの情況として提示することによって短歌として成立した。そして、読者も、しばしば日常でおなじ瞬間をもったということがこの作品によって想起できれば、かすめた想念が何であったかは読者の固有のもんだいとしてくりひろげられ、その度合が大きければ大きいほど作品を深読みできるという具合になっている。岡井の作品では、雪をかぶった手袋を卓上に脱ぎながらの作品でありながら、意識はひとつの問答をくりひろげ、眼は手袋の雪が卓上に融けて水たまりになるのを視ていなければならない。もちろん、実際上は手袋からのたまり水を視ながら、意識が意味のある問答をくりひろげることは不可能である。しかし、作品は、その世界でふたつを同時描写しなければならぬところに追いこまれている。これが岡井に短歌飜訳説をとらせるような現代歌人のおかれている表現の場である。わたしは、岡井の作品をよみ、啄木のおなじ着想の短歌をおもいだし、すでに三十一文字のなかで時間を重ねあわせねばならなくなっている現代の短歌のことをかんがえた。ここでは、もう作品の情感は、そのままでは作品のそとへ流れずに、ひとたびは構成の深度となってから読者の手にわたされる。

岡井の歌集で、わたしがもっとも惹かれたのは「暦表組曲《かれんだあ》」の諸作品であった。

七曜のなかばまで来て不意に鋭く内側へ翻《ひるが》える道あり（水曜日）
獣《けもの》焼く灰ふりやまぬ今日ひと日人はしきりに和解をいそぐ（木曜日）
通用門いでて岡井隆氏がおもむろにわれにもどる身ぶるい（木曜日）
まつ直ぐに生きて夕暮　熱き湯に轟然と水をはなつ愉しみ（金曜日）
妻不意に鮮《あたら》しく見ゆ、白昼の部屋ぬけてゆく風を抱きて（日曜日）

岡井隆が医者であることは、この歌集ではじめて合点したわけだが、こういう連作をよむと、かなりな深さまで職業人であり生活人である岡井の日常生活の息づかいがよく伝わり、たとえば、序にある「アジアその既知にして奇異なることも七曜に似てくらし日の色」のような作品でさえも、生活の基底をはらんで膨らんでみえる。そして、月曜日には仕事に身がはいらず、週なかばには疲労が飽和し、いちばんほっとするのは土曜日といったような職業人ならばだれでも感ずる感慨のようなものさえ作品のなかから視えてくるような気がする。そんなことは別にうたってないのだが。わたしは、すでにはやく化学者であることを断念し、技術者であることも叶わなくなったが、向うから追いたてられないかぎり職業人であることはやめまいとおもっている。岡井の作品から医学的なテーマが消失したとき「あれもこれも」が成就するときかもしれないが、そのときも茂吉などとちがって生活人は消失しないでもらいたいものだとおもう。

（『未来』一九六一年五月号）

回路としての〈自然〉

遥かに遠い以前の日のことだった。雪解けのあと、やっと灰暗の日々から開放された思いで街なかへ出ていった。小学校（「国民学校」と呼んでいたかも知れない）の傍を目貫き通りへぬけていこうとすると、校庭から子供たちの斉唱が聴えてきた。聞いたことがない、校歌じみない、けれど斉唱するよりほかないメロディと歌詞とがうら珍らしいので、しばらく立ちどまって聴いていた。二度繰返して歌われたその歌は短歌だったので、すぐに覚えられた。

ひろき野を
流れゆけども最上川
海に入るまで
濁らざりけり

そして歌うばあい「最上川」のところと、最後の「濁らざりけり」がリフレインとなる。寮に帰ってからあの歌はいったい何だと仲間に尋ねた。あれは何とか皇后（この皇后の名を忘れた〔註〕）の歌で山形県民歌なんだと教えてくれた。わたしは仲間から習ってそのメロディを完全に覚えこんだ。

わたしの最上川は芭蕉でも茂吉でもない。この街の小学生徒の斉唱と、この「ひろき野を」のもつ痛みのようなメロディのことだ。米沢市に割っているところの最上川は、河原に滑石の瀬が州を造り、そのあいだを水が縫うように、浅く流れているだけだった。けれど季節はいやおうなくその河原に降りてくる。草も萌え、河石も灼熱し、うそ寒く枯れ、はだれの雪をのこす。それが問題だった。この川はわたしにとって「海に入るまで　濁らざりけり」ということが問題ではなかった。この歌がいつごろ作られたか存知しないが、この川の姿から〈海に入るまで濁らない流れ〉をうけとったとすれば貧困な倫理的な嘘だとおもえる。けれどこの嘘は居ずまいを正した清潔そうなおばさんの吐いた嘘のようなもので、メロディとあわせると、それほど悪たれる気がおこらないものだった。「花影淡き夕まぐれ　虫声繁き夜半の月　古武士のあとをしのびつつ」などというじぶんたちが斉唱している逍遥歌と称するもののほうが、ずっと嘘と誇張にみちていたのだ。わたしにとって最上川は暗い河だった。もっと内部をいつも流れていた。どこからきてどこへゆくのかはわからないが、閉じられた盆地のなかで吾妻連峯の景観と一体になっていた。この内閉的な景観がどうしようもなく行きづまってくると、よくそこの河原に出かけた。確かめればいいのだ。足にまつわる流れの温度や、底に触れる滑石の踏みごこちを。枯れぼさのところに消えのこる雪のざらざらした肌触りを。そうしてふたたび景観の手触りを回路に、内部の河は流れはじめる。つまり最上川は河原石のあいだを縫って流れてゆく。

きさらぎの日いづるときに紅色の靄こそうごけ最上川より
われひとり歩きてくれば雪しろきデルタのうへに月照りにけり
最上川のほとりをかゆきかくゆきて小さき幸をわれはいだかむ
最上川逆白波のたつまでにふぶくゆふべとなりにけるかも
月読ののぼる光のきはまりて大きくもあるかふゆ最上川
あまざらし降りくる雪のおごそかさそのなかにして最上川のみづ
最上川の流のうへに浮びゆけ行方なきわれのこころの貧困
最上川の鯉もねむらむ冬さむき真夜中にしてものおもひけり
（斎藤茂吉『白き山』）

厚らなる雪の断面の見ゆることもありてゆたかなる最上川ぞひ
（佐藤佐太郎『立房』）

この近代の古典詩人たちも帰郷のおりおり、または旅の途次に最上川の景観をのぞきにいった。なぜどういう思いでのぞきにいったのかはこれらの歌からは明晰にならない。けれども最上川をのぞきにいった。そのことはたしかな重量感をもって伝わってくる。じつに景観をのぞきにいったそのことを、どうしてもある確かさと重さで伝えることに、かれらの歌の生命はかけられている。なぜどんな思いで〈自然〉をのぞきにいったかを言説するのは、歌の理想であったかも知れない。その以前にまずのぞきにいったことの手ごたえが言説できなければならぬ。そこに歌はあるべきだとかんがえられた。歌の〈声調〉は〈自然〉にたいするはじめの嗟嘆をひきずっていた。とすれば歌は共同的な感情であり、けっしてなぜどうしてという問いを〈自然〉に発するものでなかった。かなり新しい時代まで国家制度を形成せずに済ませてきたわが古代民族にとっては〈自然〉が制度の代用をしながら、かなり後代まで歴史時代を無為に経過してきた。なぜどうしてという問いを歌の〈声調〉のなかに封じるように、歌はできてなかったのだ。さればとて言語の〈声調〉なしに詩が成立するわけもなかった。近代以後の歌人たちの悔恨、恨み、困惑、精進から言葉の〈声調〉にかかわる苦痛をとり除くことはできない。これは詩が〈声調〉をとり除けないことを肯定するかぎり致し方のないことだった。

暖冬の終らむきはに雪降りつ再び降りつあらがふに似て　（吉野秀雄『含紅集』）

野にかへり春億万の花のなかに探したづぬるわが母はなし　（前川佐美雄『白鳳』）

藍色の籠に卵を妻は溜《た》むひとひ春来し如き物の香　（近藤芳美『歴史』）

わがこころ満ちたらふまで咲く桃の花の明るき低丘いくつ　（佐藤佐太郎『帰潮』）

ここでは大なり小なり〈声調〉のなかで〈自然〉の景観は内在化されている。つまり詩人たちは苦労している。内部の脈搏として〈声調〉は詩の生理を、肉体をつくっている。この幸福な韻こそが歴史のずっと後代まで共同体を国家的規模まで形成せずに、〈自然〉との交歓とアナキイな〈自然〉採取で済ませてきたものとおなじ根拠だった。どうも掻いても韻の幸福に詩はうち克つことができない。なぜなら言語の韻の幸福とは、言語が分節化されない以前からの母斑だからだ。そうだとすればこの宿命的な韻の幸福を拒否できるものは、言語的な母斑にたいする不感症だけではないのか。覚醒してなお拒否することはじぶんを詩の世界から追放することにほかならない。けれどただ追放すれば済むという問題ではなく、母斑をひきずりながら自己を詩から追放しなければならない。ここのところに近代の古典詩人たちの安堵と苦心とがあった。

言語の韻律と音数の必然に拠れば、どうして〈意味〉は感情的な〈自然〉のフイドバックを獲得するのか。何でもない内容が波動のように生理的〈自然〉に同調してくるのか。古典詩人たちはその理由を告げることはできないが体験によって熟知していた。けれど安堵して韻律と音数にしたがうかどうかはまったく別のことに属している。現代の古典詩人たちは生理的な同調と感性的な反撥とのあいだで矛盾を、どう処理するかという問題から出発して生涯の詩作を賭けることになる。これはちょっとかんがえると徒労のようにみえるかも知れない。けれどあらゆる思想の現代的な問題は、感性的に要約してしまえば古典詩人たちが、〈声調〉のある言説によってつかまえている問題を出るものでない。そのことはたぶん心ある現代の古典詩人たちの自負につながっているとおもえる。

渚には国逐《お》われこし冬鳥の声満ち、「われ」という孤島《ひとつしま》
胸 水《きょうすい》のひとつかみほどのこれるをいずこの桃か花明りせる
（岡井隆『朝狩』）

おびただしき無言のif《イフ》におびえては春寒の夜の過ぎむとすらむ
（岡井隆『眼底紀行』）

春の夜の紫紺のそらを咲きのぼる花々の白風にもまるる
風花《かざはな》に仰ぐ蒼天《あおぞら》春になお生きてし居らばいかにか遭わむ
（岡井隆『天河庭園集』）

玄海の春の潮《うしほ》のはぐくみしいろくづを売る声はさすらふ
生きがたき此の生《よ》のはてに桃植《う》ゑて死も明《あ》かうせむそのはなざかり
春に居てむしろ恋ほしむ冬木立简浄の枝没日《いりひ》を囲《かこ》ふ
夜半《よは》ふりて朝消《け》ぬ雪のあはれさの唇《くち》にはさめばうすしその耳
（岡井隆『鷲卵亭』）

この晩冬から早春へわたる温度と明度を偏愛する古典詩人は、生理的につきあげてくる春の〈生〉と感性的な思惟にやってくる冬の〈死〉のはざまに、生活の組織を造りあげようと苦心し

ている。安堵はない、だが生活感性はようやく組織されようとしている。この無類の世界はこの歌人が負っている古典詩の現在の問題を象徴しているようにおもえる。

（『月刊エディター』一九七八年三月号）

註　山形県民歌になっているこの歌の作者について、さまざまに言い伝えられているが、昭和天皇の死に際して出版された同天皇の歌集のなかに、この歌があるのを知った。だが昔、学生仲間で言われていた風評を記憶のままに訂正せずにおくことにする。

個の想像力と世界への架橋

吉本隆明です。ぼくは、ここ一、二年、わりあいていねいにいま日本で書かれている小説の作品に目を通してきたとおもっています。そのあいだに出会った注目すべき作品を幾つかあげてみますと、ひとつには大江健三郎さんの『「雨の木《レイン・ツリー》」を聴く女たち』という連作がありまして、この作品は際立って注目すべき作品だと思います。それに中上健次さんの『千年の愉楽』、しいてあげると小島信夫の『別れる理由』、この三つがあると思います。それから、これは去年の暮れからおととしにかけてですが、若い作家で村上春樹さんの『羊をめぐる冒険』という作品があり、これも注目すべきだとおもいました。それと高橋源一郎さんの『さようなら、ギャングたち』という作品です。

これらの作品を今日の主題にひきつけてかんがえてみますと、共通にいえることは、これまでの小説の特徴であった古典的な意味あいでの物語性を意識的に解体しようというモチーフが、それぞれの作品のどこかにあることだとおもわれます。このことをもっと突きつめていくと、作者自身がじぶんが書いている小説という文学形式を、それほど信じられなくなったということが含まれているとおもいます。いきおい作者自身のおもわくや面影を多分に含んでいるとおもわれる主人公の「僕」とか「私」とかを作者があまり信じていないことになります。もっと極端にいうと、小島信夫の『別れる理由』なんかのように、作者の面影をたくさん背負っていると思われる主人公の永造が、今度は作中で作者を疑い始め、逆に批判しはじめるというようなことが、小説作品の中で行なわれたりします。つまり、作者が小説形式を本来的には信じられなくなった、ことに小説のもつ物語性を信じられなくなったということが、さまざまの作品の中で波紋を描いているわけで、小島信夫の作品の中にひじょうによく表われています。

大江健三郎さんの作品では「雨の木」というのが、宇宙の木というか、曼陀羅の木というか、自分自身の世界をなぞらえ暗喩しているわけですが、これは古代の仏教が持っている完全な世界、人間の欲望とか、思考とか、理想とかが全て象徴的に含まれている、仏教でいう曼陀羅の世界なのです。そういうもののメタファーを、「雨の木」が象徴しています。しかし、この「雨の木」は、主人公の「僕」なり、「私」が、さまざまのかたちで関与しても、どうしても完全な宇宙なり、世界なりになりえないのです。もう「僕」や「私」がかかわってゆく世界では、調和や完備された世界像はどうやっても実現されない。そういう形で現実の世界とそのなかでの「僕」や「私」の解体が暗喩されます。

中上健次の『千年の愉楽』では、現在信じられなくなってしまっている物語性をどこか別のところに奪回しようとして、まったく別の世界をつくり上げようとしているとおもわれます。その結果ひとつの理想の原型的な世界を設定して、その中でさまざまの人物が蠢《うごめ》くわけですが、その登場人物たちはありうべき現実の世界を想像することができなくて、ひとつの幻想の、死後の、現在として成り立ちようのない世界を設定することで、いま失われつつある物語性を回復しようとしているようにおもわれます。この中上さんの作品は、意図的に作りあげた古典的な形式をもった悲劇の集まりです。古典的な悲劇というのは、一定の型をもっています。作中の主人物が、ある事件に出会ってどうしようもなく追いつめられ、たいへんな心身の葛藤を演じ、その葛藤の場面をクライマックスとして主人公が徐々に自分を亡ぼしてゆく、あるいはよりよい自分を切り開いていく、またある場合には死の方向に自分を連れ込んでいってしまうというように成り立っています。つまりきちんと入口があり、クライマックスがあり終結があるという物語形式を中上さんのこの作品は踏んでいるわけですが、これは物語が成立しにくいという現在の小説の状況を知っていて意識的に現実にはありそうもない別個の幻想世界を設定して、主人公たちが自由に行き来できる古典的な意味あいの人工的につくりあげた物語の世界を可能にしています。

小島信夫さんの作品では、主題というものは自分や自分の家族、それを取り巻く知人たちに限られるわけですが、そこでは極立って悲劇を演ずることもできないし、大そうな事件が起こるわけでもないし、救済がおとずれるわけでもない、そういった現実の状態というものを精密な図柄で描いているわけで、入口もなければ出口もない、ありふれた、ある意味でどうしようもない日常生活の状態が続いている主人公の家族を中心に展開されています。

しかし、作者が現在のそういう状態に対して、どこかで抗弁したいところがあって、登場人物や、作者を象徴する主人公や、現実やさまざまのものが混合した世界に連れて来てしまうということを最後にしています。

そして、そういうところで、主人公が逆に作者を批判したり、実在の人物と思われるものが書物的な代名詞として作品の中に入ってきて、さまざまの役割を果たしたり、もはや、作者であるか、登場人物であるか、作者の現実の交遊関係であるのか、そうでないのか、そういうものがわからないように全部区別なく作品の中に登場してきて、全部同じ次元で言い合ったりするといった世界に作品をもっていってしまっています。

これは極端な例ではありますが、現在小説作品というものが表現しなくてはならない問題をひじょうによく象徴しているとおもいます。

小島さんのこの小説は、一見すると作者をとりまく家庭を中心にした狭い交友圏を主題とした作品なんですが、現在の知識や人間関係の陥っている運命のような状態を、たいへん象徴的に表現している、とても現在的な作品です。表情はユーモアがあったり、悪ふざけをしているようにみえるのですが、それがちっともユーモラスになったり、悪ふざけになりきらず、かといって顔がこわばってしまうようなものにもならない。何かわかりませんが、それを空虚とか空白とかいうように考えますと、登場人物たちも全て空虚とか空白という無感情に陥ってしまう、そういうひじょうに現在的なものを暗喩している作品になり得ているとおもいます。

大江さんや中上さんや小島さんの象徴的な作品は、現在、文学の伝統的な形式がつきあたっているることをとてもよく象徴して、しかもすぐれた作品になっています。村上春樹さんや高橋源一郎さんなどの若い世代の作品は、これらとやや違う意味をもつように僕にはおもえます。言いかえると、違うように考えた方が、たくさんのことが得られるようにおもいます。

村上さんの『羊をめぐる冒険』や高橋源一郎さんの『さようなら、ギャングたち』という作品は、現代文学の伝統的な様式の流れのなかで書かれている作品というよりも、現在の社会自体が直接要請しているために、必然的に生み出されているサブカルチャーの厚みから生まれてきた作品です。

現代文学の伝統的な様式の流れの中に言葉を入れ込むことによって生み出された作品というよりも、現代の社会が直接にたくさん生み出しているサブカルチャーの無意識の累積の中から、言葉を選びとってきて、たいへん高度な作品をつくり上げているとおもいます。ですから、村上さんや高橋さんの作品は、出どころが違うと考えた方が実りが多いんじゃないか、それが僕の理解の仕方です。つまり、これらは、現在、自分の肌に突き刺さってくる、現に自分がその中に入り込んでしまっている生活周辺の世界から、直接言葉を取り出しています。その言葉は、たとえば今から二十年前の言葉をもってきて比べるとすぐにわかります。二十年前でしたら、そういう言葉を使うとあんまり高度でない、どっかあなどられるところがある言葉の世界しかつくれなかったものです。大衆小説だとか、娯楽小説だとか、ゆとりとあなどりの気分で扱える面をたぶんにもっていたわけです。だが村上さんや高橋さんの作品は、そういう言葉の出所から少しもあなどれない高度な世界を実現しています。

そして、僕の理解の仕方では、サブカルチャーや大衆文化の中から出てきた言葉が、これらの作家によってはじめてひじょうに高度なところまでもっていかれることに成功したんだとおもいます。だから、村上さんや高橋さんを個々の才能として見るだけではなくて、ひとつの勢いといいましょうか、たいそう高度な勢いとなって今後もどんどん出てくるような気がするんです。

これらの作品は、今日のテーマである「詩」の問題をどこかで孕んでいます。

大江さんの作品でいえば、主人公たちが、どんなにがんばっても、自分を象徴するメタファーをつくり得ない。メタファーをつくろうとすると、どこかで穴があいていて、そういう穴のあき方しか実現できないという意味あいで、詩歌の問題を孕んでいるでしょう。中上さんの『千年の愉楽』の中では、物語の世界をつくろうとすると、生ある人間の世界と死後の世界を自由自在に行き来できる人物像を設定しないと成立しないというところで、詩歌の問題をそこから抜き出すことができます。また、小島信夫さんの作品で言えば、もはや作者というものは、個性ある自己発言というものが可能でなくなっている——、作者であるか、作者がつくりあげた人物であるか区別できなくなっているし、また、逆にいうと、作者がつくり上げた人物が作者を批判しはじめるといった混沌とした世界としてしか、あるいは枠組みの壊れた世界としてしか、世界を実現できないものの世界と受けとれば、これは、詩的なものが現在当面していることにすぐにでもひき移すことができるのではないでしょうか。

村上さんの『羊をめぐる冒険』という作品も、自分で自分がどういうものかわからない、自分の世界をつかむことができない、そういう主人公たちが、どこかで自分を確かめるための冒険というか、別の人物たちがたくらんだ世界に主人公が救済を求めて入っていったんだけれど、最後にフタをあけてみると、自分はたくまれた世界を救済を求めて彷徨しているにすぎなかった、というそういう主人公たちのふるまいでこの作品を受けとると、詩が詩を生み出す意味とのあいだで当面していると同じ問題を、ここに象徴的に見ることができるとおもいます。

高橋源一郎さんの作品は、まさに詩歌が当面している問題そのものであると言えます。作中の人物が詩をどんなふうにとらえているかすぐにわかるところがあります。その部分をちょっと挙げてみます。これは、作品の中の「私」が詩の学校を開いている場所に出てくるものです。


もしあなたたちのだれかが心の底から、詩を書きたいと思い、しかもどうやって、何を、書いていいのかわからなくて悩んでいるなら、ここへ来てもらいたい。

わたしはあなたの話をきく。

話すのはあなただ。

どんな微妙なことでも、はずかしいことでも、つまらないことでも、あなたに話してもらいたい。地下室に二人きりで、性《セックス》の話をしていても、わたしは決してあなたにとびかかったりはしない。

話しているうちに、あなたはきっとリラックスできるようになるだろう。

あるいは「計算をまちがえて危険日にかれとしちゃったので不安なの」と言って涙ぐむかもしれない。結構、泣きたければ泣きたまえ。死んじゃってからでは泣けない。

そうしてあなたは自分で、書くべきことを見つける。

「よかったね」と言って、わたしはあなたと握手できる。


つまり、この個所は何を言っているかというと、この作品に登場してくる私の「詩」についての考え方、「詩とは何か」ということで、その何かはわかりませんが、鎧とか、冑とか、制約とか無意識の抑圧とか、そうしたものを全部取り払ったところで、言葉がもし濃くなるところがあれば、それは「詩」なんだということを言っているのだとおもいます。つまり「詩」とはそんな風に全部を取っ払ったところで出てくる言葉で、しかも、その言葉に濃いところがあれば、それがどんな言葉であれ、「詩」なんだという考え方を象徴しているとおもいます。つまり、この作品に登場する「私」という人物の「詩」に対する考え方をひじょうによく象徴しているところだとおもいます。

この「私」のところに四人のギャングたちが訪ねてくるのですが、その中の「おしのギャング」に主人公が詩を教えるところがありますので、そこをちょっと挙げてみます。

わたしは「おしのギャング」に話しかけた。

「立って下さい。おねがいします」

「おしのギャング」はのろのろと立ち上がると片手を腰のケースに入っているルガー・オートマティックの上に置き、いつでもわたしを射ち殺せる準備をした。

「あなたが思っていることを話して下さい。あなたが考えていることを、感じていることを言葉にして下さい。どんなことでもかまいません。あわてずに、おちついて、ゆっくり話して下さい」とわたしは言った。

「おしのギャング」の唇はいつも閉じっぱなしで、コーヒーとサンドイッチをながしこむ時以外は開けたことがないみたいだった。

「おしのギャング」はソフトの下から、わたしの顔を見ると、コーヒーとサンドイッチ以外のことを考えるのは苦手だと言うように悲しみにみちた顔つきになった。

「むずかしく考えないで」とわたしは言った。

「何でもいいんですよ」

「おしのギャング」は自分の頭の中に書いてある言葉を探しはじめたが、どの頁もまっ白だった。

まっ白。まっ白。まっ白。まっ白。

まっ白。まっ白。まっ白。まっ白。

「コーヒーとサンドイッチ」「おしのギャング」の唇から荘厳な音がもれた。

「そうです。それでいいんですよ。つづけて」

まっ白。まっ白。まっ白。まっ白。

まっ白。まっ白。まっ白。まっ白。

「コーヒーとサンドイッチ」「おしのギャング」はもう一度、悲哀をこめて呟いた。

残りの三人のギャングたちも、感心したように「おしのギャング」の唇が動くのをながめていた。

まっ白。まっ白。まっ白。まっ白。

まっ白。そして、又しても、

「コーヒー……」と呟いて、「おしのギャング」は黙った。「おしのギャング」は「コーヒーとサンドイッチ」の幻影《イリュージョン》をふりはらうかのように、片手を振った。

「おしのギャング」は、「コーヒーとサンドイッチ」以外の言葉を自分の人生から見つけ出そうとしていた。

まっ白。まっ白。まっ白。まっ白。

まっ白。まっ白。まっ白。まっ白。

まっ白。まっ白。まっ白。

「おしのギャング」の顔は蒼白になり、額に汗が浮かんだ。

まっ白。まっ白。まっ白。

まっ白。まっ白。まっ白。

「赤ちゃんいいい」と「おしのギャング」はうめくように言った。

「頑張って！」とわたしは励ました。

まっ白。まっ白。まっ白。

まっ白。まっ白。まっ白。

まっ白。まっ白。まっ白。

「耳くそいいい」と「おしのギャング」はつぶやいた。「おしのギャング」は大きく肩で息をしていた。

まっ白。まっ白。まっ白。

まっ白。まっ白。まっ白。

まっ白。まっ白。まっ白。

まっ白。まっ白。まっ白。

「鼻みず!!!」

「おしのギャング」の目には涙がにじんでいた。それは絶望の涙だった。

「ゆっくり」とわたしは言った。

「ゆっくり見てごらんなさい。　あわてることなんかないんですよ」

まっ白。まっ白。まっ白。

まっ白。まっ白。まっ白。

まっ白。まっ白。まっ白。

まっ白。まっ白。まっ白。

まっ白。まっ白。まっ白。

まっ白。まっ白。まっ白。

まっ白。まっ白。まっ白。

まっ白。まっ白。まっ白。

まっ白。まっ白。まっ白。

まっ白。まっ白。まっ白。

まっ白。まっ白。まっ白。

まっ白。まっ白。まっ白。

「おしのギャング」はすっかりうちのめされ、ギブ・アップ寸前だった。

行けども行けどもつづいている空白の頁の荒野に、「おしのギャング」は力なくすわりこ

んだ。

「しっかり！　止まらないで！」とわたしは言った。

「ギャングだろ？　忘れたか！」と「ちびのギャング」が励ました。
「挫けるなよ」と「でぶのギャング」が言った。
「ぼくたちはいつも一緒だ」と「美しいギャング」が言った。
「おしのギャング」は不屈の闘志をよみがえらせると再び歩きはじめた。

「私」はおしのギャングに立ち上がって何でも言ってごらんなさいというわけですが、表現するとか、何かを言う素養というのは、おしのギャングには何もないわけで、ただ食物を食べるときには「コーヒー」とか「サンドイッチくれ」ぐらいのことはあるかもしれませんが、他に言葉はないし、表現というものを何も持っているはずがないのですが、そういうおしのギャングに「何か言ってごらんなさい」と私がどんどんどん追いつめていくわけです。そうすると、追いつめられたおしのギャングは、言うことがなにもなくてただ「まっ白」「まっ白」というだけだったというのですが、つまり、こういう場面で出てくる「まっ白」「まっ白」という言葉自体は詩になっている。それは詩なんだということをいっているとおもいます。

つまり、詩というのは別段ひとつの詩的な伝統があって、その伝統の中で詩の言葉があって、その詩の言葉は、伝統の流れの中に自分の意識を入れ込むことによって出てくる表現というものが、私たちの考えている詩であり詩歌なのですが、そうでない詩というものがあり得るんだということを言いたいんだとおもいます。

現在というのは、この実社会の中で飛び交っているひじょうに拙劣で混乱したわけのわからない言葉の中から、意識を感受してというか体得してというか、もしそこから言葉が押し出されるならば、言葉の素養もないし、もしおしであって言葉をいうこともできない、そういう人間から出てくる「まっ白」という言葉自体、そこでは詩でありうるんだということを言っているんだとおもいます。

つまり、詩という感じ方の中で、いかに詩歌が、現在、伝統の言葉としては解体したところに直面せざるを得ないかということを象徴的に表わしています。また、詩というものが別の個所で成り立ちうるとすれば、この作品自体が象徴しているように、なまのまま飛びかっている言葉というものにたいして、ある受け入れ方を示せば、そこから出てくるものは、そのままラディカルな詩になりうるんだという考えを象徴しています。

こういう考え方はいつでも大衆歌謡や、もっとイデオロギー的な考えを入れ込んでいきますと、生活詩とか思想詩という概念に、得てして包括されてしまうものなのです。けれど、この作者が象徴している「詩」の概念はそうじゃなくて、大衆の生活をもりこんだ詩という地平に、詩が入り込んだときに、詩はラディカリズムを失ってしまうんだということがいいたいんだとおもいます。

ラディカルな詩の概念が、どこから出てくるかというと、伝統的な言葉の様式からは出てこないで、縦横に何もかも虚しくされてしまって、現在の原初的な刺激を無意識の底から受け入れてしまったときに生まれるある言葉から出てくるかもしれない。そういった考え方が成り立っているのです。

この作品の言葉は、サブカルチャーの貯水池から出てきているのですが、この作品を高度な質の作品にしている根本的理由は、そういった考え方だとおもいます。

もし、この作者が、この作品を、民衆詩、あるいは生活詩風に、あるいは社会派的に、大衆社会で飛び交っている言葉を倫理的に受けとめてしまったら、それまでの民衆詩とか、大衆歌謡とか流行歌とかの言葉になってしまうわけですが、もっと無意識の底の方まで自分を解体し、解体しつくしたところで、街頭に飛び交っている言葉を受け入れることができるとすれば、それがどんな言葉で表現されても、たいそう高度な詩となりうるんだということが、この個所に象徴されているとおもいます。

この個所は、この作品の「私」という登場主人物の考えであるだけでなく、この作品のもっている性格をも象徴しています。この作品は、サブカルチャーの言葉のところから出てきているのですが、この作品はどんな純文学の作品よりも質が高いですし、その言葉自体、伝統の言葉の領域の中に自分を入れ込むんじゃない街路から、言葉を生みだしているということからすれば、最初から解体しつくしたところから出てきた作品だといえるのです。

これは、現在の詩の問題の中で、いちばん大きな問題だといえます。つまりここで実現されているようなことが作品として可能になった基盤ができてしまったのです。また、詩でいいますと、そういう作品が現在の若い詩人によって生み出されつつあるので、それは、たいへん重要な現在の意味を表象しているようにおもわれます。

こういう詩の言葉が伝統的な詩文学の言葉の様式とどこですれちがうのか、あるいは、ごっちゃまぜになりうるのか、またどこで反発して、それぞれの領域に飛び散ってしまうのか、大きな問題です。この問題について、僕はそれほど緻密な分析者や観察者ではないのですが、これは、現在みなさんが関心をおもちの短歌の領域でも大きくあるんじゃないかなという気がして仕方がないんです。

しかし、これは僕なんかが、意識してきちっとあたって出てきた結論でもなんでもないので、同じような問題がどのようなかたちで出てきているかということを確信的には言えないんですが、詩や小説作品の領域でその問題が明らかに出てきていると思われますから、短歌の領域でも同じような問題が相当本格的に出てきているんじゃないかと思われてならないのです。ですから、いくらかの作品で、そのことを確かめてみたい気がするだけです。

ここにたまたま僕が読んでいる作品があるので挙げてみます。たとえば岡井隆さんの『人生の視える場所』の中のなんでもいいんですが、何かひとつかふたつ読んでみましょうか。

人嬬《ひとづま》のみなうつくしき春さきの街あるきかもつのぐめや蘆《あし》

朝々の卵料理のかなしさは塩うすくしておもふちちはは

こういうのがあります。それから塚本邦雄さんのわりあい最近の『歌人《うたびと》』という作品から、

水仙蒼きつぼみつらねて剣道部反省会のしじまおそろし
みちのくへ三日旅して白露にあけぼののいろの母がくるぶし

塚本さんや岡井さんのこういう作品は、円熟したたいへん見事な作品だとおもうのですが、その見事だということの根底には、僕はドラマがある、一瞬のうちに成立しているドラマがひじょうに鮮明になっている気がします。それが岡井さんや塚本さんの作品が、たいへん円熟したというか、ひとつの完成に近い姿になっている根本的な要因だとおもうんです。

そこで、この短歌一首のドラマ性ということを詩や小説の作品と対応させるために、たいへん端的にいうとすれば、このドラマ性は、詩や小説の中では希薄であり、ほとんど求められないわけです。つまり、詩や小説の中で物語性を成立させようとすれば、無理すればできないことはないのですが、ドラマ性というのを成立させることは、もはや現代の小説や現代詩の中ではできそうもありません。けれども、塚本さんや岡井さんの作品が実現しているドラマ性は、理論的な意味あいをもっていまして、つまり物語文学の後にドラマが出てくる、物語文学の後に能や狂言の文学が出てくるという、ひじょうに必然的な意味あいのドラマ性であって、物語性を無意識の

ベースに沈めた上で成立するドラマ性ということです。これは定型というものがあってはじめて成立しうるものであり、定型が失われると、このドラマ性は解体し、単に物語性というものに転化してしまいます。

岡井さんや塚本さんの作品が初期の作品に比べて完成度が高くなっているという意味をどこでつかまえればよいかというと、瞬間に成立するドラマ性が、たいへん鮮明に成立することができているということだとおもいます。

ところで、この成熟性とか完成度とかをひとつの基準におきますと、短歌の世界の枠組みの解体を象徴しはじめているのが、福島泰樹さんや佐佐木幸綱さんの作品だとおもいます。僕には、この人たちの短歌は、世界の枠組みが解体しはじめると一緒に、ドラマが成立できずに解体しかかっている表現、あるいは解体せざるをえない必然を表現している、最初のひじょうに典型的な兆候だったようにおもえるのです。

任意に作品をあげてみますと、たとえば福島泰樹さんの作品で、これは詩の雑誌で見たことがあるのですが、「中也断唱」という中原中也をうたった連作の作品です。

中也死に京都寺町今出川　スペイン式の窓に風吹く
いかに泰子その前日はわけもなくただもうわれは雲雀であった

こういう作品になってきますと、短歌的世界として成立している枠組みが、もはや解体しはじめたときの言葉、あるいは、解体させてゆく言葉だとおもいます。

だから、固有の彫り方というかレリーフの仕方ができなくなって、それは全体としてひとつの棒である、棒となって表現されています。これは、佐佐木さんの作品を持ってきても同じで、たとえば『直立せよ一行の詩』の中からいいますと、

秋の穴のぞくあの子はあばれ者あれあれ明日《あした》天気になあれ
十本の杭打ち終えて水を飲むあおむけの喉照らされている
たんぽぽの金のきらきら悪友の旅立ちの日を咲き盛るかな

など、どれをもってきてもいいのですが、ここには短歌的彫り方というのは、そんなに成立していないということがわかります。

佐佐木さんの自分の歌の解説によれば、一首がいわば一語であって発光体であるような短歌をつくったんだ、自分はひとつの響きが全体として与えるような、そんな作品をつくりたいんで、起承転結があり、序詞があり枕詞があり、クライマックスがあり、終末がある、そんな短歌的骨法の作品をつくろうとしているのじゃなく、全体としてひとつの発光体であるような、そんな作品を目指しているんだと主張されています。

これはたいへん見事な自己解説なんですけど、僕が今日申しあげている言葉でいえば、短歌的世界の枠組みでいう一種の解体の表現になっている。つまり、解体したところで成立している一種の自己表現ということができます。

僕はあまり短歌の世界のことをよく知らないのですが、たぶん、佐佐木さんや福島さんの作品あたりから、短歌的な枠組みが解体してゆく表現が必然的に出てこざるをえないような兆候が出てきたのじゃないかとおもえるのです。

こんなことから考えますと、これ以降の作品が、短歌的解体というものにたいして、どういう対応の仕方が可能であるかという問題が、根底的問題として浮かび上がってきます。

こういう言い方をしますと、お前は形式的問題しかいっていないとお受けとりになるかもしれません。「何を」、「どう」ということについて何もいっていない、あるいは何を主題とするか、どういう個性がありどういう主体性があって、それをどう表現するかについて何も触れていないじゃないかとおもわれるかもしれません。それを触れることはできるのですが、そういう触れ方をするとそれは個人の歌人論になってしまいます。

個々の歌人が何をどううたっているかという問題は、ここではわざと避けられています。形式的問題をとらえて、短歌的枠組みの解体ということにたいして、どういう振るまい方をするかということが、いま大きな問題としてたぶんあるのではないかと申し上げているわけです。

若い歌人の作品を読んでみますと、一様にこだわっているようにおもえる主題がみられます。

こだわっている主題を、形式論としてどう理解したらいいかと考えますと、主題というのは場面のことです。自分はどういうことに関心がありどういうことをうたっているのだ、自分はどういうことから逃れられないか、自分は逃げたいんだけど、逃げることができないから、そのことにこだわってるんだというような内容の問題は、形式論的にいえば、いわば場面ということになるとおもいます。

そして、場面とは何かというと、物語性の場面だと理解することができます。これはドラマの場面だといいたいところなんですが、佐佐木さんや福島さんの作品は、内容からいうとドラマではなくて物語性だとおもいます。たとえば啄木の三行書きの口語短歌のようなものが、無雑作にみえてほんとは高度な質をもっているのはなぜかを考えますと、物語性としての場面を成り立たせているからだとおもいます。啄木の口語短歌と同じような意味あいで短歌的枠組みを解体してしまったために、短歌的ドラマは成立しなくなった。そこのところで、物語性というものが、ネガティブな消極的な解体の表現としておおきな意味をもつようになっている、それが佐佐木さんや福島さんの作品の特徴ではないかとおもわれるのです。

そうしますと、佐佐木さんや福島さんよりももっと後の年代の短歌作品は、物語性という枠組みをとっぱらわれてしまったあとに、何がどう可能なのか、それをどうするのかといったことが、内容と形式の両面から切実な課題として出てきているんじゃないかなというのが、僕の漠然とした理解の仕方です。

断定的に言うことにためらいを感じるのですが、たぶん現在の短歌が当面している問題は、場面の物語性というものをどのように処理したらいいのか、短歌的枠組みの解体というものをどう組み直すのか、そこへすすんでいるような気がします。それを佐佐木さんや福島さん以降の短歌の共通の問題としてつかまえることができるんじゃないか。

いくらか、その例を拾ってきましたのであげてみます。三枝浩樹さんの作品。

曖昧に生きつつ来たる長崎に遙《とお》くルドヴィゴの痛みを分かつ
旅宿にて古きノートを繙くはとめどなくいづかたへ堕つるゆえ

滝耕作さんの作品。

愛欲さえや須臾にして過ぐゆうぐれをわが掌より鉄の匂いたちたり

もうひとつあげてみましょうか。これは吉岡生夫さんの作品。

憎しみを育てつつある浴槽にゆうべ浮かせているわれの首
汗だくになりて艶技をつづけいる京塚昌子のごときおどりこ

これらの作品で何が問題なのでしょうか。三枝さんや滝さんの作品では主題となる物語性の場面が自分に内在していて、本来ならば、もっと明るく朗らかな場面に逃げ出したいんだけどどうしても固執を解くことができない、あるいはこれこそが現在の世界というものの意味だからこれに固執せざるをえない、そのどちらかであるようにみえます。どちらかかは、はたからはわからないのですが、どちらにしろ固執する場面があって、その場面への固執から離れられるか、離れられないかというのがおおきな内的モチーフになっているような気がします。

吉岡さんの作品はその意味では、はるかに自由で、自由な場面に自分を移しえているとおもいます。けれどこの自由な場面という意味も、主題という意味あいで自由といえるだけで、表現として物語性が解体されるという問題は、すこしも解かれているわけではありません。そこからは逃れることができていないといえましょう。つまり、物語の場面としては、はるかに自由なところに移行しているわけですけど、短歌の形式が当面している問題の圧力をたえず自分の中にもちながら表現するというところから少しも逃れられていないし、またそのことを逆に現在の問題とするというところが、ラディカルにあらわれていると考えることができるとおもいます。

この内在的なモチーフの場面をもう少しあげてみます。これは道浦母都子さんの作品ですが、

明日あると信じて来たる屋上に旗となるまで立ちつくすべし

燃ゆる夜は二度と来ぬゆえ幻の戦旗ひそかにたたみゆくべし

ここでは、固執する場面、ここから逃れられない場面というのがひとつの問題です。それと、この作品は、よくわかるように短歌的彫り方としては、たいへん解体しているということができるとおもいます。一本の棒でもってひとつの作品であるという形式としての問題をひきずっている作品であり、あるいは、それ以外には短歌というのはつくれないんだということが問題であるといえば問題であるところでもって書かれている作品だとおもいます。それと、主題としてある物語のその場面から逃れられない、逃れることができないというのがひとつの問題です。つまり、道浦さんの作品は、この二つの問題を同時に、二重にもっているということが、たいへん注目される作品になっているのだろうとおもいます。つまり、僕らなんかみたいな素人にも読んでいて響いてくるものが感じられるゆえんだとおもいます。

そうすると、物語の場面への固執という内在的なモチーフが、形式的には短歌的枠組みの解体に直面しているということが、現在、短歌がある意味では必然的に踏まざるを得ない現在的無意識なのではないでしょうか。現在というものが、そこで生活しそこで息をしそこで考え行為しているそういう人間に強いている無意識の必然であり、これは、人工的にどうかして避けることは可能でない気がします。これに対処するためには、意識化するしかないのですが、意識化したからといってどうかなるか、あるいはどうにもならないか、量りしれない問題のようにおもわれます。無意識の中に沈めておくか、あるいは意識化したらどうなるかという問題だと思えるのです。ここで固執する場面というのは、作者が全く固有に固執する場面であるわけで、なぜそんな場面に固執するかというと、その場面から逃れてもっと広い場面に出て、自由自在の場面の選択というところに行きたいんだけど、どうしても行けないんだから仕方がない、そういう必然が固有に存在するんだとおもわれるのです。そして、この固有の体験というのは、ある意味で世代的体験でもあるのでしょうか、それに対して何がいえるかというと、それはたったひとつしかなくて、こういう場面から逃れたら、倫理に反してしまうのではないか、この場面に固執することをやめたら、自分が思想を喪失することと同じなんじゃないかという危惧とか倫理感とかあるとすると、それはその個人の固有の問題としてだけであって、それがはたして倫理の一般性として存立する根拠をもつものなのかどうか、それが現在問われているのだとおもいます。この場面に固執することに倫理的意味があるのかどうか、これに思想的意味があるかどうか、それを根底的に問われているというのが、現在のいちばん大きな問題だと考えております。

道浦さんの場合は、このふたつの問題というものを抱えながら行かれるのでしょうし、また三枝さんや滝さんの固執する場面というのは、本質的にはどういうものなのか、あるいは場面に固執するのとしないのとでは、作品の倫理的価値としてどう違うのか、作品としての意味づけはどうなるのか、そういったことが問われるところに自己展開して行かれるとおもいます。そしてこれらのことは現在の若い年代の作者たちの根底に潜んでいる課題のような気がしています。

若い世代の作品でこういう課題からははじめから全く解放されていて言葉自体の本質に固執してそこで悪戦しているという作品がかならず意味ある問題として存立しているようにみえます。そうした作品は少ししか見つからなかったのですがひとつあげてみます。

運命の星やいずこに真夜中の自動販売機に缶落ちる音

こういう作品はもっと前の年代でいえば、河野愛子さんとか、柏原千恵子さんとか、山中智恵子さんとかの世代の歌人たちが固執している作品に行きつくわけですが、若い年代の歌人はどこに修辞的な達成をもとめてゆくのでしょうか。どうしても、そういう課題を内包しているような気がします。

これは短歌的な暗喩の問題に行きつくことになります。短歌に固有な暗喩の問題は、もちろん古典時代の短歌の時期からずっとあるわけですが、現在の詩的な表出の全てが直面している物語性の解体というところで、短歌的な暗喩が修辞の表面を重層化してゆく形で展開されるのではないかとおもわれます。何をうたうべきかとか、どういう主題に固執すべきかとか、こういう主題はつまらんのじゃないかとか、こういう主題こそ意義があるんじゃないかというような、内容の論議は個々の歌人の内在的な関心にゆだねられることが、ますます明瞭になってゆくとおもわれますが、形式の論議の方からできるかぎり現在の詩的なモチーフの在りどころに触れようとしてみました。至らない把握ですがこれで終わらせていただきます。

（一九八二年十一月十三日）

現存する最大の長距離ランナー

詩歌の長距離ランナーであることは難しい。岡井隆さんは、現存する詩歌の人としては、いちばん遠くまでたどり着き、いまなお傍らに並走するもののいない孤独な路を走り続けているほんとの長距離ランナーだとおもう。「アララギ」的な写生の歌から出発して、途中に幾度か腕の振りや傾斜を変え、その度ごとに時代の波を真っ先にかぶり、新しい走法のスタイルを発明しながら、とうとう現在の、平明でしかも濃厚な情感の表現を発見していった。いまなお登り坂の路を、前傾姿勢をとりながら走ってゆく彼の姿がある。わたしは確かに見てきた。彼が途中、走りながら四回ほどドリンク剤を補給し、その都度走る速度を増してゆくのを。彼を思うと詩歌の現世は愉しくなる。

（『岡井隆全歌集』内容見本　一九八七年　思潮社）

一行の物語と普遍的メタファー——俵万智、岡井隆の歌集をめぐって

いま、ご紹介いただいた吉本です。今日は岡井さんの全歌集が刊行されたことを記念して催された集まりで、何か喋れということです。何を喋ればいいかと考えてきたんですが、ひとつは岡井さんもふれておられましたが、今、短歌を考える場合、言及しなきゃおかしいんじゃないかということは、やはり、あの俵万智さんの『サラダ記念日』という歌集の出現です。この歌集が普通いう意味の短歌的なテリトリー（があるかどうかは別として、テリトリーと漠然と考えている範囲）を超えて、またそのテリトリーの外に文学という領域を考えた場合に、それをもっと超えたところまで読者を獲得している現象がひとつあります。これにふれないと短歌の論議としてしようがないんじゃないか、とおもいます。また岡井さんの歌集刊行の記念の催しですから、岡井さんのやられたことについてもふれなきゃいけないんじゃないかとかんがえました。うまくできるかどうかわかりませんが、短い時間のうちで、そういう問題が何とか出てこないかとおもってやってきました。

皆さんは短歌の専門家の方が多いわけでしょう。皆さんのあいだでの俵さんの歌集の評価はさ

まざまでしょうが、『サラダ記念日』の何が特徴かというと、僕はやっぱり、一行で作られた物語だということじゃないかとおもいます。普通は相当長いスペースを取って起承転結を作らないと物語にならないみたいなんですが、俵さんの短歌は、一行で物語を作っているとおもうわけです。それから、なぜたくさん読者を獲得しているかということをかんがえてみます。もちろん力量からして、ちょっと天才的なところがあるとおもいます。力量があるということ、短歌を物語にしちゃったということ。それから、挫傷感、屈折が少ないということ。すぐにいまの大勢の読者にうけそうな要素は数えられます。短歌だけに限らないんですが、文学の表現はいつも否定性ということを特徴とします。この否定性が言葉の中に、あるいは物語のどこかに何らかの形で必ず存在いたします。つまり否定性は文学・芸術の特徴なのですが、俵さんの歌はある意味で否定性を打ち消してしまったところに成り立っています。それはとても大きな特徴だとおもうんです。

そして、もしかするとこの特徴は短歌だけでなく文学全般が、現在当面している問題であるかもしれないのです。つまり否定性を打ち消すことが文学・芸術の否定性の課題として成り立ちうるかどうかという情況が出現していることが現在の大きな問題なんじゃないかなという気がします。そこに、俵さんの短歌がもっている否定性を打ち消す否定性というのが成り立ちうるかどうか、あるいは成り立ちうるんだというところで、新しい短歌的表現が打ち出された、そこがたいへんうけて、多くの読者を獲得している。『サラダ記念日』の問題はそこにあるような気がします。

短歌を物語にするというのはどういうことかと申しますと、結局、三十一文字の表現であるにもかかわらず、三十一文字以上の物語がその中に含まれているという表現の仕方がなされていることだとおもいます。これは俵さんの短歌作品の特徴じゃないでしょうか。その他にも現在の若い人ふうの性やエロスの調和《バランス》のとれた自由感みたいなものが感覚的によく表現されています。この歌集が読者を獲得する要因は結果的には、たくさん数えあげることができそうです。

この種の短歌の作り方のいちばん強力な始祖はもちろん石川啄木です。石川啄木の短歌がやったことは、一行あるいは三行の詩で物語を作ったことだとおもいます。その物語は、現実《リアル》の物語であったり、虚構の物語であったりするわけですが、短歌を強力に物語にした最初の歌人は石川啄木だとおもいます。俵さんの短歌も同じです。俵さんの短歌にはフィクションも事実も混じっていますが、やはり一行で物語を作ったということでしょう。啄木の短歌と俵さんの短歌は、一行ないし三行の物語として同じじゃないか、というと、素材的に考えたり感覚的に考えると、冗談じゃないということにもなりそうです。主題主義でいけば片方は生活の苦労人が作った短歌であり、片方は安定した現代風の娘さんが作った短歌で、まるで違うじゃないかという理屈になるわけです。僕は根本的には同じなんじゃないかとおもいます。試みに素材的にどう違うのかをはっきり申し上げてみます。たとえば、俵さんのいい歌の一つだとおもいますのが、

思い出の一つのようでそのままにしておく麦わら帽子のへこみ

という歌があります。同じように帽子のことを歌った啄木の歌をあげて並べてみましょうか。

六年《むとせ》ほど日毎日毎《ひごとひごと》にかぶりたる
古き帽子も
棄《す》てられぬかな

これが啄木の帽子についての短歌です。これを二つ並べてみれば、同じ主題、同じ素材をかなり似たような状況で使っているんですが、片方には、六年もかぶった帽子を捨てられないという言い方で、(もっとちゃんと黙読されたり、それ相当の人が朗読されたりすると、もっとはっきりすると思うんですが)生活の疲れと翳りがちゃんと感覚的に出ているように思います。俵さんの短歌は恋愛中の明るい感覚の心理的瞬間を捉えたいい短歌だとおもいますが、ふたつは少しだけ違うといえるでしょう。でもおおげさにかんがえるほどの違いではないことがわかります。

他にもいくつかあげてみましょう、これは夕方のある瞬間を主題にした歌です。俵さんの歌だと、

この部屋で君と暮していた女《ひと》の髪の長さを知りたい夕べ

というものです。いくらかの淡いジェラシーを含めた瞬間の心理の物語がとてもよく把まえられています。啄木のその種の歌を読んでみましょうか。

新しきサラドの皿《さら》の
酢《す》のかをり
こころに沁《し》みてかなしき夕《ゆふべ》

このふたつの場合も、片方の方にも淡いジェラシーのようなものがあるんだけど、そんなに深刻でもなく、かなり淡々とした明るい感覚で述べられています。啄木の歌の方は何となく生活の臭い、疲れといいましょうか、ある生活の澱《おり》の溜まった蓄積感がどこかにうかがえます。これが、ふたつの一行の物語の違うところだとおもいます。もう少しやってみましょう。

我だけを想う男のつまらなさ知りつつ君にそれを望めり

という、これもものすごく見事な恋愛の歌だとおもいます。女性の側の主導権、自分が恋愛の主《あるじ》だという感じがとても自然に出ているとおもいます。同じような啄木の歌をあげてみましょう。

女あり
わがいひつけに背《そむ》かじと心を砕《くだ》く
見ればかなしも

これは、自分におどおどしながら生活の中で仕えているように見える女性を憐れがっている歌です。このふたつの相違は決定的なもののような気がします。啄木も女性にシンパシーをもっているし、またかなりな程度女性解放論者でもあったわけです。それでも、こういうふうにしか女性を表現できないということが時代的な制約としてあります。一方、これもいい歌だとおもいますが、俵さんの、自分だけを想っている男っていうのはつまらないということはよくわかっているんだけれども、そう想ってもらいたい、という、女性が恋愛の主だといっている時代の（現在の）歌です。つまり、この歌になってくると、啄木と現在の俵さんの歌は、同じ一行ないし三行の物語ですが、まるで違う感性と違う主題の扱い方がされていることがわかります。時代の相違ということをもし取り出すことができるとしたら、それができているんじゃないでしょうか。短歌は一人で作られるわけですから、啄木と俵さんと、力量の相違だとか、（時代がまるで隔たっているわけだから）時代感覚の中での歌の作り方の相違とか、様々な面から相違をあげることができるわけです。その中で、もし時代を飛び超えてふたつの作品を並べてみて、まるで感覚が違うということを考えてみるとすれば、今申し上げたような類似の主題、素材を扱った一瞬の物語は、今あげたようなところで違うということになります。それは感性の違いでもあるし、感性の必然の違いでもあると考えれば、俵さんのような歌を啄木は作ることができなかったわけですし、啄木のような生活の歌とか女性の歌を俵さんが作ることができないということの中には、短歌史的な必然みたいなものがあるのだとおもいます。そのことをちゃんと考えた方がいいんじゃないかと思うのです。

たとえば今日の岡井隆さんの全歌集、全業績が刊行された記念すべき日付のところに、俵さんをよばれた方がいいとおもうんです。それが同時代に並んでいるということで、それが現在なんだということをどこかで勘定に入れて考えた方がいいとおもっています。それはなぜかというと、啄木と俵さんの歌とは一瞬の物語だということでは本質的に同じだし、また、短歌的作り方の中では全く異端の作り方なんだということははっきりしていて、その点もとても似ているとおもいます。しかし、当時の短歌の主流、主な太い流れの中から啄木の短歌は言葉をあまり練っていないもののように考えられていたとおもうんです。そしてそれはその通りなんですが、つまらない短歌かというと決してそうではありません。一瞬の物語を一行の短歌の中に表現する、それは三十一文字を三千行の物語としてみせ、言葉というものを拡張してみせたことです。三十一文字を三千行の中篇にしてみせたという意味で、やはりたいへん面白い言葉の使い方を徹底させたとおもうんです。

これはもちろん、佐佐木幸綱さんや福島泰樹さんがすでに前にやったことであり、また、死んだ寺山修司がある程度やっていることで、俵さんの短歌の作り方はもう一歩やれば、こうなるんだというところまでは、ちゃんと前提がやられているわけです。突然変異で出てきたわけでも何でもなくて、先人がちゃんとやってることです。しかし、そういうことを考えに入れたうえで、岡井さんと俵さんとが並列に並んだ方が短歌の世界としてはいいんじゃないか、これは、ヤジ馬根性、批評家根性の考え方としてはどうしてもそういうふうになります。ウケている人はウケているほど寂しいものなわけだから（笑）、こういう時によぶときっと喜ぶんじゃないかなというのが僕の推測で、その方がシンポジウムをやる場合にも話題が豊富になっていくんじゃないかという気がします。つまり、俵さんの歌集が、嘘じゃないと思いますが、百万部くらい売れているという現象は短歌の世界を論じたり考えたりする場合に、やはり勘定に入れておかなきゃいけないわけで、そういうことを申し上げたわけです。

これと関連させて、それでは岡井隆さんの仕事は何なんだ、ということをこれから申し上げて僕のお祝いの言葉にかえたいわけです。

岡井さんの仕事は何なんだろうと考えてみます。岡井さんは初期から現在まで孤独な長距離ランナーとして、長い間歩いてこられたわけです。その中に様々な累層化された短歌の作り方を実現しておられます。もちろんその中には俵さんの短歌と並べて、方法は同じで、やっぱり一行の物語じゃないかという短歌もちゃんと含まれています。つまり、岡井さんの破片が拡大されたものが極限まで行けば俵さんなのだという言い方もできるとおもいます。岡井さんのそういう歌を

俵さんの歌と並べてみましょうか。俵さんの歌で、

この時間君の不在を告げるベルどこで飲んでる誰と酔ってる

これもいい歌だとおもいます。岡井さんの歌を並べてみましょう。

その人は耳のうしろに音を連れすすきの中を輝いて来る

という歌があります。これはやっぱり一行の物語だとおもうんです。岡井さんの力量、長年やられてきた方法が現われているというところをもし言うとすれば、「耳のうしろに音を連れ」という言い方で、俵さんの歌にはこういうメタファーはほとんどないとおもいます。そういう意味で、短い中で岡井さんの長年の蓄積がそこの所に籠っているわけです。しかし、根本的な方法としては、岡井さんの一行の物語だと思えます。

それでは、岡井さんの一番の特徴を、いまの並べ方の中で捉えてみると、短歌的メタファーを克明にしてこられた人だということなんじゃないかなという気がするんです。短歌におけるメタファーはどういう意味をもつのかと言えば、三千行の物語を三十一文字でやっちゃうくらいに言葉を拡張していくやり方が啄木流のやり方だとすれば、岡井さんの短歌のやり方の主要なところ

を占めているのは、三千行であるのか三十行であるのかわかりませんけど、言葉のイメージを重層化してしまうということ、つまり、三十一文字を短歌の一視野と考えると、岡井さんが苦心してこられたのは、三十一文字の中に百の視野、千の視野を入れてしまうというやり方を推進することでした。そこが、岡井さんの業績というか仕事の大きな部分を占めているんじゃないかとおもいます。

しかし、岡井さんは、いま申し上げた通り、一行の物語ももちろん作っておられるわけです。それから、三十一文字の中に百の視野、千の視野を重層化させてしまう岡井さんのやり方の極限だと思われる歌は、たとえば、今度の『全歌集I』で言えば一番後の「天河庭園集」の中に擬音を使った短歌で象徴させることができます。ちょっと読んでみましょうか。

いずこより凍れる雷《らい》のラムララムだむだむララムラムラムララムラム

という三十一文字なんです（笑）。これだけやったのはたぶん岡井さんが初めてなんで、これは、いまの同じような言い方で並べてみますと、相当すごい試みだというのが僕の理解の仕方です。どこがすごいのでしょうか。もちろん、「ラムララム」とか「だむだむ」とか「ララムラムラムラム」という擬音の何ともいえない――太鼓の音であるみたいであり、お腹のここらへんまで響いてくる声のない響きのようにも思える効果があります。――擬音としては様々な解釈が可能なわけですが、僕はそれよりも、これはやっぱり普遍的なメタファーだという気がするんです。つまり、一視野の中に百の視野、千の視野を入れるというのを、もっと限界まで入れちゃうと結局こうなるんじゃないかというところを岡井さんはやられたんじゃないか。意図的にやられたかどうかというのは僕はわかりませんが、そういうことをやられてるんじゃないかというのが僕の理解の仕方です。つまり、三十一文字（前後）の中で、これだったら、「いずこより凍れる雷《らい》の」という上の句の方は普通の言葉なんですが、あとは全部メタファーにしているわけで、普通の意味の上の句を受けて下の句がメタファーだとか、上の句はメタファーで下の句はそれを受けているといった短歌的なメタファーじゃなくて、これはもう一種の普遍的なメタファーだと思います。つまり、短歌的限界とか詩における擬音効果なんていうものを超えてしまって、そんなことに関係ない一種の普遍的なメタファーっていうのを岡井さんがやってしまっていると僕にはおもえます。

これはとてもたいへんなことなんだと僕はおもっています。この関連のものは「天河庭園集」の中に五、六首あるとおもいます。それはちょっとすごいんじゃないかなというのが僕の理解の仕方で、これは岡井さんが自分の方法を極限までやってしまった現われのように読めるわけです。これは、皆さんの方が専門家だから、いや、そんなに買いかぶることないよ、と言う方がいらっしゃるかもしれないけれども（笑）、僕はそういうふうに解釈しました。

それから、もう一つは、この擬音が三十一文字の定形、五・七・五・七・七という定型の補充になっているということが重要だとおもいます。なぜかと言いますと、たとえば俵さんの歌もそうですが、これは茂吉の言い方をすれば、短歌的な声調の解体なわけです。つまり、物語の歌というのはどうしても短歌的な声調の解体に類するわけですが、岡井さんのこの「ラムラム……」というのは短歌的声調（定型）の保持になっていて、定型をちゃんと代行し得ているわけです。これは重要な意味のようにおもいます。もう一つだけその種の歌を読んでみましょうか。

しりぞきてゆく幻の軍団はラムラムラムだむだむラム

これもやはり短歌的な声調の補充、代行になっていて、それはとても大切なことのようにおもいます。それじゃあ、この短歌はどういう意味なんだという問題になるわけです。「しりぞきてゆく幻の軍団は」とだけ言えば、読む者それぞれに、あるイメージがちゃんと浮かんでくるわけで、そのあとは、「ラムラムラム……」というところで自分なりのイメージの完成の仕方ができるようになっている、と僕はおもいます。そういうふうに、全部短歌を言葉にしてしまいたくないんだっていうことはあり得るわけです。全部言っちゃいたくない、歌っちゃいたくない、表現しちゃいたくないんだっていうことはあり得るわけで、そういう意味でいけば、もうこれで十分でしょうということになりますし、前の歌なら「いずこより凍れる雷《らい》の」で、あとはもう「ラムラム……」でいいじゃないですかということになりそうです。だから一首の意味はそこらへんのところで読者の方で勝手なイメージを作れるという理解の仕方もできますし、そんなに言わなくてももうあとは普遍記号で表現しているので、意味ある分節ある言語で表現しているわけじゃなくてもこれは一種の記号表現なんだよっていう言い方でももちろんいいわけでしょう。

この種の、短歌的定型を崩す様々な定型という試みは岡井さんの歌集の中に様々な形であるわけですが、それと同じように重要な試みのようにおもえます。僕は岡井さんはメタファーの短歌を戦後の短歌の中で確立してこられた主要な歌人の一人であるとおもいますが、その岡井さんが自分の方法を極限までつき詰めていって、一種の普遍的なメタファーを短歌の中で使って表現したものだとおもいます。

これは言ってみれば、三十一文字を一つのイメージの視野と考えれば、それを十の視野にし、百の視野にし、千の視野にし、もっと重層化されたイメージに凝縮化していったところに出てくる一種の普遍的なメタファーだというふうに理解すると、岡井さんの業績が、類比の上ではっきりしてくるんじゃないかとおもわれるのです。岡井さんが現在の短歌の一つの途轍もない頂点の一人なんだと考えれば、岡井さんが実現され、また現在やられていることは、俵さんとおなじように、短歌で一行の物語を作るという方法から、また、メタファーとしての短歌というやり方、それからもっとそれを極限まで推し進めた普遍的なメタファーとしての短歌っていうところまでの、重層的な試みなんだとかんがえられます。それで短歌的な情況、文学の情況、あるいは社会的な情況というものが現在あるとすれば（岡井さんが言われるように、ないところが情況なんだっていうふうに言ってもいいわけなんですが、そういうものがあるとすれば）、岡井さんがご自分の重層的な方法を極限まで推し進められることで情況に対応してこられたし、現に対応しておられるということが、たぶん、岡井さんの短歌が戦後の短歌、近代短歌の歴史の中で占めている位置なんじゃないかとかんがえます。

この意味を、様々な視点からアプローチして解剖してみるということはとても重要なことなんじゃないかと僕には思われます。僕は基本的に、岡井さんが言われた通り、情況がないということが現在の情況だというようになっていると思うんです。そこで、このことはいったい何なんだということは繰り返し疑問を発しては、また解いたつもりになり、また、これは駄目だと考えなおして疑問を発するということをどうしてもしていなくちゃしようがないわけです。それの仕方にもし物語的な拡散っていうものと、それからメタファー的な重層化による凝縮ということと、その中間の様々な言語の方法があるとすれば、その並列された問題の中で、現在の短歌を考えていくより仕方ないと僕にはおもえます。文学全般が現在そうなってるとおもいますが、そこのところで岡井さんのやられた仕事は四方八方からの解剖の素材になり得る大きな意味があるんじゃないかと僕自身はかんがえます。

僕は、岡井さんと激しい論争をしたことがあるんですが、それは定型・非定型みたいな問題のことなんです。僕は論争すると、たいてい口をきかねえとか、あいつはもう一生会わねえというふうになっちゃうんですが、岡井さんっていうのはそうじゃなくて、気持が良かった唯一の論争相手だったんです。それで、僕には貴重な人だなと考えて、ふだんはおつき合いがないんですが、岡井さんが作られた歌はできるだけ読むようにしてきました。

今日は岡井さんの全歌集の刊行記念会ですが、岡井さんはこれで決して定年退職ということじゃないので（笑）、これからまた第二段の出発をしなければならないわけで、現在の長寿老齢化社会ではゴールにはなかなか行かないから、これからまた走って行かれるわけでしょう。そのひと区切りの全歌集の刊行のときに、直接にお祝いの言葉を言うのは照れくさいですから、こんなお話をして、お祝いの言葉にかえさせてもらいました。

（『現代詩手帖』一九八七年十二月号）

わたしの岡井隆コレクション

わたしのイメージのなかにも、岡井隆のコレクションがあり、大事に蔵ってきた。第一の袋には、現代短歌を普遍的なポエジーの域にまで先導するために走りつづけた稀な長距離ランナーとしての岡井隆がいる。第二の袋には日本語の音数律と表現の呼吸とを微妙にずらしながら、およそ可能だとおもわれるすべての形式を試みつくした詩歌の実験者岡井隆がいる。第三の袋には他の分野にむかって短歌芸術をいつも開いてみせている歌論や詩論が積み重ねられている。そしてどんなはげしい論争をやっても怨念をのこさなかったわたしの唯一の箱のなかに丁寧に蔵いこまれ、詩歌の呼び声に誘われると、いつも取り出してきた。

（『岡井隆コレクション』内容見本　一九九四年　思潮社）

『神の仕事場』をめぐって

岡井さんの『神の仕事場』をめぐってというお話なんですけれども、それといっしょに気が付いたことがありましてね、それでその気が付いたことに関連させながらお話ししたいというふうに思ってきました。

この岡井さんの『神の仕事場』と塚本邦雄さんの『獻身』というのを同時に読んだんですけれど、ちょっと、もうなんていいますか、ぼくはこう、刻々、今こういうんだ、こういうんだ、こういうんだと辿りながら、岡井さんと塚本さんも含めてですけれど、作品を評価するということがもうできなくなっているというのはおかしいですけれども、あるところから上はもう、雲の向こう側に行っちゃってて、言葉でもって批評しても、しようがないのではないかという感じをもちました。何十年の蓄積が無意識的にあって、それはちょっと驚いたなと言っておけばいちばんいい批評になるんだと思います。

ぼくが感じた、今の短歌に共通した問題へ絞っていきますと、岡井さんの短歌にはとても大きな特徴があると思います。岡井さん以降の世代の人たちの短歌も含めて感じたことは、『言語にとって美とはなにか』という本の中の《短歌的喩》という概念で、短歌に独特の喩の使い方、比喩の使い方があるというようなことを言った覚えがあるんです。それで今の短歌を見ますと、喩の隔たりがあまりに大きくなって、逆の言い方をすると、《短歌的喩》の解体現象というのが、今の短歌の共通点になるのではないかなというふうに感じました。それをちょっと岡井さんの本からはじまって申し上げてみたいと思います。

岡井さんはやはりこの歌集でも新しい試みをしておられるわけですけれども、その試みの意味がどういうことになるのか考えてみました。たとえば、《短歌的喩》の解体ということとひっくるめて申し上げますと、例を挙げるといちばんよくわかるんですけれども、岡井さんの歌で、

大島には連絡すると言つてたろ（言つてた）裏庭で今朝冬百舌鳥《ふゆもず》が

という短歌があります。その場合この「（言つてた）」というところは、もしこれを切断というふうに考えますと、上の「大島には連絡すると言つてたろ」と「裏庭で今朝冬百舌鳥が」鳴いているというのは何の関係もない、喩の関係にもないというふうになるわけです。喩の関係にもないというのは、ぼくは割合に現在の特色なのではないかなと考えるわけですけれど。

ところで、この「言つてたろ」のあとに「（言つてた）」というのが入ってくるわけですけれど、そうしますとこの「（言つてた）」は上句と下句との喩の関係を、括弧の言葉で作ってしまうと同

時に、この「(言つてた)」というのが上句に対する応えですね、つまり「大島には連絡すると言つてたろ」というのに対する応えとしての「(言つてた)」というふうにもなりますし、冬百舌鳥が今朝裏庭で鳴いているということにもひっかかって、それで百舌鳥がそういうふうに「(言つてた)」というふうに、つまり「(言つてた)」という括弧の言葉を入れることで、この括弧の中は二重作用して、ひとつは喩の解体に寄与しているふうに取れますし、同時に上句と下句を収縮させ、くっつけてしまう作用も同時にしていると思うんです。

これは岡井さんの試みなんだけれども、こういう試みを詩人でやっていたのは宮沢賢治だけなんです。つまり、「大島には連絡すると言つてたろ」というのと「(言つてた)」というのとは、たんに問題の意味合いということじゃなくて、意味以外にいっても、要するに出どころが違うということ、上句の出どころとこの「(言つてた)」というのは意識の出どころが違うことも表わしているわけで、これはたぶん宮沢賢治が最初にやったことです。岡井さんはこれを見事に使っていると思います。宮沢賢治の場合、括弧の中で詩がずーっときて、括弧なんかを差し挟みますとそこで意識が切断してしまうから、ふつうの詩の考え方からいえば、せっかく続いてきた持続性がそこで切れちゃうという印象をもつわけです。宮沢賢治は別に詩を意識の持続性とかというように考えていないから、そういうことを平気でたくさんやっています。ところで、岡井さんのように短歌でこれをやりますと、切断ということとそれからくっつける、つまり上句と下句を収縮させるという二重の作用をもつように使われています。これはやはりたいへん新しい喩の使い方であり、喩の解体の仕方だとぼくには思えました。これはもう少しあとで、ほかのかたのと比べてみるととてもよくわかると思います。喩のくっつけ方と喩の解体の仕方、それを同時にやっているという作品がこの『神の仕事場』のなかに多くあるとぼくは思いました。もうひとつ例を挙げると、

留守なのは百も承知で（京都です）朝日《あさひ》新聞から読む癖も知つてて

という作品で、やはり同じで、「（京都です）」というのは「留守なのは百も承知で」という上句を受けて、それは京都に行ったんだという意味合いに取れるわけです。またこれがあるために、下句の「朝日新聞から読む癖も知つてて」というのも、ほんとは上句とは何の関係もないのに、つまり「留守なのは百も承知で」ということと「朝日新聞から読む癖も知つてて」ということは何の関係もないわけで、短歌を構成しないように思えるわけですけれども、「（京都です）」という言葉を入れることで、なにか上句と下句が関係ある表現というようにもなりますし、また「留守なのは百も承知で」という上句に対する違う出どころからの応えになっている。つまり留守というのは京都に行っているんだという意味合いをも表わすことができる。その二重性というのが「（京都です）」というのから生まれてくるわけです。この使い方はやはり、宮沢賢治が詩でやればたんに切断という意味になりますけれども、短歌でこういうふうに岡井さんが使っているのを

見ると、切断と同時に接着だというふうにこれが使われています。これはぼくは『神の仕事場』のなかで新しい試みのように思えたのです。それはとてもこの『神の仕事場』の作品のなかで重要な意味をもっているというふうにぼくは思いました。たとえば、

性か愛か性は愛恋の蔑称か傘叩き過ぐ北山しぐれ

という短歌があります。これがもし、これは括弧はしてないですが、「傘叩き過ぐ」という句がなければ上と下とは関係ないでしょう。つまり性か愛かということを内心で考えているということと北山しぐれが降っているということとは何の関係もないでしょう、偶然の関係しかないということになるわけですが、「傘叩き過ぐ」という言葉で両方がつながってしまう、つまり傘を叩いてということがなにか愛恋の問題と関係があるがごとき比喩を構成してしまって、これがあるとなしとでは、もしないとすれば上と下とはつながらないと思うんですけれど、それが見事につなげられている、こうした試みというのはこの『神の仕事場』のなかに数多くありますけれども、これはひじょうに大きな特色なのではないかなと思いました。

他の人の歌と比べてみればわかるわけですけれども、この上と下の隔たりといいましょうか、喩をなさないところまで隔ててしまう歌い方というのは、現在の一般的な短歌の動向ではないかとぼくは思いました。岡井さんの試みがその中でどういう意味をもつかということになるわけで

すけれども、それは喩の解体と同時に喩の収縮だという、このふたつを同時にやっちゃっているということ、そのことが『神の仕事場』の大きな特徴なのではないかなというふうに思いました。たとえば、いま司会をなさっている小池（光）さんの歌で、

倒れ咲く向日葵をわれは跨ぎ越ゆとことはに父、敗れゐたれ　（『バルサの翼』）

という作品があります。これは、ぼくは上句と下句とは偶然以上の関わりはなにもないから、古い古典的概念でいえば短歌を構成しないということになると思います。だけどこれが短歌として通用していくといいますか、作品のひとつの傾向にすらなっているというように現在思えるんですけれど、それはなぜかといいますと、作者のなかで、意識としては、つまり言葉としては何のつながりもないんです。つまり倒れて咲いているひまわりを跨ぎ越すということと、自分の父というのは敗れるものだということとは何の関係もないといえば何の関係もないわけですけれど、作者の意識のなかの一種の連続性があって、その短歌のもっている連続性は、無形のまま保存してて、その保存があってこれが短歌ということで成り立っていると思います。しかし表現としてみれば短歌的な意味での喩というようなものはこれではまったく壊されているというか、壊してしまっているというふうにいうことができるのではないかと思います。小池さんの作品にはずいぶんそういうのがあります。

子の口腔《くち》にウエハス溶かれあは雪は父の黒き帽子うすらよごしぬ　（『バルサの翼』）

ここでどうしてこの口腔でウエハスが溶けて淡雪みたいだということと、父の帽子が汚れたということと関係があるんだろうというふうになるわけですけれども、しかしこれはやはり作者の意識のなかに一種の連続性というものについての信念というか確信があって、それでこれはやはり短歌を成していると思います。この種の解体と短歌的な定型の破れかたというのと両方あるわけですけれども、それは今ぼくが見たところでは、現在の短歌作品の特色ではないかなと思うほどたくさんあります。

たとえば、阿木津英さんの作品ですけれど、

夢夢《ぼうぼう》とせる脳髄を載せているわれの体よ階段くだる　（『紫木蓮まで・風舌』）

というのがあります。これも極端に言いますと、脳髄で夢みたいなことを考えているという上句と階段を下るということとは偶然以上のつながりはなにもないではないか、つまり偶然のつながりというように理解しないかぎり、どうして階段を上がるではなくて階段を下るのかというふうにいいますと、上がるでも同じではないかということになります。つまり、必然的なつながり

がないという。だから喩の関係としてはすこぶる解体した喩の表現、上句と下句がつながらないところまでぎりぎりいっていると考える以外ないと思います。しかしこの傾向は、ぼくは今の全般的な傾向のなかで大きな特色だと思います。阿木津さんの作品でも小池さんの作品でもそうですけれど、こういうほとんど喩として、短歌としてほんとは構成的に成り立っていない、古典的概念でいえば成り立っていないように思えるほど上句と下句が解体した喩の関係しかないというのは、ひじょうに大きな特色だと思います。ぼくはそういうふうに見ました。これはとても重要な現代の特色なのではないかなというふうに理解をしました。比較的そういう試みとしては阿木津さんや小池さんの試みよりももう少し古典的だと思えるんですけれども、高野公彦さんの歌でもやはり同じような短歌的喩の解体というよりしようがないのではないかというような作品があります。

鏡一つ無人の部屋に光るとき吾《あ》を生みましし母をおそれつ　（『汽水の光』）

これもぼくは同じだと思います。つまり、「鏡一つ無人の部屋に光るとき」というのと下句の「吾《あ》を生みましし母をおそれつ」ということとは何の関係もないといえば何の関係もないというふうに思われ、つまり偶然性以上の関係は何もない。作者にとってはその時その場という意味合いをもつとすればそれは関係があるわけですけれども、一般的に言ってこれは何の関係もないだろうというふうに。「母をおそれつ」だって、「恋人をおそれつ」でも、つまり誰に換えてもいいくらいに上句と下句がつながっていない。するとこれは偶然性以外なんのつながりもないのではないかということになりそうに思います。でもこれが短歌を構成しているというのは、一種の意識のなかのつながりがあって、そのつながりがこれを短歌的にしているという以外にいいようがない。そこまでだいたい短歌的喩の解体ということが傾向として進んでいるのではないかという感じをひじょうに強くもちました。

高野さんの歌で、

少年のわが身熱《しんねつ》をかなしむにあんずの花は夜も咲きをり　（『汽水の光』）

というのがありますが、杏の花が夜咲いているということと少年が身熱をかなしむということとは関係あるかといったらぼくは関係ないように思います。つまりこれはやはり一種の内在的な音声というか、音韻というか、内在的な音声というようなものの連続性が作者のなかで信じられていなければこれはやはり短歌として成立しない。そうしたぎりぎりのところまで短歌的喩というのが解体されていると思います。つまりこうした特色というのはいくらでも見つけられるように、ひとつの傾向性を成しているのではないかと思いました。

もうひとつやってみましょうか。

横須賀に巨艦泊てたるこのあした爪きれば窓のガラスに飛べり　（『汽水の光』）

　こういう短歌がありますが、すると、べつに爪を切って爪がガラスに飛んでいったということと横須賀に大きな船が停まっていた朝とはあんまり関係がないのではないか、つまり偶然そのとき爪を切っていたらガラスに飛んだというだけで、これは偶然以上の関係は何もないのではないかと思えるのですけれども、しかし作者のなかでは明瞭に一種の意識のつながりがあってこの作品ができているように思えるわけです。するとこれは短歌として成り立っているというよりいたし方がないので、そういう成り立ち方をしていると思います。しかしもはやここまで上句と下句との関係を短歌的喩の関係から隔たたせてしまいますと、もうこれ以上は短歌を構成できない、あるいは短歌とはなにか違うものになってしまうのではというところのぎりぎりまでなされているというふうにぼくには思えました。これが一般的に若い人たちの傾向なわけです。

　それでは先ほど言いましたように、そこで岡井さんの特色といいますと、括弧みたいなものを使いながら、括弧のなかにはさんだ言葉が、要するに喩の解体を構成する、表わすと同時に括弧の言葉を取ってしまえば、上句と下句は偶然以上のつながりはないというふうに短歌が作られながら、しかしこれがあるために今度は逆に上句と下句がつながってしまうという、短歌の喩の解体とつながりの二重性を括弧のなかの言葉を差し挟むことによってやってしまっているということがとても大きな岡井さんの『神の仕事場』のなかの特色になるのではないかと思います。岡井さんの新しい試み、古びない試みのひとつは、現代の若い世代の短歌の喩の解体の仕方を一方では同じようなやり方を採りながら一方ではむしろ収縮して上句と下句をつなげてしまうその二重性のやり方でやっているというのが岡井さんの『神の仕事場』の大きな特徴でありますし、またすぐれている点だと理解しました。

岡井さんが『神の仕事場』のなかでもうひとつやっておられる新しい試みがあります。(じつは前からやっておられることですけれど、またここでもやっておられる)。それはどういうことかというと、ぼくはやはりそういうことが岡井さんのなかに根本的にあるのではないかなと思うのですけれど、短歌を意味で作るのではなくて音で作ってしまうというのでしょうか、あるいはもしかすると意味で短歌を作るという、つまり短歌を作ってこういう意味を表わすということと、同等程度に音声でもいいし音韻でもいいんですけれど、短歌のなかでは音というのがひじょうに大きな役割をするのだというのが岡井さんのなかであるのではないかなと思うんです。たとえばですね、

叱つ叱つしゆつしゆつしゆわはらむまでしゆわはろむ失語の人よしゆわひるなゆめ

要するに「失語」ということがとても重要なモチーフなんだろうと思うんです。意味を作れな

い言葉、「失語の人よ」というのと、「……するなゆめ」という、「決してそういうことをするな」というそのふたつしか意味が通る言葉がないんで、あとは言ってみれば擬音的な言葉とか、ぼくらからいえば一歳未満の赤ん坊の〈アワワ言葉〉といいましょうか、要するに意味は通らないんだけど母親だけには通るアワワ言葉、そういう音でしか成り立ってない。音でもって意味しようとする、そういう言葉しかないわけです。これはなんなのかといいますと、たぶん岡井さんのなかで短歌というものを意味の歌というようにすることの重要さと同じような意味合いで音の言葉にするというようなことが、短歌を構成するためにとても重要なんだという考え方がどこかにあるということを意味するのではないかと思います。これはとても大きな岡井さんの『神の仕事場』の新しい、現代的な試みだと思います。こういうふうになっていけば上句と下句のつながりもなにもないのであって、意味であるか音であるか、短歌というのは意味なのかそれとも音なのかどっちなのかということ、あるいは両方なのかというそういう大きな問題に入っていってしまう。意味のない言葉だけでも短歌というのは成り立ちますよというふうに極端にいうといえてしまう。

日本の古典的形式をもった定型詩というのはだいたいなんで成り立っているのかといいますと、意味で読む読み方とか音韻で読む読み方は今までずいぶんあったわけですけれども、極端に音声も含めた音がその意味の代用をするというくらいに日本の短歌の、つまり短歌の起源とこれからの問題を徹底してやってしまっているといいましょうか、そういう試みをやっているというのはやはり岡井さんの『神の仕事場』のひじょうに大きな特色だというふうに思うんです。

つまり短歌というのは、わからんなというところがあるんです。区切り方もわかりにくいし音数律として出てくる音韻の区切り方もわかりにくいし、それから意味としてもわかりにくい。つまり短歌をたんなる言葉の意味だけでとろうとするとどんなにがんばってもそんな複雑な意味が表現できるはずがないことがはじめから決まっている。形式の短さとか定型性ということから考えてできるわけがないわけです。それならば短歌というのは、定型の音韻か、五七五七七、音数律かと考えると、どうもそうではない。音数律が意味を助けてとか、短歌的一種の完結感を助けているということはもちろんいえるのですけれど、それでもって短歌の本質的なものを解けるかというと、どうしても解けないいような気がぼくは自分なりにしてきているんです。

ではなんだったら解けるんだというのはほんとはよくわからないんですけれども、言語以前の言葉といいますか、個々の人間でいえば一歳未満の時に〈アワワワワ〉と言っている、そういう言葉をこれは意味なんだとそれだけでとれるというふうに理解したら短歌というのはどうなるかというような試みを岡井さんはしているようにぼくは思います。それは短歌というのはいったいなんなんだろうということを考える場合に、ひじょうに重要な考え方のようにぼくは思います。それはたとえば西洋語、つまりインド・ヨーロッパ語でもって現代詩を訳す人も俳句を訳す人もいるのですけれども、短歌をインド・ヨーロッパ語で訳してみてうまくいくだろうということはちょっと信じられない気がぼくらはします。はじめから信じられない気がするんです。それは一種の音数律の区切りが違う、五、七、五でもないし、五七五と七七というのは音数律が特異で、これがインド・ヨーロッパ語に訳せるはずがないと考えるのかというと、そうではないんです。そういう形式的な特色性というのではなくて、言葉の音と意味というものの兼ね合いの独特な使い方が短歌作品にあって、そのことがうまく解けなければ短歌はインド・ヨーロッパ語、つまり普遍的な言葉というものに直せるかどうかすこぶる疑わしいとぼくには思われます。

それは音数律でもないし意味でもない何かが短歌にあるので、それが短歌の特色なんだと。ではその何かというのはいったい何なのだということになるわけです。それはなかなか難しい、つまりこうだというのがなかなか難しいけれど、岡井さんはこういう一種の擬音語といいましょうか、あるいは分節された言葉以前の言葉を短歌のなかに導入することで、短歌というのは難しいぜ、本質的にはこういうもんだよということをはっきりと試みのなかで示しているようにぼくには受け取れるわけです。

これはぼくらの言い方からすると、ほんとうは短歌というのは片歌としてしか成り立たないのですけれども、片歌が複数の人によって問答的に作られたということがなければ短歌的表現というのは成り立たないんだというふうにぼくらは考えてきたわけです。つまり片歌を違う作者がふたつ問答のように並べあった、問答し合ったというような、そういう片歌で問答し合ったということが日本の詩歌の、つまり韻文の起源のところになければ短歌的表現、五七五七七という形に収斂した短歌的表現はもともと成り立たなかったのだというのがぼくらの考え方なのです。片歌をふたつ問答にして複数の人が掛け合いみたいにやった、それがなければ短歌は成り立たないはずだ。するとそれをある時期からひとりの作者がやろうとしたときに片歌二つからなにを省けばいいのか。少なくとも最小限ふたりの人間で作られた片歌と片歌の問答を短歌的表現にするため何が重要かというと、ひとりの作者になるということが重要なので、構造的に同じふたつの片歌を並べひとりの人間の詩の作品とするためにどうしたらいいか、もちろんひとりの作者が作ればいいということがひとつあるんですけれども、その場合に片歌の重なる部分、問いの片歌と応えの片歌の問いの終わりと応えのはじめを融合させてしまうというようなことをして、ひとりの作者というふうにしますと、そういうふうにして短歌的表現というのはできたのだというふうに考えるわけです。なぜ短歌的起源というのはそういうふうにできあがったか、つまりふたりの作者をひとりにして、問答の問いのいちばん下のところと応えのいちばん上の句を融合させてしまうというようなこういうことがなぜ成り立ったのかということを考えると、ひとり二役ができるようになったということはそれだけ作者意識が発達したということもあるんですけれども、それよりも何よりも、つまり短歌的音、音数ではなくて短歌的音韻なんですけれども、音韻というのは分節された言葉以前の意味ある言葉だということが作者意識のなかで明瞭になければ短歌にはならなかったのではないかというふうに思うわけです。

岡井さんを自分の批評に引き寄せるようで申し訳ないですけれど、この種の擬音的な言葉を音数的な意味として使っている短歌の試みというのは、これを岡井さんがそういうことを実作のなかでやっているといいますか、やろうとしている、そういう試みなんだとぼくには思えるわけです。ですから試みとしておもしろいという以外の意味がもてないように見えても、これは相当重要な意味をもつのではないかとぼくはそう思うのです。つまり現在の短歌の在り方というのに対して岡井さんの『神の仕事場』が寄与している面があるとすれば、ぼくはそのふたつだと思うのです。つまり括弧のなかで言葉を差し挟むことによって上と下を切断してしまうと同時にまたつなげてしまうというそういうやり方と、今言いましたように分節されない以前の乳児の〈アワワ言葉〉みたいなものでちゃんと意味があるんだというように、それを意味としてとれるのだと、「アワワワ」と言っているのだけれど、お乳が欲しいんだとか要求がわかる、意味がわかるのは母親だけなんですけれども、そういう〈アワワ言葉〉に似た言葉、つまり分節化されない言葉を使うことでそれを意味として受け取るという受け取り方があり得る、またそれがあり得ることが短歌の起源にあって、短歌のこれからにあるかもしれないという、そういう問題を岡井さんが出していると思うんです。そのふたつがたぶん岡井さんの試みのなかで短歌の現在性ということ、岡井さん以降の歌人たちの試みと同じ問題意識を展開していると思えるところ、そういうところが問題になってくるように思います。同時に、岡井さんも短歌的喩の解体といっていいような試みもたくさん『神の仕事場』のなかでやっています。たとえば、

八卦見の伯母みまかつてわが未来突如晦《くら》めり楊梅《やまもも》青し　（註）

という作品をとってきますと、「楊梅青し」ということと「八卦見の伯母」さんが死んでしまってという上のほうの句とは一般的には関係ないので、終わりのほうは「楊梅青し」でもなんでもいいのではないですかということになるように思います。つまりそれほど意味だけとっていくと関係がない。そうするとこれはやはり短歌的な喩としてはこれはちょっと不可能な喩ではないかということになります。するとなにがこれを短歌にしているのかといいますと、なんとなく無形の、無声の音にならない音声、つながりというものが作者のなかにあって、これが短歌だというより仕方がないというふうになっているのではないかなというようにぼくは思います。

最近、新聞を読んでいてそういう記事があったんですけれども、ぼくはそこまで考えていなかったのですけれども、最近の科学的実験の結果によってそういうことがわかったという発表がありました。それは、韻文でも散文でもいいんですけれど、活字で字を読んだ場合に、脳というのはそれをどう受け入れるかといったら、その実験結果によれば、まず活字を音声として受け入れるということがわかったと。つまり活字というのは、黙読している場合でも、ひとたび音声に翻訳されていて、だから脳のなかの言葉を発したときに励起される細胞だけがちゃんと励起されるという現象があって、それで意味として入ってくるというようなことがわかったというような記事を割合に最近読んだことがあります。

短歌というものの微妙さ、とうていこれはつながらないよという上句と下句がつながってしまうというふうに読めるのはなぜかといえば、無形の音声のつながりが作者のなかにあってそれで成り立っているのだというよりいたしかたない。散文と同じように意味だけたどるならばあまりに上句と下句が任意すぎてちょっとつながっているといいようがない場合でも短歌的にはつながっていくというふうになっています。これは短歌的音数律をひとつの必然とすれば、音数律と意味と両方が融合して短歌というのは成り立っていると、以前『言語にとって美とはなにか』を書いたときにはそういう考えでいけると思っていたんですけれど、どうも自分で疑わしくなって、その後自分なりにいろんなふうに考えてきたんですけれども、結局今のところ音数律以前の、つまり音が分節化されない人間の音ですね、分節化されないけれども、たとえば乳児のときにしか発せられないような分節化されない言葉というか、音声というか、母親だけに通じる音声というのを意味ある言葉だと受け取れば、短歌というものものもっている、いわゆる短歌的な比喩が解体してしまって上句と下句が任意にぶつけてあるだけではないかというようにいえるものでも、やはりぼくらは読む場合に短歌として読めてしまうのはそういう作用があるからではないかと思えるわけです。

それからもうひとつは、自分たちは一種の音声の抑揚というのを、黙読している場合でもつけているわけです。これは岡井さんの『神の仕事場』でも塚本さんの『獻身』でも顕著にそれが出てくるわけですけれども、ひとつの特色は、黙読してもなんとなく短歌というのは読む人のなかで抑揚がつけられて読まれているというふうになるわけです。下の句になってくるともう抑揚のつけようがない、つまり散文的な音韻としか言えないような短歌の新しい解体の試みだと岡井さんの『神の仕事場』でも塚本さんの『獻身』でもひじょうに顕著にあるわけです。こちらで黙読しても抑揚をつけている、その抑揚がつけようがないよという終わり方をしている短歌作品が岡井さんの『神の仕事場』のなかにあるということがいえそうな気がするんです。たとえば塚本さんの、

高千穂印の鋸《のこ》で手を切つたからもう狼もおほみかみも怖くない　（『獻身』）

という作品があるわけです。これはひじょうに意味としては明瞭なことで、高千穂印というのは高千穂の印、つまり皇室の祖先の天下った出生地だということになっているところですけれども、それじるしの鋸で手を切ったから「狼もおほみかみも怖くない」というんですけれども、これはぼくらが黙読した場合に、心のなかで抑揚をつけながら読んでいても、もう「狼もおほみかみも怖くない」というところでは抑揚をつけられないわけです。つまりここでは散文韻になってしまっているわけです。この種の試みは岡井さんとか塚本さんの大きな試みのひとつのように思うんです。もし試みということでないとすれば、ぼくが読んでそれがひじょうに目に付いたんです。

これはもしかすると若い人の作品でもぼくはそれが目につきましたけれども、これは短歌的な

抑揚、つまり音韻の作り方というのが作者のなかではそんなに意味をもたなくなっているのではないかということ、あるいは短歌的意味をもたせないように意識的に試みているのではないか、そういうことがはっきりと打ち出されているように思うんです。これは短歌の歌人自体のなかではそれほど意識的あるいは無意識的な意味をもたせてやっているわけではないということなのかもしれない。あるいは、やはりこれはひとつの試みで、故意にといいますか、意識的に短歌的抑揚になってしまう、黙読するとそうなってしまう音韻の使われ方、音韻の並べ方を故意になくしてしまって、音韻といえども音がすなわち意味である、つまり音韻イコール意味なんだというようなふうにした音韻は使わなくていいんだというように作者のほうで考えるようになっていることがそういう傾向をもたらしているのではないかなというふうにも思えるわけです。

これはぼくが野次馬として外側から見て、現在の短歌の大きな特色として感じられたところのゆえんであるわけです。短歌的な喩をも壊してしまう試みが現在の一般的な傾向で、かつそれが未知の問題を含んだ試みなんだ、というふうに考えるとすれば、小池さんの作品はもうほとんどそういう意味合いでの実験的試みがいちばんたくさんなされている歌のように思います。たとえば小池さんの作品でいい作品、ぼくが好きな作品なんですが、

あかつきの罌粟ふるはせて地震《なゐ》行けりわれにはげしき夏到るべし　（『バルサの翼』）

という短歌があります。これなどは喩の解体ということはあまり目立たない作品なのですけれども、この作品をたいへんいいものにしているのは、ひとたび短歌的喩というものは成り立たないんだというようなところまで解体の表現を試みた挙げ句、その果てにまた、できているということがいい作品にしているのだとぼくは思います。

もうひとつ挙げてみますと、

春鳥のこゑあらはれて消えし方一瞬の悔はかがやきにけり　（『バルサの翼』）

これはもう少し上句と下句の意味的隔たりが大きかったら、喩の解体ということになるわけですけれど、この場合にはかろうじて短歌的喩の地点でとどまっていて、それがいい作品を構成していると思います。春の鳥が鳴いて消えていったということと、一瞬、後悔が輝くような思いをしたということとは何の関係もないというふうにいえない問題があります。やはりこれは上句と下句が喩を構成しているからだと思います。これがもう少し上句と下句の隔たりが大きかったら解体した喩の表現になって、「一瞬の悔はかがやきにけり」というのでもなんでも他の句をもってきても同じではないかというふうになってしまうと思うんですけれども、この場合にはやはり喩を構成しているというふうになります。いい作品かそうでないかということと、どんな試みが意識的に現われざるをえないかということとは必ずしも一致することではないのですけれども、これはやはり喩の解体ということの意識をもって、短歌的表現をした場合とそうでない場合とは違う。

そうするとひとたびここの解体の表現まで試みていっているようなことがありますと、たいへん、なんて言いますか、これはぼくがそれを考えたんですけれども、どうしてぼくなんかが見ると、一様にといいましょうか、岡井さんの『神の仕事場』でも塚本さんの『獻身』でも、それよりも一世代、二世代若い歌人の作品のなかでも共通に短歌的喩の解体だと思えるような試みがどうしてなされちゃっているのだろうかなということについて、なんか意味ある考え方をできるならば、とれるならばとりたいもんだなというふうにぼくらは考えたわけですけれども、もしそれがべつにそんな意味付けること自体がおかしいよというふうな偶然的な要素でないとすれば、やはり短歌というのは歌人によっていろんなかたちで、普遍的な韻文の試みに短歌的な表現から近づこうとしているということと、そのふたつの意味というのがあるような感じがするんです。

そのふたつの意味は短歌の表現を音でか意味でかどちらでもいいわけですけれども、第一義的には地べたに近づけちゃう、地べたに向かって開いてしまう、そういう意識がないと試みがうまくいかないという気持ちがあって、それが一種短歌的な喩の解体というところへ一様に試みをもっていってしまう理由ではないかなと思えたわけです。岡井さんの作品とか塚本さんの作品とかを見るともっと顕著な意味になってきて、音数律がもっている無形の抑揚もとれてしまって、もう終わりの七七は散文読みで、つまり抑揚なんかない黙読みたいなところにいくよりいきようがないというような試みがあって、その試みが短歌作品を地べたにくっつけちゃう作用を無意識のうちにしているのではないかなと考えたわけです。さまざまな意味で興味深く、そしてまた難しい時代ですから、こういう時期に短歌作品を作っていくというためにどういう防衛法とかどういう積極的な解体方法といいましょうか、そういうのをやらなきゃならないかというような課題はきっと短歌の作者にはひじょうに大きく作用しているんだろうなというふうに思えます。

それはべつに短歌に限ったことじゃなくて、あらゆる分野でそういうことがどこかに抜け道はないかと、外へ、広場へ出る道はないかということを模索することをやらざるをえなくなっているんだと思いますけれど、短歌の場合にはそういうことでひとつ短歌作品を古びさせないため、あるいはその生き生きとした現在の短歌の活力といいましょうか、そういうものを保たせるためにどうしても必要になっているんだというふうに理解すると割合に理解しやすいのではないかなというふうに、手前みそな考え方で考えたわけです。

もちろんそれはたんなる勝手な意味付けであって、そんなにべつに意味付けてやっているわけじゃないってことなのかもしれないけれど、ぼくは岡井さんの『神の仕事場』というのは塚本さんの『献身』みたいな最近の作品と同じことなんですけれども、やはり短歌というのはとてつもないたいへんなところまで表現の問題がいったんだなぁというふうに思いました。それについていちばんぼくは岡井さんの『神の仕事場』が、音数律的な定型というのをできるかぎりくずさないようにして、しかしながら短歌的表現を地べたに開くというような試みを多様な手法でやっているというふうに受け取れました。逆に塚本さんの作品というのは表面上は短歌的定型、音数律的定型というのはあまり保とうという意識をもたないで表現を地べたに付けたいということはやっているんだなというふうにぼくは受け取りました。

その両者の差異というのは、差異の激しい部分でいいますとまるで個性が違うというふうに見えますけれども、差異の少ない部分でいいますと、岡井さんの作品と塚本さんの作品を入れ替えたってこれはあまり変わりないよというくらい、そうとう短歌的表現というのを地べたにくっつけて、地べたに向かって開くというような意識が両方とも顕著に行なわれている。それはやはり新しいひとつの傾向なんだなというふうに感じたんです。つまり何十年も短歌の実作に携わっているということはものすごくたいへんなことなんだなということと、たいへんなことにふさわしいたいへんなこととの領域に入りこんじゃっているぜ、みたいな感じというのを同時にぼくは思ったわけです。これがやはり岡井さんの作品が未来に向かって、これから後に向かって開いている作品の場所じゃないのかなとぼくは思いました。

ひさかたぶりに短歌作品を少し本気になって読んでやれというふうに思って読みはじめたのがここ数カ月なんですけれども、やはりぼくがそれまでいい加減な読み方で読み過ごしてきた短歌というのにあらためて本気で向かい合ってみて、今日、いま申し上げましたところの特色というのをぼくはいちばん感じました。これは作品の特色といいますか、いま挙げたことは作品のよしあし、いい作品ということと試みであるといいますか実験的であるということとの微妙なからまりあいというのがあるから、必ずしもそれが全部いい作品だとか、この『神の仕事場』のなかでいい作品は全部そういう試みがしてあるというふうにいうことはなかなかできないんで、むしろ古典的なひとむかし前の岡井さんの作品と同じような音数律の組み方をやっている、それから喩の組み方をやっている作品に安定したいい作品というのがあるように思いますけれども、岡井さんがやはりいまでもたくさんいろいろ考えながら試みをやってきているんだなというふうに思いました箇所は、今日申し上げましたところに現われていて、これはぼくは久しぶりに読んで先入見なしに感じた特色で、この特色がよくよく若い世代の歌人のいくつかの歌集を読みまして、やはり同じようなことというのがやられているなというように感じたこともそのなかに含まれてきます。ですから現在の短歌が当面している問題がたぶんそこいらへんのところに大きな特色が現われていて、それはきっとこれからも岡井さんの『神の仕事場』の延長線でまたたくさんの興味深い試みといいましょうか、実験的な試みみたいなものも、それから作品としての冴え方といいましょうか、そういうことも両方、ぼくらが期待していいんだというふうに思える箇所です。つまり、なかなか極楽往生するというようなわけにはいかんもんだよというふうに、こういう時代ではいかんもんだよという問題がやはり岡井さんや塚本さんの作品でもそれが依然として現われ出てて、やはりきつい時代であるというふうにも思いますし、またべつの意味からはたいへん興味深い時代だなというふうにぼくらがいつも感じていることにつながっていってしまうように感じました。

『神の仕事場』という作品を読みまして、ぼくが感じました感想を強いて申し上げますと、いま申し上げましたことに尽きていくわけです。ほんとは『神の仕事場』という作品というのはそれ以前の作品とは違って、いいわるい、ああだこうだと言ってもそれはしようがないじゃないですかというか、そんなことを言うことはあんまり意味がないよと言いましょうか、あるいはもっとそういう次元とは違う次元で作者は短歌を作っているなというふうにぼくにはそういう感じがしましたから、ほんとは黙って「あ、やってるね」というような感じでいいのではないかというふうに思うわけですけれども、強いてでも言葉にしますとそういうことになっていきそうな気がします。

これはつまり短歌ですから、国際的にと言いましょうか、インド・ヨーロッパ語的にこういう歌人がいるんだよと言ったってそれはちょっとわかりようがないでしょうと言いますか、これがなんなのかというのはわかりようがないでしょうというくらいのものですので、なかなか普遍性というのは難しいんですけれども、でも岡井さんの作品も塚本さんの作品も若いあとの世代の歌人たちがやっていることも、だいたい詩でもぼくはそう感じているんですけれども、やはり日本語から一種の普遍性ある言葉へというような、普遍性をもった言葉へというような、つまり近代的な言葉へというのではなくて普遍性をもったある言葉へというふうに、それをめざしていこうとしているというふうに考えると、一様に全部が全部一種の歌人としての試みということになっていって、音数律の関わりも音韻がすなわち即意味である、それは分節化されない言葉が即言葉なんだっていうところまでめざしていけば、問題にしていけばだいたいそれは、どこの赤ん坊だって全部「アワワ言葉」ですからね、そうするとある種の普遍性、言葉の普遍性に近づいていくわけで、それはひとたびインド・ヨーロッパ語に翻訳しないとわからないとかそういうことじゃなくて、もう「アワワ言葉」に翻訳しちゃえば全部わかる、同じで共通点になっちゃうよ、普遍的言語になってしまうよというようなそういうところになんか試行の矛先がむいていると言いましょうか、試みの矛先が意識的にも無意識的にもそこに向いているというふうに考えるとやはり短歌的試みというのはたいへんだなあと、どこの分野でもたいへんだといえばたいへんなんですけれども、たいへんだなという感じをひじょうに多くもちました。

そのやはりたいへんだなというところ、まだやらざるをえないというのが今の日本の詩人でも歌人でも散文家でもそういうところに当面しているんだなというふうにぼくはそういう感じ方をもちました。だいたいが、『神の仕事場』を読みまして、ぼくが感じたことがらはだいたいそんなところに尽きるわけです。これで終わらせていただきます。

（『「神の仕事場」を読む』一九九六年十月刊所収）

註　岡井隆の作ではなく、塚本邦雄の作。『獻身』のなかの一首。

『神の仕事場』と『獻身』

岡井隆、塚本邦雄両家のあたらしい歌集をならべるようにして読んだ。その項が歌集の総題になっているところから二首ずつとりだしてみる。

なにがなし春の林のふところの深きつめたさ　夕粥《ゆふがゆ》を煮る
つきづきし家居《いへゐ》といへばひつそりと干《ほ》すブリーフも神の仕事場　（岡井隆『神の仕事場』）

鶺鴒の卵の鰾《ひび》のあやふさの世紀末まで四萬時間
螢澤とは大阪の花街にていのちの果ての淡きともしび　（塚本邦雄『獻身』）

両方に共通した感想をいえば、言葉がおどろくほど自在になっているなあとおもった。ちょうどジャックと豆の木のように、ある高さまではこれ位だとかこうなっているとか見える気がするのに、雲の上まで延びている部分になると見えない。何となくそんな部分に入っている感じで、何か言うよりも黙っている方が批評になると感じた。
だがそれでは文章にならない。少しずつ言ってみようとおもう。
岡井隆の近作を読んですぐに眼についたのは口語脈（というよりも街頭語脈）を定型のなかに入れようとしている印象だ。そのために定型がほころびそうになるときもあるが、それは本意ではなく、不可避のばあいのほか定型にかぎられているとおもえる。

立ちかくれつつ居待月《いまちづき》ひむがしの空燃えそめぬ時間がないぞ
日のぐれに朝をおもふは越ゆるべき山ありしゆゑか恐らくさうだ
うすうすは知りてぞくだる碓氷嶺《うすいね》のおめえつて奴がたまんねえんだ
（『神の仕事場』「穏やかな応答」の項）

大切なのは「時間がないぞ」「恐らくさうだ」「おめえつて奴がたまんねえんだ」という街頭語的な表現にあるとおもえる。読みすすんでこの末句までくると、それ以前の上句は耳にかかわるかぎり、すっ飛んでしまうからだ。これはたとえば茂吉の「鼠の巣片づけながらいふこゑは『ああそれなのにそれなのにねえ』」と比べてみればわかる。茂吉のうたは「ああそれなのに」という流行歌を唱いながら鼠の巣を片づけているお手伝いさんの姿のイメージが浮かんでくるようにできている。岡井隆の街路にとびかう会話語の導入はまったくちがう。判断語の導入であって、それによって歌われている主体または作者自身が判断力のままに、それまでの句が表現している叙景や叙事を限りなく解放して歌の外に出てしまう作風になっている。たとえば引用の一首目の末句「時間がないぞ」は月の入りか日没かが間近になっているぞという意味にもとれるが、作者または主体が何か期するところが秘めてあるのだが、もう生涯の時間が切れてしまうぞという喩の二重性を背負っているようにもうけとれる。これは二首目、三首目の「恐らくさうだ」や「おめえつて奴がたまんねえんだ」もおなじだ。「恐らくさうだ」という街頭口語的な言いまわしによって「越ゆるべき山」が地勢としてひかえている山と形而上的にのり越えてゆくべき困難な山という意味の二重性を帯びてくるとおもえる。なぜかといえばこの街頭口語的な言いまわしを導入したことで、ある解放感がもたらされ、それが空想や類推を一首の外に解き放つ作用をしているからだ。「おめえつて奴がたまんねえんだ」というのもおなじ用法におもえる。うすうす推察していながら碓氷嶺をくだろうとしているおまえがたまらないんだという意味と、ある事柄の本性がわからないうちにそれをよしとしてやってしまうおまえがたまらないという肯定と否定の入り混じった思いとが二重に呼び込まれている表現のようにうけとれる。もうひとつ『神の仕事場』から見つけられる岡井隆の形式上の試みがあるような気がする。

(1)　冬螢《ふゆぼたるか》飼ふ沼までは（俺たちだ）ほそいあぶない橋をわたつて
大島には連絡すると言つてたろ（言つてた）裏庭で今朝冬百舌鳥《ふゆもず》が

すまぬすまぬ表現の流れが気になつて（年だよ）帯文の冒頭の仮名《ルビ》
（「冬螢飼ふ沼までは」の項）

(2) ふりをして寄ればふしだら冬鵙の「思ひきり悪党になつてみせうぞ」
ふりをしてグロスター公のふりをして横向いて言ふ「なにせ末世だ」
大鍋にけちな讒訴は投げ入れむ（あなたもか？ いつ、あなたが？ まさか？）
（「リチャード三世の科白によせる即興」の項）

(1)の三首における（ ）《カッコ》のなかは、たぶん短歌でははじめてのものだ。オリジンは宮沢賢治の詩法だとおもう。賢治は主体または作者の意識の出どころの次元がちがった言葉を挿入するとき、しばしば（ ）《カッコ》を多様につけて区別した。詩ではこの手法は流れている意想を切断することになり、意識の次元や段階を区別すること自体がポエジーを構成するとかんがえないと、せっかくの気分の流れを、ぽつぽつと切断してしまうことになる。効果という意味では疑わしいことになる。賢治はもちろんポエジーの概念を同時代の詩人たちと別様にかんがえていたので、一向に意に介しなかった。岡井隆の(1)にあげた短歌は逆に、宮沢賢治的な（ ）《カッコ》の用法が二重の効果を発揮している。たとえばわかり易いから(1)の二首目を例にとれば、（言つてた）という（ ）《カッコ》のなかの言葉は上句の表出の意識と、異った次元の意識から出ているか、または別人の答えの意識とうけとれるが、同時にこの（言つてた）は下句の「冬百舌鳥」が（言つてた）という意味を自然にしめしている。これは誇張して言うと短歌の表現では、かつてなかった試みになっている。ほんとかねと考えるなら⑵の三首を比べてみればいいとおもう。⑵のばあいの（　）《小カッコ》や「　」《カギカッコ》は茂吉の「ああそれなのにそれなのにねえ」と同じ効果、いいかえればただの異化効果で、鬼面ひとを驚かせる愉しさにつきるといえるものだ。ここでわたしは『神の仕事場』のなかのいい作品をどこにかんがえるか、あげてみないとまとまりがつかない気がする。例えば、

枝を画《か》きて葉を書かざれば「あとがき」のなき本に似てさびし林は　（「ぎんなん林の絵」の項）

くだりゆくエスカレーター羅《うすもの》の多くなりたる売場に映《は》えて　（「春の意地わる雪」の項）

はははそはの母を思へば産道をしぼるくれなゐの筋《きん》の力や　（「死者たちのために」の項）

時こそは死までの距離のあかるさに角《つの》振りすすめやよかたつむり　（「大盗は時をぬすめり」の項）

家はいまある境から荒野ですそこはかとなく馬が匂ひて　（「父の世代へのメッセージ」の項）

越の国小千谷《おぢや》へ行きぬ死が人を美しうするさびしい町だ　（「ＣＤをとり出すときの」の項）

陽物《やうもつ》を摑みいだしてあけぼのの硬き尿意を解き放ちたり　（「マイナーの鳥」の項）

これくらいでも『神の仕事場』で誰がみてもいい作品だというものがいくつか入っているとおもう。即物的で即エロス的な岡井隆の背骨が初期から一貫して通っているし、それは街頭の口語のように、永遠の場を断ち切って、現在《いま》を活性化しようと試みているようにおもえる。

ここまできて塚本邦雄の『獻身』の歌風について述べなくてはいけないのだが、特色よりも、岡井隆との類似性の方から入ってみたい気がする。岡井隆の歌風とおなじことが塚本邦雄の『獻身』にも言えるとおもえてきたからだ。初期の作品と比べればすぐにわかるが、街頭語といえないまでも、いちじるしい口語化は岡井隆とおなじ挙動のようにみえる。ただ岡井隆と目立って異なるところは、岡井隆が定型を守護しながら、避け難いばあいだけ音韻の余りや不足になっているとすれば、音韻が守護できるばあいでもそれを崩そうとしていることだ。

情死には全《また》く無緣の壯年を生きたるさびしさの花楓《はなかへで》　（『獻身』「赤貧わらふごとし」の項）

雨脚急《きふ》　ゆくさきざきも曖昧至極の日本のいづくに急ぐ　（「父を超ゆ」の項）

例えば勝手に択びだしたこの二首をみてもわかる。作者がこのままの言いまわしで定型におさめようとすれば手易いようにみえるのに、どうしてもそうしたくない韻の〈さわり〉が、いわば内在韻のかたちで作者に根ぶかく存在しているようにおもえる。それが塚本邦雄を老いさせないものでもあるとおもえる。これはもうすこしさきまで言えるかもしれない。

觀光外人チーズのにほひひきずつて二條城遠侍《とほざむらひ》三之間
棕櫚に花、聽け「われの王たることは汝の言へるごとし」（以下略）。

天氣老獪にて百本の蝙蝠傘《かうもり》のしづくがピカソ展會場汚す
ギリシャ語を修めプラトン讀まむとは空梅雨《からつゆ》某日のできごころ
折紙つきの蕩兒と聞けりアルパカの上著のすその盗人萩《ぬすびとはぎ》
（「獻身」の項）

特徴がはっきり見えるようにおもえるので、最近作からあげてみた。これはどんな朗詠の仕方をとっても結句の終末に近づくにつれて抑揚のない平坦な散文読みになってしまうものだ。たんに定型を破ろう、定型になるまいとしている〈さわり〉からだけでなく、散文にしてしまおうとする意識的な、そして無意識的な願望が、こういうどっしりした散文のすわりにしているのだとおもえる。これが塚本邦雄のいちばん特徴的な変貌と言ってよいのではないか。この塚本邦雄の韻と破定型の変貌は何に由来するのだろうか。推測するよりほかに術がないのだが、わたしは塚本邦雄の短歌の想像力のなかに、日本語による普遍的な詩の〈あるべきやう〉が、意識的にも無意識的にも音韻と音数律のうえから模索されているのではないかとかんがえたい気がする。これは岡井隆が定型と音数律と表出意識の多様な試みによって、短歌の〈あるべきやう〉がどうなってゆくのかを模索していることと、おなじモチーフを秘しているとおもえる。ここにはちょっとやそっとでどうかなると言ったものでもない短歌の現在の問題が、ひたすら半世紀も実作線上を走りつづけてきた両歌人によって、あたりまえのようにそっと、だが大切に持ち出されている。

もうひとつ塚本邦雄の作品で言ってみたいことがある。その歌作に秘められたモチーフの交叉する場で岡井隆の作品ととても似たものになってきたことだ。

勝を誓ひて家こそ出づれぬばたまの夜店の金魚掬ひ大會
ミラノより還りきたれば竹籠に飢ゑて相對死《あひたいじに》の鈴蟲
能登半島咽喉のあたりに春雷がゐすわりてわが戀歌成らず
ダヴィデ姦通、そのすゑのすゑなほすゑの君が神父になる？御冗談
理髪店「須磨」午後一時玻璃越しに赤の他人があはれ首の座

（岡井隆『神の仕事場』）

電話だから甘くくぐもる声なれどご批判大謝ぼくは服する
うしろへ回つて卵焼く君の邪魔をする噫《ああ》明暗のさだまらぬ吾の
押入れの上段にある春服の上衣をとつてくれたら、勝負！
思ふてふ人と日暮れの街ゆけば玉菜の価《あたひ》天井知らず
たとへばサ国家とぞいふ作品を粗《あら》くＢ４の線で消せるか

（塚本邦雄『獻身』）

わたしにはこのあたりが岡井・塚本両家の作品が、等価にうつる場所だとおもえる。それは韻で聴いても声で聴いてもいい。韻の定型で聴けば両家の句の切り方がほとんどおなじになってい

るようにおもえる。そしておなじようにおもえるところで、短歌は現在ではこうなるよりほかないというかたちで同調しているとおもえる。だが声の色合いでいえば両家の短歌はちがっている。それは話すときの言葉が第一に異っているからだ。岡井隆はつとめて街頭口語がひびき易い声を出しているし、塚本邦雄はできるだけ格調をくずすつもりで口語を混入している。ただ両家の声から色合いや抑揚を消してしまえば、あまり異らないようにすることができる。黙読したときのせき込みかたが、ほとんど等価になっているからだ。この等価の背景は共通した短歌の舞台（についての洞察）だとおもえるのだが、あえてそれを指さすとしたら短歌の表現を生活の地面に開くことで、表現の完結感を拒否しようとしているのだと言えそうな気がする。短歌のようないちばん連綿とした伝統歌の形式が生きながら、この転換期を耐えてゆこうとすれば、生活の地面の方に開くことで、どんなこの地面の変化にもついていけるようにするほかない。両家はじつに見事に無意識のうちに短歌の耐震構造ともいうべき方法をとって、それぞれの構えをこしらえているような気がした。

吉本＝注　２９４頁の両家の抄出歌は出典を、故意に取り違えています。

（『短歌研究』一九九五年七月号）

『神の仕事場』の特性

1

岡井隆の歌集『神の仕事場』は格段の飛翔にみえると、まえに評したことがあるとおぼえている。この飛翔の意味は、個人の短歌表現の閲歴にとっても、近代よりの短歌史にとってもおなじことを意味している。これをもうすこし詳細にいうとすると、特性を露わにとり出してみることになる。特性は二つに帰着するようにおもえる。

㈠

鷗外を垂直に引き込みたるは百年前の此処《ここ》の夕闇　(「此処」はベルリンのこと)
留守のまにはひりてをりし電話より女狐の声たばしれるかな
つづまりは制度の束、煮くづれし野菜の皿が昨日《きのふ》に見えて
ははそはの母を思へば産道をしぼるくれなゐの筋の力や

カンボジアの死（注、文民警官戦死）の扱ひが気にくはぬ成るつたけ薄く引けマーガリン
アメリカは戦後日本のそ、そ、祖型なンだ思はずどもつてだまる

㈡

天つ邦ゆざわりりりつつ米《こめ》を購《か》ふくぐつめのつめじゆらめくOriza《オリザ》
叱つ叱つしゆつしゆつしゆわはらむまでしゆわはろむ失語の人よしゆわひるなゆめ
モリスは君の言ふ事だけはきくやうだ（メトロで行かう）雉《きじ》の朝狩
すまぬすまぬ表現の流れが気になつて（年だよ）帯文《おび》の冒頭の仮名《ルビ》

こう㈠㈡に分けて並べてみる。㈡の試みは以前から岡井隆はしきりに試みてきた。ひと口に音《オノマ》喩《トペ》に類する分節化されない言葉を、音数律の線上に並べることで意味以前の意味を暗示しようとする試みといってよかった。そして受けとる側も、あたかも何も意味しないのに意味があるかのように受けとることができた。その理由は二つある。ひとつはこの音喩めいた言葉が音数律の線上にあるということだけで、短歌的な定型から逆にやってくる意味に類似した意味づけを感受できるからだ。もう一つは嬰児の〈あわわ言葉〉のように、じぶんを母親の場所に仮設して身をおき、意味として聞きとれば、読むものにとって意味を暗示されているかのように感受できるからである。

この音喩的な試みは㈡の後半に挙げてみた（　）《カッコ》のなかの言葉を、音数律の線上におく試みに

接続する。この（　）《カッコ》のなかの言葉は意味がある言葉だが、短歌的な表現としていえば表現の流れの本筋とは異質なところから出てきた独《ひと》り言《ごと》のような言葉を、おなじ音数律の流れに挿入していることになる。音喩とは違うが、異次元からくる言葉を同じ線上に置いたということでは、一首の意味の次元を立体的に拡張していることになる。

　それならば当然もっと拡張の試みはなされるべきだというふうにもいえる。それは㈠に例示した短歌にあらわれている。こういう単純な言い方で、済ましたつもりになっては、もちろんいけないのだ。歌集としての『神の仕事場』の特色はこの㈠に挙げた作品の系列にかかっているといってもいいからだ。もっと別の言葉でいえば『神の仕事場』が短歌史のなかで未踏の領域に達したとおもえるのは、この㈠に類別される作品の存在することによっている。わたしの判断はそうだ。もちろんこの歌人にとっては㈡に分類した言語的な意味をもてない音喩を、未明の意味として表現するながい試みの歴史があった。この試みは宮沢賢治が詩作品でやっていたとも言えるから岡井隆の試みを未踏ということはできないかもしれない。だが岡井隆はこの試みと連続する軌道の上に㈠に挙げた短歌の表現を造り上げている。

　それでは㈠にあげた短歌の特性はどこにあるのだろうか。わたしはこの『写生の物語』の一連の文章で使ってきた概念を延長して使いたいのだが、この『神の仕事場』のいちばんの特性である㈠の短歌作品の系列は、はじめて意味ある短歌句（表現）の句の意味を、意味でありながら短歌的なリズムとメロディを拡大するのにそのまま役立てている。別の言葉でいえば、これらの短歌作品の系列で、短歌の句の意味は、そのままでリズムとメロディに転化されている。いままで再三述べてきたように岡井作品は意味にならない音喩の言葉から意味以前の意味をひき出す試みをやってきた。そしてその試みの極限のところで反転させて、意味そのものである短歌句をリズムとメロディに転化させる表現法を獲得したといっていい。わたしの知っているせまい範囲でしか言えないのが残念だが、この方法は『神の仕事場』がはじめて開拓して、わたしたちの眼の前に開示したといっていい。もちろん岡井隆にとっては永いあいだ音と意味との短歌的音数律のなかでの変形と融合のヴァリエーションの問題であった。そしてこんな言い方ができるとすれば、短歌的な言葉における音と意味の変形と融合の臨場感から、言葉の意味が意味のままメロディを発生する瞬間を表現として捕ええたと言うべきだろうか。

『舞姫』にフィクション化されているように、陸軍に属する予防医学の研鑽のため、鷗外はドイツに留学し、ベルリンに生活する。その折、ドイツ人の貧しいダンサーと恋に陥る。それは作者岡井隆がベルリンを訪れたときから百年前だ。作品は鷗外を「垂直に引き込みたるは」と表現している。これを意味として受けとれば、ベルリンに潜んでいる不思議な夕闇の魔力（魅力）が、鷗外を真っすぐに暗い深みに惹き入れたのだと言っている。卓抜な修辞的な意味をもっている句だといえば済みそうにおもえるが、わたしにはそれだけとはおもえない。「垂直に引き込みたるは」という表現には、うなりたいほどの魔力（魅力）があって、わたしなどはかつてどんな短歌作品からも受けたことのないような波動を感覚できる。それはどこからくるかを言ってみれば、垂直に引き込むという修辞が、文字どおり留学生鷗外を捕えたあやしい魔力を象徴する意味句でありながら、同時にこの句から一首に豊饒なメロディを発信しているからだとおもえる。この表現は普通ならば巧みではあるが意味句として一首のなかの役割を荷っているだけだと読めるものだ。だがわたしには（たぶんわたし以外の読者にも）それだけでなく何ともいえない響きがこの句から発信されて、一首全体のリズムやメロディに加わっていくように感じられる。そんなことはありえないはずだ。しかしそんなことがありえないはずの音喩的な句に、意味の原型をもたせるような逆の試みならば、この歌人は永いあいだたびたび試みてきた。いま垂直に引き込むという表現が、逆にメロディを意味と同時に発信しても不思議でない気がする。その根拠はこの歌人のなかで、短歌的表現では、音喩のメロディは意味を発するし、また意味はそのままでメロディを発することが、無意識のうちに体得されてしまったからではないだろうか。別の言葉でいえば、前衛歌人として緊迫した言葉とは九〇度ほど違う跳躍の方法があることを、短歌の思想として体得したとでも言うべきだろうか。「垂直に引き込みたるは」という修辞には、緊迫が尖鋭さではなく濃度の緻密さのことだという作者の思想がこめられていて、それがわたしたちにメロディを発信している。

二首目の留守電に入っていた声を聞いてみたら「女狐の声たばしれるかな」というのもまったくおなじだとおもえる。「女狐の声」は、たぶんリアルな声としては、かん高く切口上の女性からの通話が再生されてきたということに相違ない。すると「女狐の声」はやや皮肉をこめた女性の通話の声にたいする巧みな言い廻しのようにみえるし、またそうには違いない。だがこの「女狐の声」と「たばしれる」という表現は一首全体にあるメロディを附加する。このメロディはどこからくるのかをつめてゆくと、電話に入った女性（の声）がどんな感じを与えても、いいかえれば嫌な声だとおもっても怒られている声だとかヒステリックな声だとかおもわれても、そこにはこの歌人の主な関心はなくて、ただその声を冷静に中性（立）的に聴くことができる余裕が、人間にたいする思想として獲得されているからだとおもえる。だからこの「女狐の声」が意味からメロディの方へ転換し、同時放射できる交響のようなものがあらわれる。わたしには短歌的な表現の特性としての「女狐の声」や「たばしれる」がかもしだす意味からメロディへの転換を何と呼ぶべきかわからない。またなぜこの歌人だけが近代以後の短歌史のなかでこの特性を獲得しえているようにみえるのか、巧く解釈することができない。ただ個人的には音喩の意味化について独自の修練と試みをやってきた果てに、ぽっと現われた成果のように感じられる。こうかんがえてくると三首目の「制度の東」という意味句の交響させるメロディはひとつの極限のようにおもえてくる。わたしたちが「制度の東」という句から受けとれる意味は精いっぱいのところ〈制度の果てにあるもの〉あるいは〈制度の彼方にあるもの〉というところまでのような気がする。だが「制度の東」と表現したところであるメロディが発信されるのを、読者は聴くのだ。わたしにはこの歌人のなかに、短歌的な表現のなかでは言葉は意味と同等の力価でメロディやリズムでありうるという徹底した明智かあるいは修練が生きているとおもえる。それとともに具象物と抽象物、物象と心象はいつでも異質の障壁なしに連結したり、交換したりできるという自在さが獲得されていると信じられる。

2

もし声楽の専門家みたいな人がいたら、ある呼吸法の度合がこの歌人に習得されて薬籠にはいっているために、この自在さが得られているというかも知れない。またわたしたちは言葉の働きのうえで、意識と無意識の融合のある度合のところから言葉が発信されるとき、ひとりでにこの種の自在さが得られるとかんがえたい気がする。だがわたしたちが言葉の働きと片付けているものは、ほんとは歌人の生の体験の成熟や生活の経験と資質の働きの偶然の融合の働きも含めて、言葉が稀にみるよい培養基のなかで育まれているせいかも知れない。

わたしたちは短歌的な表現を交響する音形で比喩してみるとする。いま意味の機能をまったく抜いておくとすれば、細長い葉巻きの形をした密雲の塊りのように見做すことができよう。すると岡井隆の『神の仕事場』の交響する密雲は、わたしたちが短歌的な声調にみているものの倍増した円方体（2×2×2）に比喩することができる作品に出遇う。いわば意味句が、下句または上句の全体でメロディを発信している例に出遇うからだ。

（北窓のうつくしい刻）

沖を行くくらき親潮また君は挫折のうへにあぐらをかいて
たとふれば秘密のみつは蜜の味ドンファンの背に頬を埋めよ
ちつぽけな嫉妬の燭に火がついてぼくならほんと耳を嚙むのに
降る雪は古典の雪に相似ついついつそかうなれば走れ幌馬車
　（夜書いた詩を）
比売《ひめ》よ嘆くな批評は葉つぱ詩は華だシーツの痕がまだ頬にある
　駅ごとにエスカレーターが増えてゐる。
北風の老いを援《たす》けてあはれあはれM駅新設エスカレーター
　（冬螢飼ふ沼までは）
富なるべし薄雪めく富なるべし僕をかれらから遠ざけたのは
（岡井隆『神の仕事場』）

きっと短歌的な意味としてこれらの表現は岡井作品にかつてなかったものだと言えるのかもしれない。たとえば岡井隆の詩歌的エロスの表現において「ドンファンの背に頬を埋めよ」とか「ぼくならほんと耳を嚙むのに」とか「シーツの痕がまだ頬にある」という延びやかな作品はなかったような気がする。また「いつそかうなれば走れ幌馬車」などほんとに「走れ幌馬車よ」という実際のメロディがのってくるほど延びやかだ。また「挫折のうへにあぐらをかいて」という下句や「富なるべし薄雪《うすらゆき》めく富なるべし」という上句の表現などでも、この種の表現にともなう罪障感のようなものの影はまったくふっきれ、何とも言えぬ延びと調和を獲得している。

しかしそれにもまして強調されるべきなのはこの種の表現が意味よりもメロディを発信して、それが短歌的な声調の交響を倍増しているようにおもえることだ。下句または上句の全体から響いてくるメロディが全体に及びそれが円方体の立体的な交響を倍加している。わたしにはたとえば「淡海《あふみ》の湖夕波千鳥」という『万葉』歌の和やかに延びひろがる交響とおなじものを、意味句自体の力で発信しているようにみえる。この歌人が何となく天空に入ったなというわたしの感慨のようなものは、ここに発祥している。

（『短歌研究』一九九六年六月号）

岡井隆

近代短歌の系譜でいえば、岡井隆という歌人はアララギ派の写生の短歌から出発した。彼の前に斎藤茂吉、土屋文明、近藤芳美といった優れた歌人が出たが、岡井さんはその系譜を格段に違う次元にまでもっていったと言える。形式論だけから見ても、短歌でできる限りの語のつなぎ方をすべて試みているといっていい。

岡井さんは、塚本邦雄さんと並んで近代短歌の歌人の中で飛びぬけた存在だし、大歌人といえると思う。この人たちを技術的に超えた歌人というのは過去にも現在もいない。二人の前にも力のある歌人は出たが、彼らほど短歌的な情緒を超えた情緒の短歌、短歌的な音数五・七・五・七・七を超えた形式の短歌、を技術的に意図して、意図通り従来なかった高次の短歌的表現を実現してみせた歌人は過去には存在しなかった。岡井さん、塚本さんより若い世代の歌人たちも、まだ彼らほど高い次元の表現をなし得てはいない。たまにできたことがあったとしても、それは偶然のようなもので、意識的ではなかった。

言いつのる時ぬれぬれと口腔《こうくう》みえ指令といえど服し難きかも
母の内に暗くひろがる原野《げんや》ありてそこ行くときのわれ鉛の兵

（『斉唱』より）

岡井さんの第一歌集に収められた、よく知られた二首である。所属する集団を批判する歌はたくさんあるが、政治的な言葉など使わないのに感覚的な肉声さえ表現として伝わってくる。技術的にきわめて高度な作品であるといえる。

二つ目は、おそらく母親に対するこの歌人なりの違和感と親近感を同時に表現している。荒涼たる原っぱのように冷たくあしらわれてきたために、母親に感情移入する時の自分はいつも「鉛の兵」のように構えてしまう、情緒を欠いた態度になってしまうということだろう。さまざまな複雑な比喩《ひゆ》が込められていて、繊細な解釈を呼び起こされる作品でもある。作品の核は最後の「鉛の兵」にあって、その前の部分はこの言葉を引き出すためにあるといってもいいほどだ。

岡井さんは、どのような場所にいてどういう作品を書いていようと、ある程度は実際の光景や場面をもとに歌のイメージを作っていると思える。これは塚本さんの方法とは異なる点だ。傾向として岡井さんの短歌ではイメージの背景に必ず実景が考えられているのに対して、塚本さんの歌は本来的なイメージだけで作り上げられている。イメージさえ具体的に浮かんでくれば実景は伴わなくていい、空想でもいいという作り方であるといえる。

岡井さんの場合は、写実をもとにして短歌のイメージを作るアララギ系統の歌人に共通する特徴を備えているといえるだろう。そう考えてみると、最初に茂吉が作った写実、写生の論理は随分大きな影響を後代まで及ぼしているということができる。そこから飛躍したいという欲求が岡井さんには強く、また事実、飛躍してもいるのだが、それでも作品の根にはいつでも実景が浮かんでくるという感じがする。

夕餉《ゆふがれひ》をはりたるのち自《し》が部屋にこもりたれども夜更《よふ》けて逢ひぬ
帰りしとき紅潮させてゐた妻に気がつかぬふりをしたりせんだり

（『E／T』より）

これらの歌を収めた岡井さんの最新の歌集は、新しい妻との結婚生活を記念するものとして出版したと思われる。初めの歌は、「きょうは勉強をするから」などといって自分の部屋にこもったけれども、夜遅く妻が部屋を訪れてきて逢ったという情景を描いている。二つ目は、家に帰った時、顔を赤らめて性愛の願望を表している妻に対して、知らないふりをしたりそうでなかったりという自身の態度を歌ったものだ。どちらも若々しく、エロチックな感覚にあふれている。

塚本邦雄さんが同性愛的なイメージをしばしば短歌に盛り込んだのと同じように、岡井さんは性的な生々しさをよく作品に込めている。岡井さんがアララギ派的な写実主義を根底にもちながら、それを崩したり飛躍させたりしているのも、ちょうど塚本さんが日本浪曼派的な感覚をもとにしながら、それを崩したり高度にイメージ化したのと似ている。

岡井さんの最近の短歌がとても自在になって、ある意味では平易な表現をとるようになってきていることも、塚本さんと共通した特徴に挙げられるかもしれない。塚本さんの中期の歌にも、「はつなつのゆふべひたひを光らせて保険屋が遠き死を賣りにくる」(『日本人霊歌』)のような比較的わかりやすい作品があるが、一見するとあっさり解釈できるような気がする短歌も、この二人の場合、やはり並大抵ではない技術に支えられている。時代や社会構造に応じて平易に変わったのだともいえるが、単純に見えるイメージに含まれている意味はむしろ初期よりも複雑になっていると思える。

もしかすると、二人が平易な表現をとるようになってきた背景には、佐佐木幸綱《ゆきつな》や福島泰樹《やすき》、俵 万智《たわらまち》などの平明な言葉を使った短歌の刺激、影響が大きいかもしれない。とりわけ、俵さんの歌集『サラダ記念日』は画期的な意味をもったと思う。逆にいえば、前衛短歌を先導したといわれる岡井さん、塚本さんは、こうした新しい表現の出現にもとても鋭敏に反応した。初期の作風の延長線で続けていってもひとかどの歌人としての評価は得られただろうが、彼らは若い世代の仕事でも優れたものは取り入れていこうとする探究心をもっていた。

多くの歌人や俳人、詩人は自然発生的に創作に入り、それが行き詰まったところでやめてしまうものだ。ところが、この二人はその段階を突き抜けて、本格的な修練を継続してきた。彼らが短歌の世界にとどまらず、現代詩を含めた文学の広い領域に影響を及ぼしたといえるのはそのためだ。詩人でいえば、荒川洋治などの平明な言葉の作品にはこの二人に近い要素が感じられる。

(『毎日新聞』二〇〇二年六月二・九日)

高次の短歌的表現

岡井隆は短歌的な情緒を超えた情緒の短歌、音数律を超えた形式の短歌を意図して、従来なかった高次の短歌的表現を実現してみせた。今度の『全歌集』の出版で、すべての形式を試みつくし、平明でしかも濃厚な情感の世界を獲得するにいたった岡井隆の全容を辿ることができる。この長距離ランナーの孤独で不屈な道筋を辿ってゆくと、わたしは岡井隆論をさらに書きすすめていかなければならぬという思いを抑えることができなくなった。

（『岡井隆全歌集』思潮社　内容見本　二〇〇五年十一月）

岡井隆の近業について～『家常茶飯』を読む～

死者モマタ老ユルトイフカ亡キ父ノソソケ髪《ガミ》フカク山河《サンガ》覆フハ

自己の成熟といっしょに亡父の存在もまたじぶんの存在のすべてを覆うほどの大きな存在だったと思えるようになった。またはじぶんの関心事の全てになってきたなというようにもとれる。「山河覆フハ」は絶唱だ。古典詩形の音数律と表現技法について、絶えず探求をつづけてきたこの歌人がとうとう到達した円熟の実作の賜物だとおもう。それとともに作者は「老イ」の実感に足を踏みいれたと類推する。

距離の感覚がわたしにうすれてきているから言うと、そのまま行こうじゃないですか。

大量の記憶を破壊されたのち血がこごりをりわが海馬回
一世紀かけて世界を変へて来て一世紀かけ腐り果てたり

この作者ほど、真正面から歴史にかかわって過ごしてきたとは言えないが軍国主義から左翼系まで体験として受けとめ、経験の細部を削り落してゆけば、残った本質はぴたりと一致する気がする。わたしの「海馬回」の映像には解けないことが二つばかり残っている。だがそんなことはこの際どうでもいいことだ。この歌人の力量を、理解できるたくさんの人が出てくれたらなあと思う。言わば、こういう主題とモチーフをも「芸術」にできた歌人は新古今時代の後鳥羽院だけでないか？

われこそは新島守よ隠岐の海の荒き波風心して吹け　（後鳥羽院）

わがしぐさあはれとおもふくまもあらずアトピーを掻く爪の空音の
京へ来て数にもあらぬすさびせむ難陳《なんちん》それも月陰るまで

この実技の力量は、テレビの里の林の風物の解説の近年の進化に似ていると感じる。以前まで林の樹木の落葉を裏返してみると蟻が這っていたりする、というところまでのナレーションで終った。近来の解説ナレーションでは、この蟻が樹木を巣としている小さな生物の卵をからだにつけて養っていたりする自然の共生、相互扶助の状態まで映像をつけて解説したりするようになっている。大局はともかくとして、生物学の最近の進化がすぐわかるような気がする。そして今の子供たちはしあわせだなと思ったりする。生物学（者）が進化したとまでは、これだけでは言えまいが、自然観察の子供たちの眼は一段とわたしなどの同時期より進化しているのは間違いない。

青き菊をちぎりつつわたしを待つなんて出来まいわたしはゐないのだから

壮年のころから、岡井隆は「西行」、塚本邦雄は「定家」と思いなしてきた。岡井隆は「行方も知らぬ」行脚の詩人、塚本邦雄は「歌枕」の詩人と思えた。しかし実際は若《も》しかすると逆かな、とも、この古典詩形に、まえがきとして塚本邦雄を偲ぶ歌会の歌となっているので想い起こした。生きるも死ぬるも「あはれなりけるつとめかな」と言うと逃げ口上のような気になってくる。やはり、「つづみもうた中で感応音が出ない」という欠如をのべるのが、ふさわしい気がする。今は昔、岡井さんと論争になったとき、塚本さんは岡井さんの助勢を買って出てくれた。わたしは古典詩形の勝利だと感じた。今はみんな詩だ。

右の手がグラスを倒し意外なる展開さそふ夕べとなりぬ
請求書来て領収書出るまでの枯葉捲きゆく風のするどさ
ベッド下にスリッパのかくれ棲むといふ話題は小さすぎても駄目だ

この歌人の意想は一段と微視的に進化した。その展開は技術的に言えば、俳句、短歌、現代詩という区分けの上での詩ではなく、包括的な意味で詩人になったことを意味するとおもう。もちろん老熟ということもある。

重要なものは隠れ、さり気ないものは現われる。たゆみない習練の果てだ。ただ不養生は駄目ですぜ。晩年の芥川龍之介は自分が履いてほかの部屋に忘れてきたのだが、スリッパが独り手に歩いて行ったと思い込み、ホテルの雇人に探させた文章を「不思議」のまま書き記していた。

ぼく自身幾度も犠牲《スケ・ゴオ》の山羊にされたので黒山羊を飼ふ奴《やつ》さへ怖い

大切な想いを言葉の表現のうしろにかくしてさり気ない言葉をつぐことができる短歌的な技法が充分に生かされている。これは古典的な詩歌の「象徴」が長い年月でいかに深くまでとどいているかを示している。この深さの底は異国語の人には理解できないだろうと考えこむと、逆にわたしたちが異国語の詩を読んで判ったつもりでいても、やはりおなじことになっているにちがいないと思えてこわくなる。

そんな大げさな言い方をしなくても、さまざまな段階で秘められたことがらを想像しているうちに内省に似てきてしまう。

あたたかさうな便座の覆ひ　去る前のたらちねの家の最後の記憶

連想を呼び起こされたが、茂吉の「死にたまふ母」の連作は、上句または下句の強烈な自己劇化によって万葉和歌の水準まで現代（近代）短歌の水準をもっていった。との離れわざに最初に気づいたのは、たぶん芥川龍之介だった。賞讃を強く内心に感じたとおもわれる。しかしそれよりもこの連作に小説を、つまりフィクション自在の散文作品とおなじものを感じるのだと言った方がいいような気がする。

現今の岡井隆は自己劇化よりも自己解体のわざで短歌（古典詩形）の延命を試みているようにおもえる。この試みが普遍性をもつ度合で若い（後世代）歌人に影響を与えているのでないか。また同時にそれは彼の短歌を「現代詩」に近づけていると思える。この場合の「現代詩」は俳句や短歌と区別された意味の「現代詩」ではなく詩としての「詩」である。私の占いは当ればいいと思う。

相隣る部屋にひとときひそみつつ扉《と》があるやうで無い夕まぐれ
あけぼののベッドにふかく腰かけてうなだれてゐつ「船では行かぬ」
時が傾いて来た。つと触れるまでわからなかつた、時は黄牛《あめうし》この感覚はどれも「老い」の到来にはじめて出あったときのものとおもえる。この「時」だけれども（その人）に固有なもので、いくらかでも客観化できる拡がりはあっても直接の体験がないとわかりにくいと言える。「経験批判」論も悪くないが経験しなければ絶対的に判らないこともあることを、本心から教えられたのは「老い」の実感からであった。これが体験前に妥当に推知していた作家を、わたしは歴史上ひとりも知っていない。歴史学者及び心理、生理学者の科学（実験）的な言説は大抵うそである。

科学が発達すればするほど、科学的認知力は「内在化」される。この人類的原則を忘れたら科学は宗教になってしまう。岡井さんはいい認知の道をたどっているのではないか。

俺が死んでもかういう文章だけは書くな日曜の次に月曜が照る
「妹にむかひてみだらな時があつた」さういふ枝は下ろされてたが
妹こそはじめて出逢ふ「美少女」だうでまくりして絞つてゐても
経歴の細部は知らぬ兄妹《あにいもと》　やすらかに還《かへ》れ君の故郷へ

この「妹」は「異母妹」ということになるとおもうが、作者の愛着はこの作者の歌の執着から写真を見てみたい気に誘われる。詩的な力量だとおもえる。（ほんとだぞ）という作者の無声の反論がきこえる。

もうひとつ、作者の父親はその後の異母兄妹の出現の風俗の先駆（階層）ではあるまいかという気がする。これは個性の問題ではなく人類学的な風俗移動としてとらえることができそうだ。そう思える。

どこからでも死はおびきだせただろうワイングラスを拭きながらでも
システムバスのゴム栓をぬき湯をおとしそれからまっすぐ死へいったのだ
ソ連邦の消えたあとも消えるはずのない傷ついた過去を持ちて生きてた

山形県上之山の小高い丘ふもとの侘しい農家の息子がたぶん才能を見込まれて東京青山の富裕な精神科の入りむことなって跡をつぐ。それを岡井隆は権威のある父の富裕な息子としていわゆる「階級的自己否定」の自意識を交えて左傾していった青春を自己比較させている。この歌人しかやらないことも、この歌人らしい風情で詩化していて興味深く納得した。

わたしは茂吉の経歴も岡井隆の出自も知らない。だが近藤芳美を間にはさんで茂吉に匹敵する同系統の歌人であることはかなりよく知っているつもりだ。

今は記念物のようになった（された）茂吉の生家は一度、見学したことがあった。わたしがすこしそのとき感じたことは、茂吉の「死にたまふ母」は、自己の境涯にたいする自己否定の詩だということだった。そして茂吉を解ったと思った。この作品は茂吉の詩業の頂点であり、短歌を近代文学史の内部に容《い》れた。芥川が他の理由を除いてもこの連作で茂吉を古典形式の詩人として評象した理由もわかる気がした。わたしもそう感じた。それに茂吉について、とくに経歴をあまり探求したことがない。岡井さんのこれらの短歌作品は岡井さんにとって必然的なものだなと感じる。

それは宜しい機縁なのだ。

憎まれてゐると知りつつ押し分けて禾《のぎ》と石とのあひだに入る
糜爛した花束のやうな思想です抱いてるんだかその逆なのか

作者はきょうしゅくし過ぎているような気がする。この思想の内在性がなければ、現在以後の状況に向かいあうことはできない。わたしは少しもそれを疑っていない。

宮沢賢治の詩「雨ニモマケズ」のなかに、「ホメラレモセズ／クニモサレズ／サウイフモノニ／ワタシハナリタイ」という言葉がある。それは賢治が願望した聖者の言葉だ。聖者は「愚」を願望し、自分を「愚」の位置におきたがる。それ以外の道はありえないからだ。

わたしたちは、「凡」に存在する。それ以外にありえないからだ。岡井さんは本気で憎まれたいのに流し眼で尊敬されている。或いは本気で尊敬されたいのに流し眼で憎まれている。これが絶えざる詩業の進化をもたらしている理由だ。

殺したんだ、と言はれや医者はさからはない確かにモードの中の死だつた
微細循環、気管支血管系なんて若い野心は燃えて、すぐ過ぐ

これだけのことを言えるのだから医者としての力量はすぐ推察できる。

わたしも、「その年齢まで生きればいいじゃないですか」と言われた医者にも、合法的に殺人できるのは医者だけだと話した医者に敬意を表したことがある。冗談やユーモアはときに真実よりも真実なことはありうる。

また死は死よりもこわいこともありうる。

どんな品詞も別の品詞に使うことができるし、どんな言葉も別の言葉の代りに使うこともできる。これはわりに長期間言葉を文字にしてきたために当面してきたようにおもえる経験から言えそうだ。岡井さんの言葉と医者の経験を統合すればもっとながいにちがいない。

思想界。そこにもハナエ・モリは居て「いいなあ」つて直ぐそれにやられた
帝国主義・ポストコロニアル・ヘーゲル読み直し〈脱構築〉だなんて古いなあ君

半分ぎょっとしながら、俺もその口かなと反省しそうになったが、ふところがいやにさびしいので、この人たちも貧乏で読書にずいぶん援けられているにちがいないと嗤《わら》うのも皮肉るのもやめにした。岡井さんの詩の技術は抜群だとおもう。

ただジャック・デリダは脇が固くしまりすぎていてハナエ・モリのように賞めることも影響を受けることもできないなと思った。

岡本かの子は「鶴は病みき」のなかでファンの女の子たちとたわむれている芥川龍之介を皮肉っぽく描いている。中野重治は『むらぎも』のなかで、同人雑誌時代の中野にたいして、君はもう少し頑張れば「文学界」で一丁前文士になれるという意味のことを言われて〈ああそんなことを言わない文学者であってくれ〉と願っていたのになあ、と感じた瞬間を描いている。両者ともたったこれだけで芥川の本質を把みきっていると、かつて考えたことがある。わたしは弱年の生意気盛りのころ「文学界」のハナエ・モリであった昭和初年のころの芥川が、時として「大川」沿いの墨東の巷で悪がきだった自分をなつかしむのを読んで、それが本気であることを祈ったことがある。そして自分の文学上のハナエ・モリに肉迫してきた異才の作家横光利一をくさしたという伝説を文学愛好者仲間から聞いて、

河の石青みどろ濃く雷《らい》来る

という横光利一の俳句は芥川のことをモチーフにしているのかな、と空想したことがある。わたし（の年代）は横光利一だった。だが芥川の「汝と住むべくは下町の／水どろは青き溝づたひ」という詩が好きだった。

岡井さんの詩を読んで、照れくさそうに書いているが、富裕な知者の親を持ったということも大変な圧迫感をもつのだなと感じた。いい気な野郎で済ましていれば楽なのにね。

天地《アメツチ》ハ母さはされど継母《ママハハ》ノ黒衣ノヤウニナビク夕《ユフ》グレ
チョコレートが重さと蔭《かげ》をかさねあふさういふ壺の底の天地《あめつち》

この「天地《あめつち》」が着想の面白さで使われているのか、日常の小さなグループの中での理《わり》ない思いの暗喩からきたのかはわからない。ただこの作者の着想が茂吉的な写生の説から一回わりしたのを感じる。間に近藤芳美を入れることにして逆写生が成立している。

芸術になり得ている古典詩形は「現在」からの視線とその作品と同時期に想像的に移行したと仮定したときの視線とを二重に同時に要求する。現代詩はまだ単視線が二つ同時にあれば充分なはずだ。古典となった芸術品は単純な作品なのに得体のしれない厚味がつみ重なっている。「現在」と想像的な作品の同時代の距離感がこの得体の知れない厚味となっている。ただの古い時代の作品は背中から崩れはじめる。

全裸《ぜんら》つてことばの響きさへいやだ　林に入《はい》れば変る没日《いりひ》も
思考にも下腹部があるこのひごろ手嫋女につゆ惹かれぬこころ
流してから尿意がもどるあかつきのかすかな異和が思考を叩く
定職を失ひしより八年を生き抜くための小技大技
十二月八日溜飲を下げてゐし軍国少年も七十八歳
あと数分にて終るべき評文に右より差せる夕ひかりあはれ

短歌の古典詩形がもつ生理的心理ともいうべき微妙な香りを解明する長い追究のはてに、短歌から現代詩へ直通する過程を見つけだした、それはこの人の詩についての理念が実作ではじめて成し遂げられたと感じさせる。

（『現代詩手帖』二〇〇七年六月号）

解題

松岡祥男

この本は吉本隆明の半世紀にわたる、岡井隆（一九二八〜二〇二〇）に関する論考・講演・推薦文と対話を集成したものである。

その初出一覧を掲げるとともに、必要最小限のコメントを付すことにした。底本は『吉本隆明全集』（晶文社）をはじめ最新の刊本に拠った。その記述は必要な場合を除き省略した。

●対談

①定型・非定型の現在と未来（『週刊読書人』一九七八年一一月六日・一三日号）
②賢治・短詩型・南島論（『現代詩手帖』一九九〇年一月号）
③日本語の遺伝子をめぐって（『現代詩手帖』一九九六年八月号）
『岡井隆コレクション8』（思潮社・一九九六年八月刊）に「解説」として収録されたが、「初出」と部分的に相違がある。本書は最新刊を優先するという方針のもと、岡井隆『吉本隆明を読む

日』（思潮社・二〇〇二年二月刊）を底本に用いた。

●論考・講演・推薦文

①前衛的な問題（『短歌研究』一九五七年五月号）

②定型と非定型（『短歌研究』一九五七年六月号）

③番犬の尻尾（『短歌研究』一九五七年八月号）

『吉本隆明全集4』の間宮幹彦の解題によれば、「政治と文学　昭和史と短歌・第五集」の総題のもと、「論争　政治と文学と前衛の課題」として、「前衛的な問題」と一緒に、岡井隆「定型という生きもの―吉本隆明に応える」が掲載された。これはもともと企画されたものでなく、編集部が吉本隆明に原稿依頼し、その原稿を岡井隆に見せて、反論を求め、同時掲載した。そのため、いきなり論争になったのである。これは言うまでもなく編集部の言論上のルール破りが原因である。

そして、岡井隆は「二十日鼠と野良犬―再び吉本隆明に応える」（『短歌研究』一九五七年七月号）、「吉本理論への数箇の註」（『短歌研究』一九六一年九月号）を発表している。それらは岡井隆『海への手紙』（白玉書房・一九六二年刊）や『韻律とモチーフ』（大和書房・一九七七年四月刊）などに収録された。

この論争については金子兜太、寺山修司、岩田正、塚本邦雄などが言及している。

④短歌的表現の問題（『短歌研究』一九六〇年二月号）

⑤短歌的喩の展開（『短歌研究』一九六〇年一一月号）

吉本隆明は論争を踏まえ、「短歌命数論」「三種の詩器」を経て、さらに短歌的表現の核心を解明するために④⑤の論考を書いた。これらは推敲のうえ、『言語にとって美とはなにか』の「第Ⅲ章　1短歌的表現　3短歌的喩」に組み込まれている。

⑥岡井隆歌集『土地よ、痛みを負え』を読んで（『未来』一一二号一九六一年五月発行）

⑦回路としての〈自然〉（『月刊エディター』一九七八年三月号）

連載「歳時記」の最終回（第一二回）「春　回路としての〈自然〉」として発表され、『吉本隆明歳時記』（日本エディタースクール出版部）に収録された。その際「春の章　諸歌人」と改題された。本書は初出表題を採用した。青春期に過ごした山形県米沢に対する愛着を短歌作品に寄せて綴ったもの。

⑧個の想像力と世界への架橋（『現代短歌シンポジウム・全記録』雁書館・一九八三年九月刊所収）

一九八二年一一月一三日の'82現代短歌シンポジウム実行委員会主催「82現代短歌シンポジウムin東京」における講演。会場は東京千代田区・一ツ橋講堂。

⑨現存する最大の長距離ランナー（『岡井隆全歌集』思潮社・内容見本　一九八七年八月）

⑩一行の物語と普遍的メタファー（『現代詩手帖』一九八七年一二月号）

一九八七年一〇月三日の『岡井隆全歌集Ⅰ・Ⅱ』出版記念会における講演。原題「言語表現とマス・イメージ」で、会場は東京新宿区・日本出版クラブ会館。
⑪わたしの岡井隆コレクション（『岡井隆コレクション』思潮社・内容見本　一九九四年七月）
⑫『神の仕事場』をめぐって（『岡井隆歌集『神の仕事場』を読む』砂子屋書房・一九九六年一〇月刊所収）
　一九九五年六月一四日砂子屋書房企画、「岡井隆『神の仕事場』を読む」会の講演。会場は東京新宿区・日本出版クラブ会館。
⑬『神の仕事場』と『獻身』（『短歌研究』一九九五年七月号）
「写生の物語」の第四回として発表された。ここで吉本隆明は岡井隆作品と塚本邦雄作品を意図的に入れ替えている。これに対して『短歌研究』八月号に「吉本隆明氏の連載（前月号）に応えて」という両氏の反論が掲載された。吉本隆明は二人の歌人を挑発することによって、論議の活性化を図ったものと思われる。
⑭『神の仕事場』の特性（『短歌研究』一九九六年六月号）
⑮岡井隆（『毎日新聞』二〇〇二年六月二日・九日）
「吉本隆明が読む　現代日本の詩歌」の第九回第一〇回として発表された。聞き手ならびに文章構成は大井浩一。
⑯高次の短歌的表現（『岡井隆全歌集』思潮社・内容見本　二〇〇五年一〇月）
⑰岡井隆の近業について（『現代詩手帖』二〇〇七年六月号）

吉本隆明の本格的な短歌（和歌）論は、『源実朝』『初期歌謡論』『良寛』『西行論』『写生の物語』があり、近代以降に限定しても長塚節、斎藤茂吉、石川啄木、前川佐美雄、近藤芳美、村上一郎、前登志夫、岸上大作、寺山修司、佐佐木幸綱、福島泰樹、辺見じゅん、俵万智などの歌人・歌集論もある。

著書の詩歌に対する関心は根源的で、現代詩は言うに及ばず、短歌、俳句（名前を挙げれば西東三鬼・齋藤愼爾・角川春樹・西川徹郎・夏石番矢ら）、歌曲（「日本のナショナリズム」の唱歌や童謡の考察をはじめ美空ひばり・中島みゆき・忌野清志郎・遠藤ミチロウ・宇多田ヒカルら）までにわたり、折に触れて言及している。それは次の現状認識に根拠をおいている。

現在、日本の詩には、俳句、短歌、現代詩の三種が共存している。江戸期にも俳句、短歌、漢詩が共存していた。中世には、連歌と短歌とが共存していた。古代には、短歌と長歌とが共存していた。しかし、現在、俳句、短歌、現代詩が共存しているとおなじような意味で、日本の詩形が種々に共存していたということは、明治以前にはなかった。少くとも、明治以前においては、短歌、俳句、連歌、長歌の形式的な差異は、詩の形式上の差異と、そこから派生する詩意識上の差異として理解しうるものであった。しかし、現在の、現代詩と、俳句、短歌の相違は、形式上の差異や、定型、非定型の差異としては論じられない断層がある。

（吉本隆明「三種の詩器」）

吉本隆明はこの断層と隔絶の止揚を目指し、〈普遍的なポエジー〉を希求してやまなかったのである。

その点は岡井隆も変わりはしない、さまざまな試みはそれを物語っている。また吉本隆明への関心も、最初の論争文に止まらず、『吉本隆明を読む日』をはじめ多くの論考を執筆しており、それは晩年まで継続された。

詩人と歌人の違いはあっても、実作はもとより、社会的見識と人格的叡智においても、まさに両雄並び立つという様相を呈していたのである。そして、なによりも激しい応酬にはじまりながら、反目や対立へいたることなく、相互に尊重し、良きライバルとしてあったことはきわめて稀なケースといえるだろう。

吉本隆明の遺した短歌は次の四首である。

紫陽花のはなのひとつら手にとりて越の立山われゆかんとす
手をとりてつげたきこともありにしを山河も人もわかれてきにけり
しんしんと蒼きが四方にひろごりぬそのはてにこそ懈惰はさびし

さびしけれどその名は言はじ山に来てひかれる峡の雪をし見るも

（吉本隆明『初期ノート』より・一九四五年作）

これと一緒に、「異人」という詩の「（序曲）」《ひたすらに異神をおいてゆくときにあとふりかえれわがおもう人》を挙げた人もいる。

わたしは岡井隆の逝去に際し、追悼の意を籠めて、この本を編んだ。

これは吉本さんが存命であったなら、本書の刊行を躊躇なく許諾されただろうというおもいに基づくものである。

吉本隆明（よしもと・たかあき）
1924-2012年。東京・月島に生まれる。東京工業大学卒業。詩人・思想家。日本の敗戦を富山県の動員先で迎えた。戦後の混迷のなか、じぶんは世界認識の方法を知らなかったと痛切に自覚し、1955年「高村光太郎ノート」によって戦争責任問題に最初のメスを入れ、「マチウ書詩論」によって思想の基礎を形成。爾来、つねに世界思想の水準を見据え、時代と対峙しながら、思索を展開してきた。詩集『固有時との対話』『転移のための十篇』、『言語にとって美とは何か』『共同幻想論』『最後の親鸞』『母型論』などがあり、その全著作は『吉本隆明全集』（全38巻・別巻1）として刊行中。またインターネット上のサイト『ほぼ日刊イトイ新聞』で、「吉本隆明アーカイブ」として183の講演が無料公開されている。

吉本隆明　詩歌の呼び声――岡井隆論集

2021年7月30日　初版第1刷印刷
2021年8月10日　初版第1刷発行

著　者　吉本隆明
編　者　松岡祥男
発行者　森下紀夫
発行所　論 創 社
東京都千代田区神田神保町 2-23　北井ビル
tel. 03（3264）5254　fax. 03（3264）5232　web. https://www.ronso.co.jp/
振替口座　00160-1-155266
装幀／宗利淳一
印刷・製本／中央精版印刷　組版／ロン企画
ISBN978-4-8460-1616-1